Ullstein

ÜBER DAS BUCH

Fernsehkommissar Ypsilon alias Hubertus Schulte-Nissen ist mindestens so bekannt wie sein berühmter Kollege Derrick. Plötzlich wird ihm bei Drehbeginn einer neuen Staffel die ehrgeizige Eva Ettlich als Assistentin Mirjam an die Seite gestellt, die aus Quotengründen längst als seine Nachfolgerin gehandelt wird.
Im Anschluß an einen Umtrunk mit der neuen Kollegin klärt Nissen in der Maske des Kommissars Ypsilon und in alkoholisierter Hochstimmung einen Diebstahl im Fünfsternehotel *Meridian* auf. Doch der Katzenjammer folgt am nächsten Morgen: Eva Ettlich wird im Hotel ermordet aufgefunden.
Dem »echten« Kommissar Timm, auf unnatürliche Todesfälle spezialisiert, fällt es einigermaßen schwer, sich nicht in dem Netz von Intrigen und Quotengeilheit zu verfangen. Schulte-Nissen scheint nicht der einzige zu sein, der ein Motiv hat, der neuen Kommissarin übel zu wollen. War Eva Ettlich in geheimdienstliche Affären verstrickt? Könnten nicht auch der schwule Maskenbildner Tulpe, der trunksüchtige Kollege Heu oder die neidische Barfrau ihre Rachegelüste an der tablettenabhängigen Ettlich gestillt haben? Es bedarf Timms ganzen Scharfsinns, diesen filmreifen Fall aufzuklären.

ÜBER DIE AUTOREN

Jan Eik, geboren 1940, war von Beruf Rundfunkingenieur, bis er zu schreiben begann. In über dreißig Jahren hat er zahlreiche Krimis, Hörspiele und Sachbücher verfaßt. Zuletzt erschien bei Ullstein sein Friedrichstadtpalast-Krimi »Der Geist des Hauses«.
Friedel Freiherr von Wangenheim (vW) , geboren 1939, studierte Schauspiel an der Theaterhochschule in Leipzig. Neben seiner Arbeit als Schauspieler war er u. a. als Synchronautor, Regisseur, Dramaturg und Fernsehmoderator tätig. Eik und vW kennen sich bereits aus der Schulzeit.

Eik & vW

Kamera läuft, Herr Kommissar

Ein Medien-Krimi

Ullstein Gelbe Reihe

Ullstein Buchverlage GmbH & Co. KG, Berlin
Taschenbuchnummer: 24593

Originalausgabe
April 1999

Umschlaggestaltung: Vera Bauer
Photo: Bavaria

Printed in Germany 1999
Gesamtherstellung:
Ebner Ulm
ISBN 3 548 24593 5

Gedruckt auf alterungsbeständigem
Papier mit chlorfrei gebleichtem
Zellstoff

Die Deutsche Bibliothek –
CIP-Einheitsaufnahme

Kamera läuft, Herr Kommissar :
ein Medien-Krimi / Eik & vW. –
Orig.-Ausg. – Berlin : Ullstein, 1999
(Ullstein-Buch ; 24593)
ISBN 3-548-24593-5

1

Kein ungewohnter Anblick für den Kommissar: Die Leiche lag quer über den Rand des Isfahan-Teppichs ausgestreckt, auf dem der Blutschwall aus der offenen Halswunde einen klebrigroten Fleck hinterlassen hatte.

Die Frau mochte Ende dreißig sein, blond und sehr gepflegt, wie es sich für die Eigentümerin einer gediegenen Villa in dieser teuren Gegend der Stadt gehörte. Die Sonnenbräune war nicht einmal jetzt gänzlich aus ihrem sorgfältig geschminkten Gesicht geschwunden. Möglicherweise war das auf die Lichtverhältnisse zurückzuführen. Die tief stehende Nachmittagssonne strahlte wie ein Scheinwerfer durch das bis zum Boden reichende Terrassenfenster; die sorgfältig beschnittenen Äste der beinahe kahlen Bäume im Garten warfen bizarre Muster auf den Teppich, auf das vom Blut verdorbene eierschalenfarbene Kostüm und die lachsfarbene Rüschenbluse der Toten. Der Rock war ein wenig hochgerutscht und gab den Blick auf die Innenseite des rechten Oberschenkels frei. Die Frau trug seidig glänzende, fast weiße Strumpfhosen mit eingewirktem Muster und nur am linken Bein einen Schuh. Der rechte Pumps lag umgekippt in der Nähe des geschwungenen Schreibtischfußes. Tödlich verletzt, hatte die Frau sich offensichtlich an dem Antik-Möbel festzuklammern versucht und dabei einige Papiere heruntergerissen.

Es wirkte alles wie perfekt arrangiert. Das Zimmer, das eher einem Saal glich, war sparsam und mit einem gewissen Hang zum repräsentativen Kitsch möbliert. Der Kommissar registrierte es ohne Gefühlsregung. Diese Art von Wohnungsausstattung war ihm hinlänglich bekannt. Sein Herz hing an kleinen, aber feinen Dingen, echten Antiquitäten eben, von denen er im Laufe seiner jahrzehntelangen Karriere einige ansehnliche Stücke zusammengetragen hatte. Was hier herumlag und -stand war nichts als Imitation und lackierter Plunder. Glücklicherweise fühlte er sich nicht für die Ausstattung von Tatorten zuständig.

Der Fotograf, unzufrieden mit dem starken Lichteinfall, bat darum, die Vorhänge zuzuziehen. Der Kommissar nickte gnädig und wies seine Assistentin mit einer Handbewegung an, diese Aufgabe zu übernehmen. Die verstand nicht sofort, was eine kleine Unmutsfalte auf seiner Stirn hervorrief. Bei Werner, seinem langjährigen Mitarbeiter, hätte es nicht einmal der auffordernden Geste bedurft. Der hatte seinen Chef in jeder Situation und ohne Worte verstanden. Ihre nahezu intuitive Zusammenarbeit, die sich wie bei einem alten Ehepaar mitunter nur noch auf Andeutungen beschränkte, war geradezu sprichwörtlich geworden. Jetzt aber lag Werner schon seit Wochen in der Klinik und laborierte an den Folgen eines bösen Autounfalls, in den ihn der flüchtende Täter bei ihrem letzten gemeinsamen Fall verstrickt hatte. Es war höchst ungewiß, ob Werner jemals auf seinen Posten zurückkehren würde.

So war das eben in ihrem Beruf. Heute du, morgen ich. Es blieb ihm nichts weiter übrig, als sich mit dieser Dame Mirjam abzufinden, die ja eine durchaus ansehenswerte Kollegin war und zumindest in dieser Hinsicht eine echte Bereicherung des Teams darstellte. Mit ihren fachlichen Fähigkeiten mußte sie erst noch überzeugen. Der Kommissar hatte nichts gegen Frauen, nicht einmal in seinem Metier, obwohl ihm die aktuelle Fernseh-Mode nach und nach die Realität zu verzerren schien. Kommissarinnen waren bei der Kripo noch immer rar, und die meisten Polizistinnen, die er kennengelernt hatte, sahen nicht halb so gut aus wie Mirjam und entbehrten gewöhnlich jeglichen Charmes. Den besaß Mirjam hoffentlich wenigstens in guten Momenten, obwohl ihr der Ruf vorausging, ein wenig spröde zu sein. Er nahm sich vor, sie möglichst bald ein bißchen genauer kennenzulernen. Es sah so aus, als würde es nicht bei einem kurzfristigen Einsatz bleiben. Kleine Bockigkeiten wie die, nicht sofort auf eine kaum mißzuverstehende Aufforderung zu reagieren, wollte er ihr vorerst nachsehen. Schließlich gab es hier Wichtigeres zu tun.

Er ging neben der Toten in die Hocke und betrachtete die Wunde. Zweifellos mit einem scharfen Messer verursacht wie schon in zwei ähnlichen Fällen, die sich in den letzten Wochen ebenfalls in besseren Wohnvierteln ereignet hatten. Ein Serientäter, der es auf nicht mehr ganz junge Hausfrauen des oberen Mittelstandes abgesehen hatte? Er neigte nicht zu voreiligen Schlüssen und blickte fragend zu Mirjam auf. Die sagte prompt: »Genau wie die Tote in Kladow. Finden Sie nicht?«

Er fand das auch und räumte den Platz für die Spurensicherung. Die Männer markierten die Lage des Körpers quer über dem Teppich. Einer machte sich daran, Kopf und Oberkörper der Leiche mit einem Plastiküberzug zu schützen.

»Halt!« rief der Kommissar. »Weshalb ist der Arzt noch nicht da?« Es mußte eigentlich *Mediziner* heißen, aber schließlich bezeichnete auch niemand die Spurensicherer als Trassologen. Jeder wußte, wen er meinte. Und wie auf sein Stichwort erschien Doktor Hellmeier, mit dem er gerne zusammenarbeitete. Ein korpulenter kleiner Mann mit Brille und Schnauzer über den aufgeworfenen Lippen, der sich nicht die Mühe machte, seinen Instrumentenkoffer zu öffnen, sich nur an beinahe derselben Stelle niederhockte wie der Kommissar, um sich tief über den Oberkörper der Frau zu beugen.

»Fabelhafter Schnitt«, sagte er von unten her. »Erstklassiges Messer. Tja, Mörder müßte man sein . . .« Er erhob sich und ergänzte: »Seit mindestens zwei Stunden tot. Eher länger.«

Der Kommissar ließ sich nicht anmerken, daß ihn der erste Teil der Antwort befremdete. Er nickte. Etwas Genaues erfuhr man von den Rechtsmedizinern, wenn es gut ging, ohnehin erst nach Tagen. Es gab da eine Formel, bei der Jahreszeit, Raumklima, Körpertemperatur der Leiche und noch einige Faktoren eine Rolle spielten und mit deren Hilfe sich der Todeszeitpunkt auf plus minus zwei Stunden berechnen ließ. In diesem Fall also gar nicht.

Das Wissen um diese Zusammenhänge war seiner skeptischen Miene, für die er nicht zu unrecht ebenso bekannt war wie für seine inzwischen ins Silbergraue spielende Haarpracht, deutlich anzumerken. Als der Doktor vor ihm stehen blieb, um sich zu verabschieden, nahm er einen leichten Spiritus-Geruch wahr. *Auch du, mein Sohn Brutus,* dachte er und musterte den Medizinmann etwas genauer. Dem schien das wenig zu behagen. Er rückte an seiner goldgefaßten Brille und wäre beinahe über die Teppichkante gestolpert. Hoffentlich hatte es niemand außer ihm bemerkt. Er mochte den Mann, und er hatte es satt, sich dauernd an neue Gesichter zu gewöhnen, wie es in letzter Zeit anscheinend üblich geworden war. Es wurde Zeit, daß er mal mit Ziff redete, der ihm in Personaldingen allerdings nur ungerne ein Mitspracherecht einräumte. Aber da gab es schließlich gewisse Druckmittel.

Mit unbewegter Miene wandte der Kommissar sich wieder dem Fall zu. »Wer hat die Leiche gefunden?« erkundigte er sich.

»Die Haushälterin«, antwortete Mirjam. »Sie kam vom Einkaufen zurück. Jetzt will sie um keinen Preis noch einmal das Zimmer mit der Toten betreten.«

»Na gut. Dann sollten Sie sich mit der Frau beschäftigen«, sagte der Kommissar gemessen. »Mit Hysterikerinnen hat man es immer wieder mal zu tun. Das übt ungemein.«

Er wandte sich dem pompösen Schreibmöbel mit den geschwungenen Füßen zu, auf dem ein auf alt getrimmtes Telefon mit elfenbeinernem Mundstück thronte. »Wir kümmern uns hier inzwischen um die eingespeicherten Telefonnummern und ähnliches. Und natürlich Fingerabdrücke und alles weitere.«

Mirjams Miene war anzumerken, wie sie über diese Rollenverteilung dachte. Mit großen Schritten ging sie um den falschen Perser herum, auf dem die Spurensicherer knieten und Zentimeter für Zentimeter absuchten. In dem grellen Licht konnte ihnen kein Fädchen entgehen.

»Gestorben!« rief der Regisseur. Im Atelier erloschen die Scheinwerfer. Die Leiche erhob sich, reckte die Glieder und sagte: »Wurde auch Zeit.« Die Leute vom Team verließen ihre Plätze und liefen kreuz und quer durch die Dekoration, um eine neue Szene für die Serie *Kommissar Ypsilon* vorzubereiten.

Der Regisseur, ein nervöser Durchschnittstyp in den frühen Dreißigern, der sich für ein cineastisches Genie hielt, gerne Hitchcock zitierte und dennoch nur bei der Serie gelandet war, wandte sich an die Schauspieler: »Ihr wart klasse. Bis auf den Doktor.« Damit war der dickliche Schauspieler gemeint, der sich in den Hintergrund verzogen hatte. »Wir drehen keinen Slapstick, Gunnar. Deine komischen Talente sind hier nicht gefragt.«

Auch die Darstellerin der neuen Assistentin fühlte sich bemüßigt, etwas anzumerken. »Und wäre es nicht besser, Sie hielten sich an den Text, der im Drehbuch steht? Ich hätte beinahe losgelacht.«

Noch ehe Gunnar Heu, erprobter Darsteller von Notärzten, Sparkassendirektoren und mittleren Kommunalbeamten, den Mund zu einer wortreichen Entschuldigung öffnete – wie alle, die zu viel tranken, beherrschte ihn der ständige Drang zur Zerknirschung –, äußerte sich der in zweihundertvierunddreißig Fernseh-Folgen erfolgreiche und gestandene Serien-Kommissar Ypsilon dröhnend: »Ich fand Gunnar gerade mit diesem Extempore und seinem Stolperer ganz großartig. Wir verkörpern schließlich Menschen von Fleisch und Blut.«

Täuschte er sich, oder blinzelte Eva Ettlich, die just in diese neue Staffel hineingedrängte Jung-Kommissarin Mirjam, spöttisch zum Regisseur hinüber? Der fühlte sich jedenfalls veranlaßt zu bemerken: »Sie stellen hier den Kommissar dar, Herr Schulte-Nissen. Der Regisseur bin ich.«

Seit nicht einmal siebzehn Folgen, hätte Hubertus Schulte-Nissen oder SN, wie ihn seine engsten Freunde nannten, am liebsten gesagt. Er hatte schon ganz andere Regisseure kommen und gehen sehen als diesen Schnösel, dem nicht einmal auffiel, daß die Texte immer armseliger ausfielen. Es wurde Zeit, endlich einmal ernsthaft mit Ziff zu reden, dem die Produktionsfirma gehörte. Wenn auch nur auf dem Papier.

Ärgerlich riß er sich die Perücke vom Kopf und ging hinüber zu den Garderoben.

2

Wenn Klaudia Kox sich etwas Schreckliches vorstellen wollte, brauchte sie nur die Augen zu öffnen und sich umzublicken. Gab es etwas Schlimmeres als ein Büro, noch dazu ein modernes Großraumbüro, in dem Dutzende von Leuten auf beinahe ebensovielen Computern herumhackten, mit dem einzigen Ziel, eine nicht unbedingt lesbare, in jedem Fall aber verkäufliche Zeitung herzustellen? Überraschenderweise gelang das in dem sie umgebenden Tohuwabohu täglich aufs neue. Sie saß seit viereinhalb Jahren in der Redaktion und wunderte sich noch immer darüber.

Klaudia Kox fühlte sich mit Leib und Seele zur Reporterin berufen. Das war ihr vorher nie so deutlich geworden wie in dieser Zeit, in der sie an manchen Tagen drei sogenannte Reportagen zu verfassen hatte. Aufgeblähte Nichtigkeiten zumeist, wie gestern beispielsweise, als das Blatt mit dem schreienden Titel *Stromausfall – Chaos in der City* erschienen war. Zum dritten Mal in den letzten Monaten übrigens. Inzwischen mußte auch der allerletzten Supermarktkundin und dem größten Verkehrstrottel aufgegangen sein, daß Kassen und Ampeln heutzutage elektrisch funktionierten. Im Zweifelsfall also gar nicht. Um das herauszufinden und aufzuschreiben hätte man den zugigen Zeitungspalast gar nicht verlassen müssen.

Natürlich war sie dennoch losgefahren. Sie brauchte die Bewegung, das Leben, die Menschen, in gewissen Grenzen sogar diese schreckliche Stadt, in der sie seit langem lebte. Am liebsten hätte sie in Kneipen oder Cafés geschrieben, wo der umgebende Lärm sie nichts anging, sie vielleicht sogar inspirierte. Allmählich aber waren ihr Körper und ihre Seele auch gegenüber der auf- und abschwellenden Geräuschkulisse, der stetigen Zugluft aus der Klimaanlage mit ihren befremdlichen

Gerüchen und sogar gegenüber dem Gefühl abgestumpft, ständig beobachtet zu werden. Nur an Tagen wie heute, wenn die niedrigstehende Sonne durch die nicht zu öffnenden Fensterflächen strahlte und draußen einen wahrhaft goldenen Herbsttag verhieß, packte sie das ganze Elend ihrer Zunft. Dagegen half nicht einmal eine Zigarette. Um die zu rauchen, mußte sie den Saal verlassen, und das hatte sie an diesem Vormittag schon viermal getan. Sie war sicher, daß mindestens drei Augenpaare sie jedesmal verfolgten. Lucius, der sich als ihr Chef fühlte und schon deshalb ihre Schritte mißtrauisch überwachte, der harmlose Bongard, der erst seit ein paar Wochen hier herumgeisterte und sie abwechselnd anhimmelte oder stockend zu bekritteln wagte, und die schöne Doreen. Die war selbst auf die bosnische Putzfrau eifersüchtig und dabei so verbiestert und von der Einmaligkeit der eigenen Erscheinung überzeugt, daß ein Frischling wie Bongard nicht im Traum daran denken würde, den Blick zu ihr zu erheben.

Obwohl Doreen sie mit einer halben Wendung über die Schulter jederzeit voll im Blickfeld hatte, schloß Klaudia für einen langen Augenblick die Lider. *Guten Morgen! Wünsche wohl geruht zu haben,* hatte Lucius sie erst unlängst aus einer ähnlichen Situation gerissen. Der wache Augenaufschlag war ihr gut gelungen. *Sie stören mich in meiner meditativen Phase,* hatte sie herablassend erklärt. Wortschöpfungen dieser Art gingen ihr längst geläufig über die Zunge. Sie war mitunter schon *ganz, ganz dicht am Trend* und scheute sich nicht einmal, von ihrer erfolgreichen Selbstfindung oder vom positiven Denkansatz zu sprechen, ohne dabei zu lachen. Eine bejahende Grundeinstellung half einem angeblich in jeder Lebenslage. Warum nicht in dieser? Konnte sie nicht froh sein, mit vierzig noch *total super* auszusehen und Bongards bewundernde Blicke zu spüren (und der war gerade sechsundzwanzig und erst ein Vierteljahr von Mutti weg), einen einigermaßen sicheren Job zu haben, wenn sie ihn denn aushielt, dazu eine relativ bezahlbare Wohnung in guter Lage und ein Auto, das fuhr und noch dazu schick aussah. Was wollte sie mehr?

Sie öffnete die Augen und drehte sich um. Bongard, mit starrem Blick auf die Tastatur hämmernd, bemerkte sie nicht. Und Lucius saß zur Zeit nicht in seinem Glaskäfig. Wahrscheinlich schwirrte er irgendwo auf der Etage herum und ging jemandem mit seiner unsäglich väterlichen Art auf die Nerven, die blitzschnell in einen soldatischen Befehlston umschlug, sobald sich der Chefredakteur blicken ließ – also ungefähr ein-, zweimal im Monat. Es sei denn, es lag was Besonderes an.

Genau das war der augenblickliche Ärger: Es lag seit Wochen nichts Besonderes an, sah man von dem überall plakatierten *ultimate last concert* des Alt-Stars Johnny Whitehouse einmal ab. Die Stadt erwies sich täglich als die gleiche staubige Stau- und Baustelle und war seit langem pleite. Also bewegte sich nichts. Die Parteien steckten knietief in Grabenkämpfen und in personellen Querelen; die Fahrpreise, die Kriminalitätsrate und die Arbeitslosenzahlen stiegen – aber es wurden trotzdem nicht mehr Menschen ermordet oder sprangen aus dem Fenster als üblicherweise zu dieser Jahreszeit. Eher weniger. Vielleicht war das dem goldenen Herbst geschuldet. Jedenfalls konnten die Leser das, was ihnen die Zeitung jeden Tag in großen Lettern offerierte, etwas ausführlicher auch in seriöseren Blättern nachlesen – eine Vorstellung, die Klaudia amüsierte, einen Mann wie Lucius jedoch zur Weißglut trieb.

Viereinhalb Jahre hatten nicht genügt, um sie an das Produkt zu gewöhnen, an dem sie täglich mitwirkte. Wahrscheinlich brauchte man ein ganzes Leben dazu. Oder frau gewöhnte sich nie. Auch diese sprachliche Eigenart, deren Schreibung der – natürlich männliche – Computer regelmäßig beanstandete, war inzwischen in ihren Wortschatz eingegangen. Die Länge ihrer Sätze reduzierte sich auf ein überschaubares Maß. Mitunter gelang ihr schon eine knallige Titelzeile, die unbeanstandet blieb. Darin bestand die Hälfte der Arbeit: spröde formulierte Agenturmeldungen so aufzumotzen oder zu verkürzen, daß eine angebliche Sensation daraus wurde, die sich allein schon im Titel erschöpfte.

Insgeheim jedoch sehnte sie sich nach dem großen Auftrag, der nie kommen würde, nach dem seitenlangen Beitrag, für den sie gründlich und ohne Zeitdruck recherchieren konnte ... Nein, dafür saß sie hier auf der falschen Hochzeit. Hier waren Kürze und Knappheit angesagt, Knalligkeit und Farbe. Was den Leser nicht interessierte, mußte wenigstens so gut verpackt werden, daß er nicht merkte, welchen Quatsch man ihm unterjubelte.

Die ersten Jahre nach ihrem Studium hatte Klaudia in den muffigen Barackenräumen einer Redaktion des Adlershofer Fernsehens verbracht, bevor man sie unter dem Vorwand einer angeblichen Jugendsendung auf die frustrierten Bürger losgelassen hatte. Als sie nach der Abwicklung und den anschließenden Pleiten zweier Wendeblätter endlich diesen gutbezahlten Job gefunden hatte, war sie erstaunt gewesen, im Kollegenkreis auf eine ähnlich distanzierte Haltung zu stoßen, die sich bisweilen zum Zynismus steigerte, wie früher beim Ost-Fernsehen. Man nahm sie – von Doreen einmal abgesehen, die niemand ernst nahm, und die ohne das Rechtschreibprogramm des Computers verloren gewesen wäre – durchaus wohlwollend auf. Daß der Chef sich als ein Kriecher und ziemliches Ekel entpuppte, unterschied ihn nicht von den Adlershofer Vorgesetzten. Dort hatte sich keiner in der Redaktion das eigene Programm angetan. Auch hier war Lucius der Einzige, der so tat, als würde er das Blatt von A bis Z lesen, obwohl es wahrhaftig nicht für Leute seiner Einkommensgruppe gemacht wurde.

Sie sah ihn von weitem den Gang entlang watscheln und wandte sich ihrem Text zu, an dem sie sich nur noch unter einem Vorwand festhielt. Der Bericht über eine im Forst bei Beeskow aufgefundene, stark in Verwesung übergegangene und nahezu skelettierte Leiche war zwei Zeilen zu lang, und sie wußte längst, welchen Nebensatz sie streichen würde. Zu erfinden brauchte sie diesmal gar nichts, obwohl ihr auch das nicht schwerfiel. Vor beinahe hundert Jahren hatte ein König der Reporter besonders meisterhaft einen Mühlenbrand geschildert, den er nicht miterlebt hatte. Er war ein Vorbild, an das Klaudia inzwischen immer seltener dachte, dessen Technik ihr jedoch in Fleisch und Blut übergegangen war.

Lucius blieb neben ihr stehen und legte die Hand auf ihre Schulter. Sie trug einen dicken Pullover, spürte aber dennoch sofort ein Gefühl von Feuchtigkeit und wurde es nicht wieder los.

»Na, Köxin«, sagte er auf seine gestelzte Weise, »Ich habe ein Bonbon für Sie. Sie steh'n doch auf echte Bildschirmgrößen.«

Doreen drehte sich um und stierte sie an. Klaudia konnte nicht anders: sie legte ihre Linke vertraulich auf Lucius' Patschhand und blickte zu ihm auf. »Nicht daß ich wüßte . . .« sagte sie. Sollte Doreen ihretwegen platzen.

Lucius zog verwirrt seine Hand unter der ihren hervor.

»Sagt Ihnen Kommissar Ypsilon etwas?« fragte er immerhin um einiges sachlicher.

Das war eine schwer zu beantwortende Frage. Sagte sie ja, begab sie sich automatisch auf das Niveau eines Serienzuschauers, für den Ypsilon kein Buchstabe und Fliege kein Insekt war. Sagte sie nein, galt sie möglicherweise als unbelehrbare Ignorantin.

»Schulte-Nissen?« fragte sie deshalb zurück, froh, daß ihr der Name des silbermähnigen Tele-Löwen rechtzeitig eingefallen war, der einmal monatlich als der Kojak von Hildesheim auf dem deutschen Bildschirm agierte. Neuerdings hatte man ihn nach Brandenburg versetzt. Oder nach Berlin. So genau wußte sie das nicht. Sie schlief abends auch ohne Fernsehen ein.

»Derselbe!« freute sich Lucius. Ihre Allgemeinbildung war

etwas, worauf er sich verlassen konnte. Manchmal gelang es ihr noch in letzter Minute vor dem Andruck, wenigstens zwei oder drei der kapitalsten Böcke zu erlegen, die sich alltäglich auf den bunten Seiten tummelten. In letzter Zeit hielt sie sich damit zurück. Zu spät war ihr aufgefallen, daß Menschen wie Doreen ihre Besserwisserei nicht schätzten. Die Leser interessierte nicht, ob das Frankfurter Tor wirklich am Frankfurter Tor gestanden hatte oder sonstwo im Wilden Osten, und ob irgendein fast vergessener Spionageboß sich Wolf oder Wolff schrieb.

»Er hat gerade mit einer neuen Staffel begonnen«, sagte Lucius. »Sie drehen in irgendwelchen Studios der *Telemania* Produktion. Kennen Sie sich da aus?«

Ja, dort kannte Klaudia sich inzwischen aus.

»Wir haben eine Information, die besagt, es gäbe gewisse Probleme. Die Quote ist in letzter Zeit abgesackt. Man munkelt so allerlei. Fahren Sie mal raus, und bringen Sie was Vernünftiges mit. Meinetwegen ein Interview mit Schulte-Nissen oder so. Viele unserer älteren Leser mögen ihn. Fallen Sie deshalb nicht gleich mit der Tür ins Haus.«

Klaudia sah ihn fragend an. Seine letzte Bemerkung verstand sie nicht.

Lucius lachte und verzog dabei sein Froschmaul. »Mein Gott, man wird ihn vermutlich abschießen. Was denn sonst? Vielleicht können Sie was über den Nachfolger rauskriegen.«

Er winkte ihr zu und watschelte in Richtung Glaskasten. Klaudia wurde die Vorstellung nicht los, dieses Gehäuse eines Tages mit Wasser zu füllen und Lucius wie einen schwarzgekleideten Karpfen darin herumschwimmen zu lassen, das breite Maul genüßlich aufgerissen, als schlürfe er seinen Morgenkaffee.

Sie strich der gefundenen Leiche den Halbsatz und schickte die vierzehn Zeilen zum Layout, bevor sie ihre Lederjacke überwarf und aufatmend den Saal verließ. Alles war besser, als hier herumzusitzen. Selbst ein Hubertus Schulte-Nissen.

3

Schulte-Nissen bog, die Perücke noch immer achtlos in der Hand, in den Garderobengang des Studios ein. Die ständig wehende Zugluft erfaßte den knöchellangen Kommissarmantel und blähte ihn auf.

»Um Gotteswillen, SN! Das gute Stück!« Aufgeregt kam ihm Maskenbildner Tulpe entgegengelaufen. »Esss Ennn!« Er dehnte die Anfangsbuchstaben des Namens seines Herrn und Meisters lautmalerisch und schlug die Hände über dem Kopf zusammen. »Ich kann sie doch nicht jedesmal von neuem aufarbeiten!«

»Wie? Ach ja, die Perücke. Entschuldige, lieber Tulpe, aber ich bin heute ein wenig ... Naja.« Vorsichtig, ja fast linkisch übergab er dem Aufgeregten das gute Stück. Um sie herum herrschte emsige Betriebsamkeit. Türen schlugen, Garderobieren schleppten Kostüme hin und her. Aus dem Zimmer der Maskenbildner drangen Stimmengewirr und Gelächter.

Auf der stattlichen Vollglatze Schulte-Nissens hatten sich winzige Schweißperlen gebildet, die im Widerschein der Flurlampen wie Glühwürmchen aufleuchteten. Hastig betrat er die Stargarderobe und ließ sich auf den Stuhl vor dem Schminktisch fallen. Seine kraftvolle Erscheinung füllte den Platz in ganzer Breite aus. Aufmerksam und nicht ohne leichte Skepsis betrachtete er sein markantes Gesicht im Spiegel, zog zwei, drei Grimassen, so daß die in gut sechzig Jahren gereiften Furchen und Linien unter der Schminke noch deutlicher hervortraten. Nervös trommelte er mit den Fingern der rechten Hand auf die Platte des Schminktischs.

Der quirlige Tulpe, kaum jünger als er, nur wesentlich schlanker und agiler, war ihm auf dem Fuß gefolgt und tänzelte nun beflissen um sein Sorgenkind herum. Ihm war die latente Nervosität SNs keineswegs entgangen. Doch zuerst mußte er die kostbare Perücke auf den dafür vorgesehenen Holzkopf stülpen und mit ein paar Stecknadeln festheften. Endlich hatte er die Hände frei und konnte sich ganz dem Objekt seiner Verehrung widmen. Seit Beginn der Produktion vor mehr als fünfzehn Jahren war er der persönliche Maskenbildner Schulte-Nissens. Die Vertraulichkeit zwischen den beiden hatte im Laufe der Zeit einen Grad erreicht, der weit über das im Metier übliche Maß hinausging. Man kannte sich gegenseitig bis in die feinsten Gefühlsregungen und wußte ziemlich genau, was man vom anderen zu halten hatte.

Die enge Beziehung hatte ihren Ursprung in der gemeinsamen Jugendzeit am Südbadischen Landestheater. Zudem erfüllten der anhaltende Erfolg und die Popularität SNs in der Rolle des Kommissars Tulpe mit tiefer Befriedigung und innerer Genugtuung. Hatte er nicht zur dauerhaften Etablierung der Serienfigur maßgeblich beigetragen, indem er die Perücke über die Jahre hinaus einem unmerklichen Wandlungsprozeß unterzog: vom smart-voluminösen Dunkelbraun in das distinguiert-melierte Silbergrau?

Tulpe nahm ein schneeweißes Tuch und tupfte SN mit femininem Einfühlungsvermögen die Schweißperlen von der Stirn.

Dann begann er mit einem Entferner äußerst vorsichtig die Haut an den Klebestellen der Perücke von den gummiartigen Mastixresten zu befreien. Während er das mit scheinbar argloser Routine erledigte, wartete er in Wahrheit begierig auf die Offenbarungen des Meisters, auf die Enthüllung des wahren Grundes für dessen Unruhe. Er ahnte längst, wo der Hase im Pfeffer lag und spürte die Bedrohung, die er wie ein Damoklesschwert über dem Verehrten schweben sah. Aber er dachte nicht daran, auch nur ein Sterbenswörtchen von seinen Ahnungen und Vermutungen verlauten zu lassen. Obwohl er vor Neugier fast platzte, hielt er sein lockeres Mundwerk wohlweislich im Zaum und hütete sich, auch nur die leiseste Andeutung zu machen.

»Ich weiß nicht, Tulpe, irgendwas stimmt nicht mit der Perücke. Ich hatte beim Drehen so ein komisches Gefühl.« Schulte-Nissen trommelte wieder mit den Fingern auf die Platte.

»Na, ob das der wahre Grund war, SN«, sagte Tulpe spitz und warf ihm durch den Spiegel einen tiefbeleidigten Blick zu. Dabei griff er zur Dose mit dem Melkfett und begann, SN sorgfältig abzuschminken.

»Bitte, laß das! Das mach' ich allein.« Mit einer abrupten Geste unterbrach Schulte-Nissen die gutgemeinten Handreichungen. »Außerdem habe ich keine Zeit für Plaudereien. In einer halben Stunde beginnt die Autogrammstunde. Die Leute warten auf mich.«

»Wie schön! Endlich das neue Buch zur Serie.« Tulpe verzog den Mund zu einem maliziösen Lächeln. »Und während der große SN signiert, wird hinter seinem Rücken kräftig intrigiert.«

Schulte-Nissen drehte sich ruckartig um und schaute Tulpe forschend in die Augen. Es war ein durchdringender Blick, dem der Maskenbildner nicht lange standhielt. Niemand vermochte ihm auf die Dauer standzuhalten. Dieser dämonische Blick, das war SNs Markenzeichen. Vor allem vor der Kamera.

»Wer?« fragte er mit knapper Bestimmtheit.

Tulpe wurde weich. »Na ja, ich denke an das schöne Kuckucksei, das man uns heute ins Nest gelegt hat. Wenn sich das mal nicht als ein Schlangenei entpuppt.«

Der Schauspieler runzelte die Stirn. »Du darfst dich ruhig etwas deutlicher ausdrücken.«

»Aber SN, wir wissen doch, wie schnell aus einer Assistentin eine höhere Charge werden kann. Wo Kommissarinnen jetzt derart in Mode sind ...«

Schulte-Nissen grinste, nahm ein Abschminktuch, wischte sich ein letztes Mal übers Gesicht und warf es in den Abfalleimer. »Es wäre nicht das erste Ei, das ich aus dem Nest werfe«, sagte er knapp. Zum Umziehen blieb ihm nicht mehr viel Zeit. Vor dem Studio wartete das Auto, das ihn ins Hotel bringen würde. Er war erst heute morgen in aller Herrgottsfrühe in Berlin eingetroffen, aber dennoch zu spät, um im *Meridian* vorbeizufahren, wo er wie gewöhnlich logierte.

Obwohl es eigentlich das Amt des Garderobiers war, half ihm Tulpe in liebenswürdiger Aufopferung beim Umziehen. Dabei gelangte er unvermeidlich in eine körperliche Nähe zu seinem Meister, die unter anderen Umständen womöglich als unschicklich gegolten hätte, ihn hingegen umso glücklicher machte.

Ein letzter Blick in den Spiegel, und fertig war der Privatmann Schulte-Nissen. In dieser Aufmachung war es nicht allzu schwer für ihn, Anonymität zu wahren. Mit Glatze, randloser Brille, Kordanzug und Samtfliege wirkte er eher wie ein Privatgelehrter als wie ein Schauspieler, geschweige wie ein Kriminalkommissar. Und das war gut so. Es bewahrte ihn vor Belästigungen und Zudringlichkeiten in der Öffentlichkeit, in der Kommissar Ypsilon längst als eine festverankerte Institution galt.

Auf der Fahrt ins Hotel bekam er reichlich Gelegenheit, ins Grübeln zu geraten. Beim Durchqueren der City steckte der Wagen bald in einem Stau. SN blickte aus dem Fenster auf das grellrote Riesenposter, das einen langmähnigen rotblonden Mann in Lederkluft und mit einem Mikrofon bewaffnet zeigte: *JOHNNY WHITEHOUSE – The ultimate last concert,* las SN und schüttelte den Kopf. Den gab es also wirklich noch. Eine lebende, international noch immer beachtete Legende. Das war wirklicher Ruhm! Dagegen blieb jeder deutsche Fernsehkommissar ein Nichts. Oder hätte es jemand gewagt, einem Johnny Whitehouse tückisch ein Bein zu stellen?

Der BMW fuhr einige Meter und stand wieder. An eine pünktliche Ankunft war eh nicht mehr zu denken, und so gab sich Schulte-Nissen seinen Gedanken hin.

Was braute sich da zusammen? Eine handfeste Intrige gegen ihn? Und wenn ja, von welcher Seite? Die Neue war eine Gefahr. Darüber war er sich längst im klaren. Blieb die Frage, auf wessen Anweisung die Figur ins Drehbuch geschrieben worden war und warum man es unterlassen hatte, ihn vorher einzuweihen. Den Serienschreibern war jede Eigenmächtigkeit in dieser Hinsicht untersagt. Und Ziff? Das war ein windiger Bursche, aber er hätte ihn sofort informiert. Schließlich war er, Hubert Schulte-Nissen, für die Produktionsfirma *Telemania GmbH & Co. KG* nicht irgendwer. Gerade deshalb galt es, Ziff einmal gründlich auf den Zahn zu fühlen und wenn es sein mußte, kräftig nachzubohren.

Oder kam das vom Sender? Konnte man auch nur ahnen, was sich die Herren dort in der Chefetage ausdachten? An der Einschaltquote der Serie konnte es jedenfalls nicht liegen. Die war leicht gefallen, aber doch immer noch glänzend. Trotzdem hatte Tulpe recht. Der alte Fuchs besaß eine feine Nase für derlei. Der hatte sich noch nie geirrt. Und hatte ihn immer im rechten Moment gewarnt.

Der Schauspieler dachte an die gemeinsamen Anfangsjahre zurück. Oft genug hatten Konkurrenten versucht, ihn aus dem Geschäft zu drängen. Was hatte man nicht alles angestellt, um ihn als Serienstar abzuhalftern. Das reichte von üblen Gerüchten bis zu gezielten Falschmeldungen in der Presse, von Manipulationen der Drehbücher bis zu Schauspielkollegen, die versuchten, ihn am Set an die Wand zu spielen. Die Tour, auf die man sich in neuester Zeit einzuschießen begann, zielte auf sein für die Rolle allzu fortgeschrittenes Alter und lancierte Gerüchte über seinen angeblich angeschlagenen Gesundheitszustand. Lächerlich!

Im Fünfsterne-Hotel *Meridian,* einer exklusiven Oase abseits der Großstadtwüste, schien alles bestens vorbereitet. Am Eingang zur Halle hatte der Verlag einen nicht zu übersehenden Aufsteller mit dem Konterfei Schulte-Nissens als Kommissar Ypsilon installiert. In großen Lettern wurde auf die Autogrammstunde im Bankettsaal hingewiesen. Den Security Manager Gröbke, erst seit vier Monaten für die Sicherheitsbelange des Hauses zuständig, hatte der Hotelchef speziell instruiert, um eventuellen Peinlichkeiten von vornherein vorzubeugen. Es gab Gäste, die hier gewissermaßen inkognito abgestiegen waren, und nun war die Presse im Haus. Da mußte man mit allem rechnen. Zudem war auch der Fernseh-Kommissar ein prominenter Stammgast des *Meridian,* der das Vorrecht genoß, als eine *Very Important Person* behandelt zu werden.

Der Chef der Rezeption, der seine Funktion gerne, wie in besseren Häusern üblich, als *Concierge* definierte – was nur Uninformierte mit Pariser Portierfrauen in Beziehung setzen –, war für nur wenige Minuten nach hinten verschwunden und der Empfangschef eben in Richtung Bankettsaal davongeeilt, wo der Verlagsvertreter schon wieder nach ihm verlangte. Also war Gröbke, der auftragsgemäß ohnehin in der Gegend herumlungerte, dringlich beauftragt, den Star besonders zuvorkommend zu empfangen. Dem erschien das als ein vergleichsweise einfaches Unterfangen. Um den besonderen Gast zu erkennen, benötigte er nicht einmal eine der Starpostkarten, die auf der Theke lagen und auf denen der Kommissar mit dem berühmten langen Staubmantel abgebildet war. Auch ein Sicherheitschef sah gelegentlich fern.

Befriedigt lehnte Gröbke sich an seinem Platz hinter der Rezeption zurück und harrte gelassen der Dinge, die da kommen würden. Der große Rock-Star, von dessen Anwesenheit niemand etwas wissen durfte, war gewarnt und würde im eigenen Interesse vorläufig nicht auftauchen. Die beiden Pagen lauerten auf ihren Plätzen. Das unauffällige Männchen, das sich seitwärts vom Eingang, im Schatten einer intarsierten Edelholznische postiert hatte, fiel Gröbke gar nicht auf.

Der unscheinbare Mann hielt ein Bündel Mappen im Arm, die er in kurzen Abständen aufklappte, Papiere und Fotos herausnahm und betrachtete, um sie sogleich wieder verschwinden zu lassen. Zwischendurch starrte er wie hypnotisiert auf die Eingangstür.

Als Schulte-Nissen, mit einer Koffertasche in der Hand, eilig die Halle betrat, fiel sein Blick auf das eigene Konterfei als Kommissar Ypsilon. Angenehm berührt und in Erwartung eines überschwenglichen Empfangs steuerte er auf die Rezeption zu. Im gleichen Augenblick schnellte der Unscheinbare aus seinem Versteck hervor und stellte sich ihm in den Weg. Kommentarlos schlug er eine der Mappen auf, zog ein Foto hervor und hielt es dem Mimen unter die Nase.

Nur für den Bruchteil einer Sekunde zuckte Schulte-Nissen verwundert zurück, bevor er das stumme Männlein ebenso wortlos und mit ausgestrecktem Arm auf das Plakat der Autogrammstunde verwies und unbeirrt auf die Rezeption zuschoß.

»Einen wunderschönen ...! Meine Suite wie üblich bereit?«

»Bitte, mein Herr? Hatten Sie reserviert? Wie ist Ihr Name?«

Schulte-Nissen hielt inne. Er glaubte, nicht richtig gehört zu haben. War das eine Art und Weise, wie man einen Star und noch dazu einen Stammgast des Hauses behandelt? Wer war dieser Mensch, der sich durch völlige Inkompetenz hervortat? SN betrachtete den Mann und stellte fest, daß er es nicht mit dem ihm vertrauten Original, sondern offensichtlich mit einer schlechten Kopie des tatsächlichen Rezeptionschefs zu tun hatte.

»Mein Name? Wie wäre es mit Kommissar Ypsilon?«

»Tut mir leid, aber unser Stargast ist noch nicht eingetroffen.«

Ein kurzes, verlogenes Lächeln, und schon war der arrogante Kerl im Begriff, sich anderem zuzuwenden.

»Der Stargast bin ich«, sagte Schulte-Nissen lakonisch und erntete ein mitleidiges Kopfschütteln.

»Schauen Sie bitte in der Zimmerreservierung unter Schulte-Nissen nach«, verlangte SN nun schon energischer.

Sichtlich lustlos kam der Ahnungslose der Aufforderung nach und wurde kalkweiß, als er den Namen Schulte-Nissen entdeckte, und dahinter den Vermerk: *VIP (Kommissar Ypsilon)!*

»Ich bedaure außerordentlich. Die Suite, selbstverständlich, Herr ... Kommissar!« stotterte der Düpierte beunruhigt und beeilte sich, dem feixenden Stargast den Schlüssel auszuhändigen.

Als SN die Rezeption verließ, blickte ihm der Security Manager zerknirscht hinterher. Wer konnte denn auch mit einer solchen Glatze rechnen. Aber das Gesicht! In seinem Job bedeutete Personenkenntnis schließlich das A und O. Noch einmal durfte er sich nicht auf diese Weise blamieren. Hoffentlich hängte dieser Schulte-Ypsilon die Sache nicht an die große Glocke.

Im Bankettsaal des Hotels hatte sich ein erwartungsvolles Publikum versammelt. Wirklich ungeduldig waren nur zwei, drei Journalisten, und der überreizte PR-Manager des Buchverlages, der schon mehrfach mit dem Produktionsstudio telefoniert und zu seinem Schreck in einem beiläufigen Nebensatz erfahren hatte, Schulte-Nissen sei längst im Wagen unterwegs. In Zivil! Das enttäuschte ihn tief. Hatte er doch fest damit gerechnet, der Schauspieler würde in der Maske des Kommissars auftreten. Allein schon aus Gründen der Verkaufspsychologie – ganz so, wie Schulte-Nissen es bei anderen Gelegenheiten erfolgreich praktiziert hatte. Jetzt hieß es rasch zu handeln, und das Glück war ihm hold. Nach einigem Hin und Her gelang es ihm tatsächlich, den Maskenbildner Tulpe in buchstäblich letzter Sekunde zu erreichen und mit der vollständigen Kommissarausrüstung in ein Taxi zu kommandieren.

So stand Tulpe, noch ganz außer Atem, mit seinem Utensilienköfferchen in der Hand und dem Staubmantel überm Arm zu SNs Verblüffung kaum drei Minuten nach dem Meister vor der Tür von dessen Hotelsuite und japste: »Schnell, schnell, die Leute warten doch!«

Es dauerte keine zehn Minuten, und die Maske war wieder perfekt. Der Künstler schaute in den Spiegel und strahlte zufrieden. Außergewöhnliche Situationen pflegte er zuweilen mit ausgewählten Zitaten zu kommentieren. »*Gott hat Euch ein Gesicht gegeben und Ihr macht Euch ein anderes.* Shakespeare, Hamlet, mein lieber Tulpe!«

Tulpe zerfloß vor Entzücken. »Ach, Meister, wie Sie das wieder gesagt haben!«

Als Schulte-Nissen nunmehr in Kostüm und Maske als falscher Kommissar die große Hoteltreppe hinunterschritt, durchzuckte es Gröbke als echten Mann der Sicherheit ob solch atemberaubender Verwandlungskunst.

Ein Hotelpage begleitete den Kommissar zum Saal und erwies sich auf dem kurzen Weg als begeisterter Krimifan. SN lächelte väterlich und fühlte sich geschmeichelt. Der dunkelhaarige, hochaufgeschossene Junge machte einen intelligenten Eindruck. Die Saaltür öffnete sich, und der Verlagsmanager begrüßte ihn mit einem für alle hörbaren: »Wie schön, Herr Kommissar, daß Sie doch noch zu uns gefunden haben.«

Schulte-Nissen wußte genau, was sein Publikum von ihm erwartete. Normale Menschen zeichnen sich in der Regel durch absolute Ahnungslosigkeit gegenüber dem Beruf des Schauspielers aus und werden allzu leicht Opfer ihrer naiven Identifikation mit der dargestellten Person. Selten können sie zwischen dem Original und der Kunstfigur, zwischen Realität und Fiktion unterscheiden. Und Kommissar Ypsilon war eine Identifikationsfigur ersten Ranges: ein Mann, der wußte, wo es langgeht – einer, der alle Fälle löste und auf alles eine Antwort wußte. Selbst die Fragen der Zuschauer nach seinem Privatleben, das in der Serie nur spärlich vorkam, vermischten und verwechselten den Schauspieler mit der dargestellten Figur. SN hatte sich daran gewöhnt und spielte das Spiel genüßlich mit. Was lag einem Mimen von seiner Statur näher, als ständig zu spielen? – wenn es sein mußte, haarscharf auf der Grenze zwischen Schein und Sein, gelegentlich mit einem ironischen Augenzwinkern.

Kaum prasselten die ersten Fragen auf ihn ein, philosophierte er bereits über das Gefühlsleben des Kommissars, schilderte sein Verhältnis zum Verbrechen, wich allzu konkreten Fragen der Journalisten geschickt aus, machte Appetit auf die kommenden Folgen, riß das Auditorium zu Gelächter und Beifall hin und endete mit einem Zitat von Voltaire: »*Wer gegenüber dem Verbrechen Nachsicht übt, wird sein Komplice,* meine Damen und Herren!«

Die Show schien gelungen. Der Verlagsmanager strahlte. Das Buch würde sich glänzend verkaufen, da war er sich ziemlich sicher. Der Andrang bei dieser Autogrammstunde bewies es. Er griente bei dem Gedanken, daß Schulte-Nissen die Bücher natürlich mit *Ihr Kommissar Ypsilon* signieren würde. Die Leute wollten betrogen sein. Je offensichtlicher, desto leichter, wie es schien.

4

Klaudia Kox brauchte fast eine Stunde, um im Archiv wenigstens das Wichtigste über Schulte-Nissen zu lesen und zu kopieren. Unterdessen hatte Bongard in ihrem Auftrag herausgefunden, daß am Vormittag Eva Ettlich ihren ersten Drehtag in der Serie hinter sich gebracht hatte und daß sich der berühmte Mime nicht mehr im Studio aufhielt, sondern sich auf dem Weg zu einer Autogrammstunde im Nobelhotel *Meridian* befand. Auch dieser Ort war ihr inzwischen vertraut. Leute, über die man in ihrem Blatt berichtete, wohnten mit Vorliebe dort. Oder hätten mit Vorliebe dort gewohnt, wenn sie das Geld gehabt und sich in diesem exklusiven Ambiente keine Abfuhr bei der Zimmerbestellung geholt hätten.

Ihr schicker Wagen wirkte ein wenig klein für den Parkplatz des Hotels, und dem Empfangschef entgleisten bei der Nennung des Blattes ganz leicht die Gesichtszüge. Dennoch wies er ihr höflich den Weg zum Bankettsaal. Nein, Hubert Schulte-Nissen sei noch nicht anwesend, werde aber jeden Augenblick eintreffen. Klaudia, die gerne vorher einen Termin mit dem Mimen vereinbart hätte, sah ein, daß es dafür zu spät war. Vielleicht war es ganz gut, den Herrn zunächst einmal in freier Wildbahn, sprich: im Angesicht seines Publikums zu beobachten.

Als er endlich mit der Verspätung, die so einer glaubte sich erlauben zu können, geradezu majestätisch hereinstolzierte, war Klaudia alles andere als beeindruckt. Ein eitler Knattermime, der im Kurtheater Bad Honnef den König Lear spielen konnte oder bei den Karl-May-Festspielen als großer weißer Bruder zu gebrauchen war – wegen des schönen Skalps. Er wirkte jedoch keineswegs unsympathisch und besaß anscheinend einigen Witz.

Sie wollte nicht vorschnell und ungerecht urteilen, doch in ihrem Blatt waren nun einmal flinke Formulierungen gefragt. Es kam weniger darauf an, wie jemand wirklich war, sondern welchen Eindruck er auf eine unterkühlte Journalistenseele machte. Sie hatte gelernt, wahllos alles zu notieren, was ihr bei solchen Gelegenheiten einfiel. Dabei hörte sie zu, was der Herr Kommissar von sich gab. Das meiste war für ihre Leser nicht zu gebrauchen. Der abschließende Satz mit dem Komplizen klang ganz gut, aber bei einem Urheber namens Voltaire würde Lucius mehr als nur die Nase rümpfen. Der kam also auch nicht in Frage.

Sie hatte es bewußt vermieden, sich an dem allgemeinen Fragespiel zu beteiligen, bei dem Schulte-Nissen eine recht gute Figur abgab. Sie wollte alleine mit ihm reden. Noch immer hatte sich ihre Wirkung auf Männer in solchen Situationen als hilfreich erwiesen, und selbst mit Frauen kam sie ganz gut aus, wenn die nicht allzu deutlich eine Konkurrentin in ihr witterten. Es fiel ihr nicht einmal schwer, bei Bedarf mit einem feministischen oder anderweitig alternativen Touch aufzutreten und jedermann wie jedefrau zu duzen.

Bei einem Schulte-Nissen kam derlei nicht in die Tüte. So einer wollte seriös angesprochen werden. Bescheiden hielt sie sich im Hintergrund, während sich die alten Fans um den Meister scharten, der mit schwungvoller Feder Bücher signierte. Schwitzte der nicht in diesem albernen Trenchcoat? Wahrscheinlich mußten Schauspieler sich an so etwas gewöhnen. Schon deshalb kein Beruf für sie. Außerdem war sie zwar in der Lage, den Sinn jedes Geschriebenen in kurzer Zeit zu erfassen – etwas auswendig zu lernen aber widerstrebte ihr.

Allmählich wurde die Schlange vor dem Tisch mit den Büchern kürzer. Im Auditorium saß nur noch hoheitsvoll eine einzelne Dame, die auf etwas zu warten schien, und seitlich neben dem Büchertisch hantierte ein ungeschickter kleiner Mann mit mehreren Mappen herum, die immer wieder drohten, ihm aus der Hand zu rutschen. Bevor der seinen Krimskrams zusammenraffte, um sich endgültig an Schulte-Nissen heranzudrängen, beschloß Klaudia zu handeln. Der Mann sah aus, als könne er einen Schulte-Nissen stundenlang aufhalten.

Mit ihrem bezauberndsten Lächeln auf den Lippen trat sie als letzte in die Reihe der Bücherkäufer und stellte sich vor. »Unsere Leser würden gerne etwas mehr über den Kommissar Ypsilon erfahren, Herr Schulte-Nissen.«

Schulte-Nissen, die Stirn schon leicht gerunzelt, als wolle er ablehnen, musterte sie und entschied sich für eine freundliche Miene. »Nun, wenn es nicht allzulange dauert . . .«, sagte er wohlwollend. »Ich habe noch allerhand Text zu lernen.«

»Vielleicht können wir hier irgendwo einen Kaffee trinken«, schlug Klaudia vor.

Damit war der Kommissar einverstanden. Nach dem abgestandenen Mineralwasser, das er während der letzten fünfzig Minuten konsumiert hatte, stand ihm der Sinn nach einem ordentlichen Whisky und einem starken Kaffee.

Gemeinsam verließen sie den Saal, verfolgt nur von dem Mappenträger, der Schulte-Nissen noch in der Tür aufzuhalten versuchte, was ihm nicht gut bekam. Der Schauspieler verscheuchte ihn wie ein lästiges Insekt und räsonierte noch auf der Treppe über die Aufdringlichkeit gewisser geistesschwacher Fernsehzuschauer, die einem angestrengt Arbeitenden keine friedliche Minute gönnen. Die hoheitsvolle Dame, die oben an der Balustrade stehengeblieben war und sie mit ihren Blicken verfolgte, schien er – im Gegensatz zu Klaudia – nicht zu bemerken.

Noch im Gehen zog er seinen Trenchcoat aus und warf ihn über eins der eleganten Ledersofas im Hintergrund der Hotellobby. »Ist es hier recht?« fragte er der Form halber. »Oder wollen wir uns lieber an die Bar setzen?«

Klaudia hob abwehrend die Hand. »Ich bin mit dem Wagen hier. Und ich muß den Beitrag heute noch schreiben.«

Der Page stürzte herbei, um den Trenchcoat aufzunehmen. Schulte-Nissen verhinderte es. »Nein, nein, der Mantel gehört zu mir«, sagte er und erkannte den Krimifan von vorhin. Den schlanken Burschen mit dem Anflug eines Bärtchens über der Oberlippe kleidete die straff sitzende Uniform.

»Besorg' uns lieber zwei Mokka und zwei große Whisky«, sagte SN.

Kaum war der Page verschwunden, nahte schon der nächste Anwärter, um sich auf den zerknautschten Kommissarmantel zu stürzen.

»Nun laß mir gefälligst den Mantel, Tulpe«, fuhr Schulte-Nissen seinen getreuen Eckart an. »Auch das andere erledigen wir besser nachher ...«

Sichtlich beleidigt zog sich Tulpe zurück. Kopfschüttelnd sandte Schulte-Nissen ihm einen Blick hinterher. Der eifersüchtige Kerl hätte es fertiggebracht, ihm im Angesicht der schmucken Journalistin die Silbermähne vom Kopf zu reißen. Nicht etwa, daß SN sich seiner Glatze schämte – wie oft hatte ihm seine Lydia beteuert, wie sexy er damit wirke –, aber eine Entblößung in aller Öffentlichkeit schien ihm denn doch an Exhibitionismus zu grenzen.

»Na, dann legen Sie mal los«, sagte er, wobei er Klaudia noch einmal wohlgefällig musterte. Eine charmante Enddreißigerin ohne übertriebenes Makeup, jedenfalls eine sehr natürlich wirkende Frau, möglicherweise sogar naturblond, vor allem aber ohne die affektierte Attitüde vieler ihrer Kolleginnen.

»Von welcher Zeitung sind Sie eigentlich?«

Es fiel Klaudia noch immer schwer, den ebenso kurzen wie einprägsamen Namen des Blattes zu nennen, und gelegentlich hatte sie schlechte Erfahrungen damit gemacht, so daß sie sich mitunter rausredete, freiberuflich für verschiedene Zeitungen tätig zu sein. Das kam hier nicht in Frage. Schulte-Nissen würde das Interview auf jeden Fall lesen, wenn sich darin nur ein wenig von der Brisanz fand, die Lucius sich versprach.

Klaudia nannte das Blatt, worauf Schulte-Nissen sagte: »Ich lege allerdings Wert darauf, wörtlich und vollständig zitiert zu werden. Mein Rechtsbeistand kann da sehr empfindlich reagieren . . .«

Das war nicht Klaudias Sorge. Dafür waren andere Herren zuständig. Sie schaltete das kleine Diktiergerät ein und begann. »Wenn ich recht informiert bin, spielen Sie den Kommissar Ypsilon seit nunmehr zehn Jahren. Erstarrt da eine solche Rolle nicht zu einem Klischee?«

Das fing ja gut an. SN ließ sich nichts anmerken, räusperte sich und antwortete locker: »So etwas hängt in erster Linie von der Qualität der Drehbücher, des Regisseurs und vor allem des Darstellers ab. Ich bin mit meiner Rolle gewachsen und in sie hineingewachsen. Von einem Klischee kann keine Rede sein. Das beweisen auch die Einschaltquoten . . .«

»Die in letzter Zeit rückläufig waren«, merkte Klaudia an.

SN verzog die Mundwinkel. »Unerheblich«, sagte er und hob das Whiskyglas, das die Serviererin vor ihm abgestellt hatte.

»Da ist noch eine Dame, die Sie dringend sprechen möchte«, murmelte sie diskret.

Schulte-Nissen schüttelte unwillig den Kopf. Er wollte sich auf die Fragen dieser Revolverjournalistin konzentrieren.

»Sie meinen also, daß der Serie keine wesentlichen neuen Impulse fehlen?«

»Aber nein! Ypsilon stellt eine ganz moderne Verkörperung der Polizeiarbeit dar. Das bestätigen uns die Fachleute immer wieder. Unsere Drehbuchschreiber sind ganz dicht dran an der Wirklichkeit. Da können Sie ganz sicher sein.«

»Sie nehmen selbst Einfluß auf die Drehbücher?«

Da sei Gott vor, hätte Ziff jetzt gesagt. Immerhin fand sich ja ein entsprechender Passus in SNs Vertrag. Nur hatte der es längst aufgegeben, sich darauf zu berufen. Streitigkeiten am Set brachten einfach nichts. Obwohl ihm die Änderungen gerade bei der neuen Staffel tatsächlich über die Hutschnur gingen. Aber das würde er keiner noch so hübschen Journalistin, und noch dazu von einem solchen Blatt, auf die Nase binden.

»Schuster, bleib bei deinen Leisten«, sagte er schlicht. »Ich finde, wir haben die besten Drehbücher in der Branche. Das dürfen Sie Ihren Lesern ruhig mitteilen.«

Klaudia registrierte es kopfnickend und schoß die nächste häßliche Frage ab. Allmählich wurde SN nervös. Was hackten die dauernd auf irgendwelchen notwendigen Veränderungen herum? Lief in der Serie nicht alles wie geschmiert, und das seit Jahren? Was sollten da Fragen, ob es nicht an der Zeit wäre, den Stab an jüngere Kollegen zu übergeben, wie im realen Polizeidienst üblich?

»Das Fernsehen hat seine eigenen Gesetze«, erklärte er mild. »Und ich wüßte nicht, wer mich ersetzen sollte. Dergleichen ist weder vom Sender noch von sonstwem vorgesehen.«

»Und Ihre neue Kollegin Eva Ettlich? Wie kommen Sie mit ihr zurecht?«

Es war ein Versuchsballon, den sie da steigen ließ. Sie kannte Eva Ettlich und ihren sprichwörtlichen Ehrgeiz aus einem vorherigen Leben, und sie wußte nicht einmal, welche Rolle die Schauspielerin in der neuen Staffel übernommen hatte. Vielleicht war sie nur das Opfer.

Schulte-Nissens Reaktion auf den Namen fiel, gelinde gesagt, indifferent aus. Für Klaudia, die sich ganz nebenbei mit Körpersprache beschäftigt hatte, war es sicher, daß er die Gleichgültigkeit nur spielte.

»Sie stellt eine echte Bereicherung für unser Team dar«, äußerte Schulte-Nissen knapp. Er trank noch einen Schluck Mokka und erhob sich. »Sie entschuldigen mich jetzt bitte. Es ist ein arbeitsreicher Tag, und er ist noch nicht zu Ende . . .«

Den Trenchcoat lässig über die Schulter geworfen, schritt er auf die Rezeption zu und lief dabei der noch immer sehr hoheitsvoll wirkenden Dame, die sich bis dahin in einiger Entfernung gehalten hatte, direkt in die Arme.

Klaudia Kox trank den Mokka aus und packte ihr Gerät ein. Zufrieden war sie nicht. Ein aufschlußreiches Gespräch war es dennoch gewesen. Sie zögerte einen Augenblick und griff nach dem teuren Whisky, der angenehm nach Torf schmeckte. Dabei fiel ihr ein, daß die vereinigte Schnaps- und Autolobby eine Schlappe erlitten hatte und frau statt mit 0,8 nur noch mit 0,5 Promille als verkehrssicher galt.

5

Herr Schulte-Nissen?«

»Ja, bitte? Was gibt's?« SN betrachtete die Person mit Argwohn, die ihn plötzlich aufhielt, erfaßte jedoch sofort, daß es sich um eine ungewöhnlich vornehme Dame handelte. Für so etwas besaß er einen Blick. Die muß aus einem piekfeinen Stall kommen, dachte er und musterte sie von der tadellosen Frisur bis zu den teuren Schuhen. Sie trug ein dunkles, englisches Kostüm mit schmalen Silberstreifen. Ja, das war wirkliche Eleganz. Und diese Haltung, diese Noblesse! Wo gab es heute so etwas noch? Er fühlte sich in eine versunkene Zeit zurückversetzt. Als junger Bursche hatte er einige Male seine reiche Tante in Hamburg-Blankenese besuchen dürfen und sich dort unsterblich gelangweilt, während sie ihn in die Geheimnisse der *upper class* einführte.

»Sie entschuldigen bitte, aber ich habe im Moment leider gar keine Zeit.« Höflich lächelte er ihr zu und versuchte einen Bogen um sie zu schlagen. Er war nicht dieser vorwitzigen Journalistin entronnen, um sich von einer zwar kultivierteren, dafür jedoch weit weniger reizvollen Frau aufhalten zu lassen. Er mußte tatsächlich noch Text lernen. Das waren auch so neumodische Methoden, in letzter Minute das Drehbuch zu ändern!

So leicht ließ sich die Dame nicht abweisen. »Die Angelegenheit duldet keinen Aufschub«, erwiderte sie mit Nachdruck, wobei sie sich fast unmerklich vorbeugte und eine geheimnisvolle Miene aufsetzte. »Ich komme im Auftrag der Gräfin Salm zu Salmstein zu Ihnen. Ihre Durchlaucht wünscht unbedingt Herrn Kommissar Ypsilon zu sprechen. Sie wartet im Salon.«

Schulte-Nissen war sich nicht sicher, ob er richtig gehört

hatte. Erlaubte sich da jemand einen Scherz mit ihm? Lauerten irgendwo hinter den Palmen eine versteckte Kamera und einer dieser Blödiane, die sowas für ulkig hielten?

»Sagten Sie: Ihre Durchlaucht?« fragte er und bemühte sich, den spöttischen Unterton zu unterdrücken.

Die feine Dame nickte.

SN schwankte zwischen beeindruckt und amüsiert. Wußte sie nicht, daß einer Gräfin dieser Titel gar nicht zustand?

»Hat Sie wirklich Kommissar Ypsilon gesagt?« erkundigte er sich. »Ich bin Schauspieler, und das ist eine meiner Rollen.«

Die Dame gab einen hauchdünnen Seufzer von sich und zuckte leicht mit den Schultern, was sowohl eine Bestätigung sein konnte als auch den versteckten Hinweis zuließ, es handle sich bei Ihrer Durchlaucht eben um eine etwas verschrobene Aristokratin.

Schulte-Nissen, der insgeheim ein Faible für ungewöhnliche Menschen besaß, mit deren meisterhafter Nachahmung er gelegentlich im Kollegen- wie im Familienkreis zu glänzen wußte, ließ sich von seiner Neugier hinreißen. Er folgte der Dame in den Salon. Und er wurde nicht enttäuscht. Die Erscheinung – und um eine solche handelte es sich im wahrsten Sinne des Wortes – saß neben dem Kamin und fächerte sich mit einem Schildpattfächer unablässig Luft zu. Sie trug ein voluminöses, schwarzes Samtkleid und eine wirkungsvoll um die Schultern drapierte Nerzstola. Auf ihrer Brust prangte eine mit zweifellos echten Brillanten besetzte Brosche.

SN schaute in ein steinaltes, von winzigen Fältchen durchfurchtes Gesicht, dessen Züge noch immer von einstiger Schönheit kündeten. Belustigt registrierte er die grotesk unter einem krönenden Elfenbeinkamm aufgetürmte Hochfrisur, auf deren Plateau sich Hunderte von Löckchen kringelten.

Die Gesellschafterin der Hohen Frau wies mit ausholender Gebärde auf SN. »Durchlaucht, darf ich Ihnen Herrn Kommissar Ypsilon vorstellen.«

Die alte Dame musterte ihn mit scharfem, vermutlich kurzsichtigem Blick. »Setzen Sie sich, junger Mann!« befahl sie mit einer donnernden Stentorstimme, die keinen Widerspruch zu dulden schien und SN derart zusammenzucken ließ, daß er im Augenblick keinen anderen Ausweg sah, als freiwillig Platz zu nehmen. Wer war dieses unglaubliche Fossil? Unwillkürlich fielen ihm leinwandfüllende Walküren ein, wie er sie aus alten deutschen Tonfilmen in Erinnerung hatte. Auch eine unvergleichliche und längst dahingegangene Hofschauspielerin kam ihm in den Sinn, die noch zu seiner Jugendzeit bei den Marburger Festspielen aufgetreten war. Mit wem hatte er es hier um Gottes willen zu tun? Und wer war hier in Wahrheit der Schauspieler – sie oder er?

»Mein lieber Herr Kommissar, Sie schickt mir der Himmel! Sie sind der einzige, der in meinem Fall helfen kann.« Nun, da sie sanftere Töne anschlug, sprach sie mit geradezu lieblicher Stimme und dem Singsang einer Mezzosopranistin. »Helfen Sie einer armen Frau in ihrer Not.«

»Das würde ich gewiß gerne tun, gnädige Frau, aber ...«

Sie ließ ihn nicht zu Wort kommen. »Stellen Sie sich vor, Kommissar: Ich bin dreist bestohlen worden!«

»Gnädige Frau, ich glaube, Sie verwechseln da etwas.«

»Ich verwechsle gar nichts!« Sofort gewann ihr Ton wieder an Volumen und Festigkeit. »Ich habe im Fernsehen alles von Ihnen gesehen. Alles! Wie Sie die Fälle gelöst haben. Einfach meisterhaft. Was sage ich: grandios! Betrachten Sie mich als Ihre uneingeschränkte Verehrerin. Und im übrigen waren Sie schon einmal in einem ähnlichen Fall erfolgreich, wie ich mich erinnere.«

Schulte-Nissen hob vorsichtig den Finger, um etwas einzuwenden. Er hatte keine Chance. »Schweigen Sie!« donnerte sie erneut. »Stellen Sie Ihr Licht nicht unter den Scheffel. Es ist eine Kleinigkeit für Sie. Man hat mein Brillantcollier gestohlen. Ein Erbstück aus Familienbesitz derer von Salm zu

Salmstein und Trutzburg-Wendelshausen.« Sie drehte ein Foto um, das bis dahin mit der Rückseite nach oben auf dem niedrigen Tisch vor ihr gelegen hatte, und wies auf den in aller Schärfe und Farbenpracht abgebildeten Schmuck.

»Der Dieb muß sich in diesem Hotel aufhalten. Da gibt es keinen Zweifel«, erläuterte sie.

»Schönes Stück«, bemerkte SN höflich. Und ganz sicher unangemessen teuer. Er vermied es wohlweislich, das Foto in die Hand zu nehmen. »Haben Sie schon mit der Hoteldirektion Rücksprache genommen? Und mit der Kriminalpolizei?«

Die Gräfin winkte verächtlich ab. »Die Berliner Polizei ... Ist Ihnen bekannt, daß dort sogar Leute aus dem Osten übernommen wurden? Meine Familie ist schon einmal enteignet worden. Das genügt! Außerdem bin ich es meinem Ruf schuldig, jedweden Skandal in der Öffentlichkeit tunlichst zu vermeiden. Und da kommen *Sie* wie gerufen. Sie verstehen? Also, was ist?«

Schulte-Nissen, dem es selten die Sprache verschlug, wußte nicht recht, was er sagen sollte. Ihm fiel ums Verrecken nichts ein, und er spürte, wie ihm der Schweiß auf die Stirn trat. Hilfesuchend wandte er seinen Blick der Gesellschafterin zu. Die machte keinerlei Anstalten, ihm aus der Patsche zu helfen. Mit mokanter Miene starrte sie auf die gegenüberliegende Wand, an der ein gefälliges Riesenbild von Hundertwasser hing.

»Gnädige Frau«, sagte SN diplomatisch. »Ich stecke mitten in den Dreharbeiten. Sie müssen verstehen, daß ich im Augenblick wirklich nicht ...«

»Papperlapapp!« dröhnte die Gräfin. »Für einen Mann wie Sie ist das eine Bagatelle! Und das Honorar wird fürstlich ausfallen, das versichere ich Ihnen.«

Wieder überkam SN der dringende Verdacht, jemand leiste sich da einen bösen Spaß mit ihm. Man kannte das aus dem Fernsehgeschäft. Wo in aller Welt hatten sie Kamera und Mikrofone versteckt? Er sah sich aufmerksam um. Als just in diesem Moment der Page mit einem Silbertablett erschien, wandte SN sich ihm erwartungsvoll zu. Auf dem Tablett lag ein Kärtchen.

»Janz dringend für Herrn Schulte-Nissen, persönlich.« Die berlinische Klangfarbe war nicht zu überhören. Voller Eifer griff SN nach dem Kärtchen und bemerkte dabei zu seiner Überraschung, daß ihm der Page zublinzelte. Auf der Karte stand lediglich:

Für Kommissar Ypsilon von seinem Fan

Page Henry

O.K.?

SN begriff sofort. »Tja, tut mir aufrichtig leid, meine Damen, aber ich werde dringend gebraucht.« Er stand auf, griff nach seinem Trenchcoat und verbeugte sich. »Gräfin. Gnädige Frau.«

»Ja, aber . . .«, wandte die Gräfin ein. SN nickte ihr beruhigend zu.

»Ich werde in Ihrer Angelegenheit mein Möglichstes tun, Gräfin. Das versichere ich Ihnen.«

Die Anstandsdame lächelte ihr mokantes Lächeln.

Er verbeugte sich ein zweites Mal und verließ hinter dem Pagen eilig den Salon. In der Halle angelangt, fingen sie beide an zu lachen. »Das hast du clever eingefädelt, Henry. Rettung in höchster Not. Danke sehr.« Er klopfte dem Pagen anerkennend auf die Schulter und suchte nach Geld in der Jacketttasche. »Woher wußtest du überhaupt, in welcher Klemme ich stecke?«

»Betriebsgeheimnis.« Der Page griente übers ganze Gesicht, so daß die Mundwinkel drohten, sich den Ohren zu nähern. »Es sei denn, wir arbeiten zusammen, Chef. Schließlich sind Sie 'n berühmter Kommissar. Wär' *die* Chance für mich.«

»Ja, seid ihr denn hier alle verrückt geworden? Hat dich das

Krimifieber überwältigt oder was? Ich bin Schauspieler! Ich kann keine Fälle lösen.«

»Den schon! Es käme auf'n Versuch an.« Henry griente unwiderstehlich. »Die Geschichte mit dem Collier ist doch ein ganz linkes Ding.«

»Wie meinst du das?«

»Verlassen Sie sich auf olle Henry. Hat die Gräfin Ihnen von ihrem Freund erzählt?«

»Diese alte Dame? Wie alt ist der Freund? Fünfundachtzig?«

Henry schüttelte den Kopf. »Nee, nee. Eher so achtundfuffzig. Den Typ brauchen wir bloß mal richtich zu belöffeln . . .«

»Junge, Junge, mit dir hab' ich 'n Fang gemacht.« SN tätschelte dem Pagen väterlich die Schulter und blieb vor der Rezeption stehen. Dort drückte sich noch immer Gröbke herum, SNs Schlüssel erwartungsvoll in der Hand.

»Ich möchte mich noch einmal in aller Form für mein Versagen entschuldigen, Herr Schulte-Nissen«, raunte er SN diskret zu. »Ich wußte tatsächlich nicht . . .«

»Sie wissen so manches nicht.« SN nahm dem Mann den Schlüssel aus der Hand. Sein Zorn war längst verflogen. Er sah sich nach Tulpe um, aber der war nirgends zu erblicken. »Und wenn mein Maskenbildner auftaucht, schicken Sie ihn bitte auf mein Zimmer.«

Gröbke, dem ein Fachmann wie SN auf hundert Meter gegen den Wind ansah, welche Aufgabe er in diesem Haus zu erfüllen hatte, verbeugte sich devot. Es wirkte einigermaßen albern. Aber seines Aussehens wegen war der hier nicht engagiert.

Nun wurde SN auch klar, weshalb er nicht seine gewohnte Suite bekommen hatte. Dieser Armleuchter hatte ihm das sogenannte *Fürstenzimmer* zugeschanzt, um seinen Fauxpas auszugleichen, eine sehr behagliche, aus drei Räumen bestehende und mit antiken Möbeln ausgestattete Suite. Na schön, das sollte die Firma mit dem Hotel ausmachen. Aber wo, zum Teufel, logierte dann die anscheinend steinreiche alte Gräfin?

Er zog die Perücke vom Kopf und ließ sich mit Schwung auf das gigantische Doppelbett fallen. Am liebsten hätte er erst einmal eine Runde geschlafen. Wo drückte sich Tulpe herum? Der kam sicher wieder im ungünstigsten Augenblick!

Auf dem Nachttisch lagen die geänderten Drehbuchseiten. Er verspürte nicht die geringste Lust, auch nur einen Blick darauf zu werfen. Das hatte Zeit. Bis jetzt hatte er seinen Text noch immer beherrscht. Manchmal spielte er zu Hause, in seinem wunderschönen Heim in Zell am See, eine Szene mit Lydia durch. Sie hatten beide ihren Spaß daran.

Das war überhaupt ein Gedanke: Er mußte Lydia anrufen! Sie machte sich vielleicht schon Sorgen.

In Wirklichkeit war er es, der sich Sorgen machte. Situationen, die sich nicht von vornherein richtig einschätzen ließen, machten ihn kribbelig. Er griff nach dem Telefon.

»Was ist denn los, Hubi? Du klingst so merkwürdig.« Lydia kannte ihren Alten nach dreißig Ehejahren aus dem Effeff. Der Klang seiner Stimme verriet nichts Gutes. Zudem rief er für gewöhnlich nicht am ersten Tag der Dreharbeiten zu Hause an. Irgend etwas stimmte nicht. Das war sonnenklar.

SN druckste herum. »Weißt du, Lydia, es ist wegen . . . Sie haben ein paar völlig neue Szenen in das Buch geschrieben. Ich muß kilometerlange neue Texte lernen . . .«

»Geh, Hubi! Das kann doch für dich kein so großes Problem sein. Oder ist sonst noch irgend etwas?«

»Na ja, ich will die Pferde nicht scheu machen, aber die vom Sender haben mir plötzlich eine Schauspielerin in die Serie gedrückt. Angeblich als Assistentin und als Ersatz für Werner. Die Sache stinkt. Verstehst du?«

»Ist sie hübsch?« kam als Reaktion vom anderen Ende.

»Ach, was du immer denkst. Ich hab' weiß Gott andere Sorgen. Also, was soll ich tun?«

»Schlaf mit ihr oder jag sie zum Teufel!«

»Ich bin wirklich nicht zum Scherzen aufgelegt, Lydia.«

»Ich scherze nicht, Liebling. Es ist mein voller Ernst.« Nach einer Pause aber siegte doch die Eifersucht. »Oder frag Tulpe. Der weiß doch immer einen Rat.«

»Der hat sich verkrümelt, und ich sitze noch immer geschminkt hier herum!« grollte SN. Endlich war ihm jemand eingefallen, auf den er wütend sein konnte.

»Und was sagt dein Freund Ziff zu der ganzen Angelegenheit?«

»Du hast recht. Der sollte eigentlich besser wissen, was er an mir hat. Den werde ich als nächstes mal richtig belöffeln!«

Lydia lachte. Sie kannte seinen Wortschatz und seinen Hang, ihn ständig zu erweitern. »Steht der Satz im geänderten Drehbuch?«

»Nein«, sagte SN. »Aber es ist gut, daß du mich darauf bringst. Du hast doch einen Überblick über alle Ypsilon-Folgen. Die Drehbücher liegen unten im Regal. Guck mal bitte, ob irgendwann ein Juwelenraub dabei war. Oder so etwas ähnliches. Ich erinnere mich kaum daran.«

Lydia klang nicht gerade begeistert. »Na gut. Wenn es dir wichtig ist, schaue ich gelegentlich mal nach.«

»Nicht gelegentlich. Es ist leider ziemlich eilig, Lydia.«

Lydia schwieg. SN wußte nur zu genau, welches Gesicht sie jetzt machte. »Bitte«, sagte er. »Ich erkläre es dir später, ja?«

»Ja«, sagte Lydia. »Ich fange sofort an.« Und legte auf.

SN hielt den Hörer noch eine ganze Weile in der Hand. Jetzt verärgerte er auch noch seine Lydia dieser alten Scharteke wegen. Was für ein verkorkster Tag! Noch einmal anzurufen, konnte die Sache nur verschlimmern. Das wußte er aus Erfahrung.

Stattdessen wählte er die Nummer der Rezeption. »Lassen Sie bitte meinen Maskenbildner Tulpe ausrufen!« raunzte er ärgerlich. »Er soll sich bitte sofort bei mir melden!«

6

Der rauchige Whisky-Geschmack wärmte ihre Kehle noch lange. Klaudia fand, daß es sich in dem tiefen Lederfauteuil in der Hotelhalle viel besser saß als vor dem grauen Computer. Bis zum Redaktionsschluß waren es noch gut zwei Stunden. Zeit genug, um die wichtigsten Sätze ihres Beitrags ungestört zu notieren. Je später sie in der Redaktion erschien, um so weniger konnte Lucius ihren Text verschlimmbessern.

Die Serviererin erschien, um das Geschirr abzuräumen. Klaudia bestellte noch einen Kaffee. Der unterschied sich erheblich von dem Gesöff aus dem Redaktionsautomaten und ließ sich zudem unter Spesen verbuchen. Munter machte sie sich daran, einen Titel zu finden.

Kommissar Ypsilon auch im zweiten Jahrzehnt ohne Nachfolger? war viel zu lang und zu bieder. *Ypsilon: kein Nachfolger in Sicht!* Das klang schon besser. Oder: *Ypsilon – der beste Schauspieler mit den besten Drehbüchern?* Und wie war *Deutschlands modernster TV-Polizist im Rentenalter*? Lucius würde nur lachen. Viel zu brav! Unsere Leser wollen auf den ersten Blick wissen, was wirklich los ist. Was *hinter den Dingen* steckt, verstehen Sie? Andererseits sollen sie die Story vorerst nur wittern. Sonst brauchen sie das Blatt ja nicht mehr zu kaufen.

Sie machte sich an den Text. Dazu brauchte sie nicht in das Band reinzuhören, so gut hatte sie Schulte-Nissens wohltönende Stimme noch im Ohr. Andererseits mußte sie unbedingt herausfinden, welche Rolle der Ettlich in den kommenden Folgen zugedacht war. Vielleicht ließ sich daraus etwas machen.

Der Page, zu dem Schulte-Nissen allem Anschein nach eine besondere Beziehung unterhielt, buckelte mit zwei riesigen

Koffern an ihr vorbei und lächelte ihr freundlich zu. Als er nach einiger Zeit wieder in ihrer Nähe auftauchte, winkte sie ihn heran und fragte ihn harmlos, ob Eva Ettlich auch im Hause wohne. Er sah sich um und antwortete ein wenig steif: »Bedaure. Wir sind nicht zu Auskünften über unsere Gäste befugt.«

Klaudia griente. Er war ein schmucker Bursche, und sie dachte ernsthaft daran, seine Standhaftigkeit mit einem Geldschein auf die Probe zu stellen. Hotelpersonal wurde traditionsgemäß beschissen bezahlt. Da machte diese Nobelherberge gewiß keine Ausnahme. Andererseits erschien es ihr unfair, den Jungen in unnötige Schwierigkeiten zu bringen. Wer weiß, wie er sich abgestrampelt hatte, um wenigstens diesen Job zu ergattern und Tag für Tag vor den Großkopferten in einem albernen Affenjäckchen herumzuspringen.

»Na gut«, sagte sie. »Aber der Herr, der vorhin den Mantel abholen wollte – war das der Garderobier von Herrn Schulte-Nissen?«

Der Page hob die Schultern, die sein Jäckchen zu sprengen drohten und antwortete kaum vernehmlich: »Ich glaube, er sitzt in der Bar . . .« Und weg war er.

Klaudia steckte ihren Block in die Tasche und erhob sich. Die Bar befand sich am anderen Ende der Lobby. Hinter einem wahren Pflanzengebirge verbarg sich eine altertümliche Tür mit dunkel getöntem Glas. Als sie eintrat, sah sie zunächst kaum etwas, obwohl draußen noch Tag war. Hemingway oder Luis Buñuel, die beiden einzigen Barfachmänner, die Klaudia auf Anhieb einfielen, hätten ihre wahre Freude an diesem düster getäfelten Raum mit dem gewaltigen U-förmigen Tresen gehabt. Eine Bar, die nach langsamem, genußvollem Trinken, nach ernsten Männergesprächen im Qualm teurer Zigarren aussah und auch so roch. Indessen hantierte nur eine glutvolle schwarzhaarige Frau hinter dem Tresen, ein vollbusiges Rasseweib sozusagen, jedoch durchaus züchtig mit einer roten, nur wenig durchschimmernden Bluse bekleidet. Der Olivton ihrer Haut rührte weder von der Sonne noch von einer UV-Lampe her. Das erkannte Klaudia allerdings erst, als sie nahe genug herangetreten war, um schließlich auch die beiden schemenhaften Figuren in der dunkelsten Ecke zu entdecken, die intensiv miteinander beschäftigt schienen.

»Mein Gott!« stieß der eine bei Klaudias Anblick erschrokken hervor. »Ich muß ja SN fertigmachen!«

Sie war auf der richtigen Fährte. Als der Mann an ihr vorbei zum Ausgang stürzen wollte, hielt sie ihn auf. »Sie brauchen sich nicht zu beeilen. Ihr Chef ist noch ein Weilchen beschäftigt.«

Tulpe blieb stehen. »Sind Sie ganz sicher?«

»Ganz sicher«, log Klaudia unbefangen. »Darf ich Sie zu einem Drink einladen?«

»Nein, danke. Ich trinke keinen Alkohol, solange ich meine Pflichten nicht vollständig erfüllt habe.«

Auch die andere Person war jetzt aus dem Dunkel getreten, ein schmaler junger Mann mit asketischen Gesichtszügen. »Ich muß mich auf die Probe vorbereiten«, sagte er entschuldigend zu Tulpe. Er sprach mit hartem slawischen R und war aus dem Raum geglitten, bevor Tulpe ein Wort zu äußern vermochte.

»Ich zahle dann . . .«, sagte Tulpe zögernd zu der Schönheit hinter der Bar.

»Lassen Sie mich das übernehmen«, bot Klaudia sofort an. »Und geben Sie uns zwei Tonic, bitte.«

Die Barfrau taxierte sie mit einem Blick, den Klaudia bei einem Mann dreist genannt hätte. Klaudia hob den Kopf und starrte hochmütig zurück. Sie machte sich nun mal nichts aus Frauen. Nicht mal, wenn sie so gut aussahen wie die hier.

Tulpe murmelte: »Wissen Sie, Ich habe wirklich keine Zeit . . .«

»Na, ein so strenger Chef wird der Herr Kommissar ja kaum sein«, beruhigte ihn Klaudia. »Ich sage Ihnen doch: Er führt ein längeres Gespräch mit einer Dame.«

Tulpe ahnte nichts Gutes. »Ihr Wort in Gottes Gehörgang«, sagte er zögernd. »Man steht besser auf dem Sprung. Besonders an einem Tag wie diesem.«

Klaudia reichte ihm das Tonicglas und erkundigte sich mitfühlend: »Hat es im Studio Ärger gegeben?«

Tulpe winkte ab, griff jedoch nach dem Glas. Über Studioangelegenheiten sprach man nicht in der Öffentlichkeit. Das galt auch für ihn als ehernes Gesetz. Doch wie der Volksmund so schön sagt: *Wes Herze voll ist, des Maul läuft über.* Und Tulpes Herze war nun einmal voll. Voll genug, um Klaudias beinahe unmerklichem Drängen nachzugeben und wenigstens ein paar Worte über seine Sorgen bezüglich einer gewissen Konkurrentin zu verlieren, die seinem SN nicht das Wasser reichen könne . . . So deutlich sprach er das nicht aus. Es handelte sich selbstverständlich nur um eine schwache Andeutung, die Klaudia allerdings sofort verstand.

»Sie meinen Eva Ettlich.«

Entsetzt hob Tulpe das Glas und die freie Hand. »Ich habe keine Namen genannt!« beteuerte er. »Aber wenn man ein Jahrzehnt seines Lebens drangegeben hat, gemeinsam mit einem so großartigen Schauspieler wie SN in eine solche Rolle hineinzuwachsen – und dann solche Machenschaften . . . Ich bitte Sie!«

Klaudia nickte verständnisvoll. Irgendwie tat ihr der Mann leid. Der Maskenbildner, wie sich herausgestellt hatte – nicht etwa Schulte-Nissen. Dem konnte in seiner Aufgeblasenheit ein Dämpfer überhaupt nicht schaden. Außerdem mußte der nach zehn Jahren in dieser Rolle auch finanziell längst ausgesorgt haben.

Die Schwarzhaarige hinter dem Tresen fragte plötzlich: »Herr Tulpe?«

Tulpe fuhr herum. Sie legte den Telefonhörer aus der Hand. »Sie werden dringend in der Fürstensuite erwartet.«

»Ach du lieber Himmel!« jammerte Tulpe und flatterte los wie eine fußkranke Bahnhofstaube. »Jetzt habe ich ihn doch glatt vergessen.«

Klaudia zahlte und bat um eine Rechnung. »Nette Leute, diese Fernsehleute, wie?« sagte sie zu der Barfrau.

»Gäste sind Gäste«, erwiderte diese und bewies, daß auch sie arrogant gucken konnte, wenn sie wollte.

Klaudia stieg vom Barhocker und lächelte ihr gewinnend zu. »Sie könnten mein Chef sein«, sagte sie. »Der meint auch immer, daß man die Leser gar nicht genug überschätzen kann.«

Sie wandte sich um und glaubte für einen Augenblick an eine Halluzination. Der Riese mit den langen rotblonden Locken und den verlebten Gesichtszügen, der fast lautlos die Bar betreten hatte, schaute sie einen Moment an, nickte ihr zu und verschwand in der dunklen Ecke, wo vorher Tulpe und sein Begleiter geturtelt hatten.

Das war doch ... Nein, das konnte nicht sein. Seit Tagen fieberte die Stadt dem *ultimate last concert* entgegen, die Schwarzhändler erwarteten den letzten großen Run auf die gehorteten Tickets und in den Einheitsprogrammen der Radiosender lief täglich dreimal Johnny Whitehouse's größter Hit aus den Sechzigern *And the Southwind Blow* – und ausgerechnet ihr lief in dieser düsteren Bar Johnny in persona über den Weg. Wahrscheinlich ein Doppelgänger. Einer, der auf Johnny Whitehouse machte, wie es ja Tausende gab, die Elvis auf geradezu jämmerliche Weise imitierten. Bei dem Zweimetermann Whitehouse war das schon ein bißchen schwieriger. Zumindest die Größe stimmte bei dem Mann in der Ecke. Und die rote Lockenpracht. Es fehlten der Stetson und die nietenbeschlagene Lederjacke. Und es fehlte jede Information, daß Johnny sich bereits in Berlin aufhielt. Wenn sie ihn aufgespürt hatte und jetzt mit ihm sprach, kam das einer Sensation gleich. Oder einem höchst uneleganten Rauswurf aus dem *Meridian*.

Immerhin war dieses bewußt abseits der City gelegene Hotel für seine außergewöhnliche Diskretion bekannt. Hier stiegen nur die Spitzen der Gesellschaft ab. Weshalb also nicht auch Johnny Whitehouse? Auf einen billigen Nachahmer würde das *Meridian* kaum hereinfallen.

Vergeblich starrte sie noch einen Augenblick in das Dunkel. Johnny Whitehouse war ein Idol aus ihren frühen Jugendtagen. Auch deshalb fand sie nicht den Mut, den Mann einfach anzusprechen und sich eine Abfuhr zu holen. Sie würde Bongard fragen. Er galt als der absolute Rockfreak in der Redaktion.

7

Kurz nach sieben saß Eva Ettlich beinahe alleine im Frühstücksraum des Hotels. Nur das leise Klirren des Kaffeelöffels störte die morgendliche Stille. Erschrocken betrachtete sie ihre zitternden Finger.

In letzter Zeit zitterten ihre Hände morgens öfter. Ohne erkennbaren Grund, wie ihr schien. Heute jedoch war sie einem Gespenst begegnet. Einem Gespenst aus längst vergangenen Tagen. Ausgerechnet hier, in diesem Nobelhotel. Ein Mann aus vergessenen Zeiten. Aus verdrängten, wie ihr jeder Psychologe erklären würde. Ohnehin hätte sie seit langem eine Therapie nötig gehabt. Das wußte sie nur zu genau. Und gerade deshalb scheute sie immer wieder davor zurück. Es war ihr nicht gegeben, einem wildfremden Menschen ihr Inneres zu offenbaren. Schon gar nicht irgendeinem onkelhaften Medizinmann, der dabei unentwegt auf ihren Busen starren würde. Oder auf die Beine oder weiß der Teufel wohin. Sie war sich ihrer Wirkung auf Männer bewußt und setzte sie bedenkenlos ein, wenn es ihr Spaß machte oder sie sich etwas davon versprach. Es machte ihr nicht das geringste aus, sich vor der Kamera und dem ganzen Filmteam auszuziehen, wenn es die Rolle verlangte. Aber vor einem Arzt? Sie hatte einige Monate mit einem Radiologen zusammengelebt und seine absonderlichen sexuellen Obsessionen lange genug ertragen, um sich vorstellen zu können, was auch in einem medizinisch gebildeten Mann vorging.

Und eine Frau? Der Gedanke daran war ihr noch unangenehmer. Eine Frau würde entweder dümmer sein als sie selbst und demzufolge nie begreifen, was in ihr vorging – oder, und das war die schlimmere Variante, viel klüger sein und sie durchschauen. Davor fürchtete sie sich noch mehr. Im Grunde bestand ihr Leben nur noch aus Ängsten: Furcht vor dem Altern, vor dem Versagen, vor Krankheit, vor einem Unfall, davor, keine Rolle mehr zu bekommen. Beklemmung davor, einen Raum mit fremden Menschen zu betreten, Scheu vor neuen Kollegen und vor fremden Nachbarn. Ihr täglicher Kampf bestand in der Überwindung dieser Ängste.

In letzter Zeit glaubte sie ein Mittel dagegen gefunden zu haben. Eine unscheinbare Statistin in einer der daily soaps, mit denen ihr mühseliger Wiederaufstieg begann, hatte es ihr empfohlen und gleich die Besorgung übernommen. Das Zeug war nicht billig, dafür aber um so wirkungsvoller. Sie wußte nicht einmal, wie es hieß. Sie wußte nur, daß es ihr half, ihr Gleichgewicht und ihre tägliche Sicherheit, kurz: ihr Image zu wahren. Im Sport hätte das Doping geheißen, dessen war sie sich durchaus bewußt. In diesem Gewerbe aber fragte niemand danach, woher jemand die schier übermenschliche Spannkraft und Energie nahm, die ewig gute Laune, die man vorzuzeigen hatte, wenn man noch nicht ganz oben angekommen war. Sie wollte ganz nach oben, und sie schien auf dem besten Wege dorthin.

Bald würde der Fahrer vom Drehteam kommen und sie abholen. Ausgerechnet heute war ein wichtiger Tag für sie. Die Außenaufnahmen, die der Regisseur des guten Wetters wegen angesetzt hatte, konnten entscheidend für sie sein. Sie mußte überzeugen. Eine solche Chance bot sich so bald nicht noch einmal. Immerhin hatte ein gewisser einflußreicher Chef des Senders seine ganze Autorität genutzt, um mit dieser Rolle ihr Entgegenkommen zu belohnen.

Offen blieb die Frage, wie der große Schulte-Nissen auf die Neueinsteigerin reagieren würde. Hochgelder hatte sie darauf hingewiesen, welches Privileg es bedeutete, neben SN im *Meridian* zu logieren. Sie betrachtete die pastellfarbenen Wände des Raumes. Die Heiterkeit des Interieurs war dazu angetan, selbst eingefleischte Morgenmuffel in eine sanftmütige Stimmung zu versetzen. Nicht so Eva Ettlich. Hastig griff sie nach ihrer Tasche, zog Puderdose und Lippenstift hervor und betrachtete sich kritisch im kleinen Spiegel. »O Gott, ich habe kein Gesicht!« murmelte sie vor sich hin. Sicher, nachher würde sie sowieso von der Maske in die Mangel genommen. Aber vorher könnte sie der Regisseur sehen. Und jeder vom Drehteam. Es kam darauf an, vom ersten Augenblick an zu überzeugen.

Sie puderte sich die Wangen nach. Dabei spürte sie es wieder, dieses dumpfe Gefühl von Angst, das in ihr aufstieg. Würde sie neben dem gewieften Altmeister bestehen? Sie hatte schlecht geschlafen, wie immer vor einer besonderen Herausforderung. Und dann diese unerwartete Begegnung. Wie ein Schemen war der Kerl plötzlich aufgetaucht und bei ihrem Anblick sofort wieder verschwunden, als hätte es ihn nie gegeben. Dennoch hatte sie ihn erkannt. Ein solches Gesicht vergaß man nicht.

Ein Schauer lief ihr über den Rücken. Sie begann zu frösteln. Dagegen half kein noch so heißer Kaffee. Nur die kleine Dose mit den weißen Wunderpillen konnte sie jetzt retten, ihr Gleichgewicht wiederherstellen. Hastig griff sie danach und schaute sich gleichzeitig um, ob niemand sie beobachtete. Vorsichtshalber wartete sie, bis der Kellner den Raum verlassen hatte und schluckte zwei von den Dingern herunter. Etwas Tee hinterher, und das war's schon. Die Wirkung ließ nicht lange auf sich warten. Sie atmete tief und befreit durch.

Der Frühstücksraum hatte sich inzwischen etwas belebt. Nun erschien auch Schulte-Nissen auf der Bildfläche, ein kräftiger, glatzköpfiger Herr in seiner üblichen Privatkluft. Dennoch ließ sich nicht bestreiten, daß er auch in Zivil jemanden darstellte, der nicht unbeachtet blieb. Mit einem Rundumblick erfaßte er die Gäste. Für einen Augenblick schien jedes Geräusch zu ersterben. Seine Miene verfinsterte sich. War das nicht die Ettlich? Was hatte die hier zu suchen? Mit energischen Schritten steuerte er auf das Ende des Raumes zu, fest entschlossen, die Kollegin keines einzigen Blickes zu würdigen. Mittendrin wurde ihm jedoch die Albernheit seines Verhaltens deutlich und er nickte ihr im Vorbeigehen mit einem knappen »Guten Morgen!« zu. Dann verschwand er im Gang, der zum separierten Frühstückszimmer für VIPs führte.

Die Ettlich hatte SN mit stummer Geste angeboten, sich zu ihr an den Tisch zu setzen. Er hatte es geflissentlich übersehen. Enttäuscht, ja beleidigt schaute sie ihm nach. Eingebildet ist er auch noch, dachte sie. Dämlicher Fatzke.

Die Einrichtung des VIP-Gemachs war das Werk eines namhaften Nostalgie-Designers: Edelholzparkett, Seidentapeten und Deckenmalereien. Kaum hatte SN den Raum betreten, zog er das Handy aus der Tasche und piepste die Nummer von Ziff an. Der meldete sich, wie er sagte, direkt von der Autobahn. Er stecke kurz hinter München im dicksten Verkehr.

Der Ober brachte das Frühstück. Er kannte SNs Vorliebe für Britisches und servierte ihm Ham and Eggs.

»Seit wann schmeißt du das Geld aus dem Fenster, Ziff? Wieso muß die, wie heißt sie noch, diese Ettlich hier im *Meridian* kampieren?«

Ziffs Stimme drang mit Unterbrechungen aus dem Gerät. »Hast du keine anderen Sorgen? Vielleicht wollte jemand nett zu dir sein und dir die Annäherung an deine neue Assistentin erleichtern.«

»Red' keinen Stuß! Habe ich etwa kein Recht zu erfahren, was das soll? Was wird hier gespielt, Ziff?«

»Nun beruhige dich doch, SN. Das kommt vom Sender.«

»Vom Sender?«

»Auf besonderen Wunsch eines einzelnen Herrn.«

»Ach nee. Ich sag' dir eins, Ziff, wenn hier mit gezinkten Karten gepokert wird, kann ich sehr ungemütlich werden. Ich hoffe, du hast mich verstanden. Ende.«

Ihm war der Appetit vergangen. Lustlos schob er das Ei in

den Mund und spülte mit Kaffee nach. Mit Ziff gab es in letzter Zeit nichts als Ärger. Er wurde das Gefühl nicht los, daß der Produzent ihm auswich. Irgendwann würde es zu einem großen Krach zwischen ihnen kommen, das sah er voraus. Und er wußte auch, wer daraus als Sieger hervorgehen würde. Ohne einen Kommissar Ypsilon war Ziff eine Null, das hatten seine letzten kläglichen Versuche, die *Telemania Production* zu profilieren, bewiesen. Es wurde Zeit, daß man dem auf die Finger klopfte.

Der Kellner kam mit der Nachricht, der Wagen warte am Eingang. Er trank den letzten Schluck Kaffee und erhob sich.

Vor dem Eingang stand keineswegs nur der Fahrer, sondern auch die Ettlich. Da fing also die Sparsamkeit an. SN war nun schon alles egal. Er verzichtete auf das übliche Morgengespräch mit dem Fahrer und starrte finster aus dem Fenster. Mit der Ettlich wechselte er kein einziges Wort.

Da der Wettergott es so gut meinte, hatte die Filmcrew sich auf dem Gelände des Tiergartens, unmittelbar am Landwehrkanal, breitgemacht. Die milde Herbstsonne überzog das Laub der Bäume mit einem goldenen Schimmer und sorgte für ideale Aufnahmebedingungen. Der Wagen mit SN und der Ettlich fuhr über einen Sandweg direkt auf das Drehteam zu. SN, immer für eine Überraschung gut, sprang aus dem Auto, stürzte auf die andere Seite und half seiner attraktiven Kollegin mit grandseigneurhafter Geste aus dem BMW. Sie dankte es ihm prompt mit einem vielsagenden Augenaufschlag.

SNs Absicht war es, nicht den geringsten Verdacht aufkommen zu lassen, daß er sich von der Neuen in irgendeiner Weise herausgefordert oder provoziert fühlen könnte. Schließlich war er, wie er glaubte, über jede Art von Kleinkariertheit erhaben. Zudem hob sich seine Stimmung beim Anblick der Kamera deutlich. Den besessenen Mimen in ihm ergriff die blanke, ungebändigte Spiellust, die er in den kommenden Szenen ausgiebig zu befriedigen gedachte.

Die Umstehenden hatten den Vorgang aufmerksam registriert. Der blasse Regisseur war angenehm überrascht und begrüßte Schulte-Nissen betont freundlich. Der nahm es gnädig entgegen. Für ihn war dieser Mensch der Inbegriff eines Nichtskönners. Postwendend ließ er sich von seinem Faktotum zum Garderobenwagen führen.

Tulpe schien nicht in Hochform zu sein. Er sah blaß aus und vermied es, SNs Blick im Spiegel zu begegnen. Den kümmerten Tulpes Allüren im Augenblick wenig. Er brannte darauf, wieder jener *Andere* zu sein, der Beliebte und Berühmte, der die Anerkennung genoß, wie man sie dem gewöhnlichen Sterblichen niemals entgegenbrachte. Kommissar Ypsilon war für ihn zu einem anderen Ich, zu einer Droge geworden, von der er nicht wußte, ob er ohne sie noch existieren konnte.

Die Vorbereitungen zum Drehen waren so gut wie beendet. Wie immer war noch irgend etwas mit dem Ton nicht in Ordnung. Der Kameramann, die Ettlich und ein weiterer Schauspieler, der den Täter darstellte, warteten auf Position. Es fehlte nur der Hauptdarsteller.

Der Regisseur reagierte ungeduldig, bis er von den Garderobenwagen her die wohlbekannte und alles übertönende Stimme SNs vernahm. »Ach du Scheiße«, sagte er. »Jetzt hat ihm irgendein Rindvieh doch noch dieses Schmierblatt gezeigt.«

Dabei war gar nichts Besonderes geschehen. Der Aufnahmeleiter hatte SN für die kommende Szene lediglich einen veränderten Text übergeben. Und beim Überfliegen der Seiten stellte der fest, daß sein Part zugunsten der Ettlich deutlich zusammengestrichen worden war. Eine Schimpfkanonade prasselte auf den Überbringer der schlechten Nachricht ein, die einen Mann mit geringerer Schuhgröße als sie der Aufnahmeleiter trug, unangespitzt in den Boden getrieben hätte.

»Aber SN, er ist doch vollkommen unschuldig«, versuchte Tulpe einzuwenden.

»Wer hat das angeordnet? Eine Sauerei ist das! Ich lasse mir das nicht länger gefallen! Wer bin ich denn? Ich will sofort den Produktionsleiter sprechen!« SN ruderte mit den Armen und schnappte nach Luft.

Tulpe watschelte wie eine aufgescheuchte Ente durch den Garderobenwagen. »Oh, nein, SN! Sie fummeln ja schon wieder an der Perücke herum. Jetzt bin ich aber wirklich böse!«

»Nimm die Finger weg! Ich muß Ziff sprechen.« SN nahm das Handy und piepste die Nummer an. Niemand meldete sich. »Der Teilnehmer ist zur Zeit nicht erreichbar«, ließ sich schließlich eine Stimme vernehmen. Wütend feuerte SN das Handy in die Ecke.

»Ich könnte ...« Er suchte nach einer treffenden Formulierung. »Ich könnte steil in den Himmel scheißen!«

Tulpe legte die Hand auf seinen Arm. »SN, wir sind schon mit ganz anderen Sachen fertiggeworden. Beruhigen Sie sich doch.«

Schulte-Nissen verzerrte sein Gesicht zu einer komischen Fratze, riß erneut die Arme hoch, verkrampfte Hände und Finger wie das Monster Freddy Krueger und preßte mit überspannter Intensität die Worte hervor: »Ich bin ruhig, ganz ruhig. Ich war noch nie so ruhig!«

Was folgte, entsprach der Verwandlungskunst eines Chamäleons. Er atmete dreimal ganz tief ein und aus – eine Technik, die er von seiner Großmutter, einstmals Souffleuse am Olmützer Stadttheater, gelernt hatte –, verwandelte die Farbe seines Gesichtes von einem tiefen Rot zu blassem Rosa und entspannte seinen Körper von den Fußsohlen aufwärts über die Wirbelsäule bis zum Nackenmuskel. Es wirkte besser als ominöse Steine in der Tasche oder ostasiatische Esoterik.

Er stieg aus dem Wagen und musterte das Gelände wie ein Feldherr. »*Der Worte sind genug gewechselt, laßt mich nun endlich Taten sehn*. Goethe, Faust, mein lieber Tulpe.«

Und gelösten Schrittes, wie wenn nichts gewesen wäre, erschien er am Set. Die Ettlich starrte ihn in einer Mischung aus Bewunderung und Fassungslosigkeit an. »Ist was?« fragte Kommissar Ypsilon mit argloser Miene. »Na, dann können wir ja endlich anfangen.«

Der Regisseur, deutlich erleichtert, erklärte den Darstellern die Situation und nahm die Arrangements vor. Die Verfolgung des Täters sollte an beiden Ufern des Kanals stattfinden. Die Verständigung zwischen Ypsilon und seiner Assistentin war als ein Dialog von Ufer zu Ufer gedacht – eine uralte Idee, auf die der Regisseur anscheinend besonders stolz war. Die Probe klappte nur bedingt.

Der beabsichtigte Schußwechsel funktionierte nicht. Die Ballermänner gingen im falschen Moment los. Alle mußten zurück auf ihre Position.

An der Brücke mußte der Täter von seinen Verfolgern in die Zange genommen werden und sich zuletzt durch einen Schuß auf den Kommissar und einen Sprung ins Wasser retten. Der Kommissar würde getroffen zu Boden sinken. Während der Verfolgungsjagd am Ufer hatte die Assistentin den meisten Text aufzusagen. Sie sollte auf Befehl des Kommissars Verstärkung holen, sich aber weigern, den Kommissar im Angesicht eines gefährlichen Verbrechers ohne Unterstützung zu lassen.

Schon auf der Brücke fiel SN die Konditionsschwäche der Ettlich auf. So jung die auch an Jahren sein mochte, sie kämpfte ganz offensichtlich mit Atembeschwerden und schniefte wie eine gehetzte Hirschkuh.

Time is Money. Beim zweiten Mal sollte gedreht werden. Der Regisseur gab noch ein paar überflüssige Anweisungen, und dann hieß es: »Kamera läuft, Herr Kommissar!«

Diesmal wetzte Kommissar Ypsilon wie ein Gremlin den Uferweg entlang. Die weitaus jüngere Kollegin hatte Schwierigkeiten, gleichauf zu bleiben. Auf der Brücke stand eine zweite Kamera, die einen Schwenk vom angeschossenen

Kommissar zu dem von der Brücke springenden Gangster machte.

Wartet nur, dachte SN im Laufen, das ihm nicht schwerfiel. Zu Hause joggte er jeden Morgen seine Kilometer. Und im Freien geschwommen war er vor drei Tagen zum letzten Mal. Statt also vom Schuß getroffen zusammenzubrechen, wankte er nur ein wenig, richtete sich zu seiner vollen Größe auf und sprang ebenfalls ins Wasser. Verblüfft spielte der Darsteller des Täters mit, und so lieferten sie sich einen erneuten Schußwechsel im Landwehrkanal, bis der Kommissar, gerade noch das Ufer erreichend, endgültig getroffen am Boden zusammensackte.

»Cut!« rief der Regisseur begeistert. Schulte-Nissen hatte es allen wieder einmal gezeigt. Er war immer noch in Form, trotz seines Alters. Das sollten sich vor allem diese Sesselfurzer im Sender hinter die Ohren schreiben. Er stand da wie ein Kleiderschrank und triefte aus allen Knopflöchern. Ein Regieassistent sprang herbei und legte ihm eine Decke um die Schultern. Die Mannschaft um ihn herum klatschte Beifall. Auch die Ettlich.

»Klasse, Ypsilon«, lobte der Regisseur. »Die Szene auf der Intensivstation drehen wir gleich morgen im Atelier.«

SN runzelte die Stirn. »Was für eine Intensivstation?«

»Tja, wissen Sie denn das nicht? Durch den Schuß sind Sie laut Drehbuch lebensgefährlich verletzt. Sie liegen faktisch im Koma. Frau Ettlich darf sich als Ersatz-Kommissarin bewähren.«

SN verschlug es die Sprache. Aber vor diesem Affen würde er sich nichts anmerken lassen. Brüsk wandte er sich ab und verließ wortlos den Set. Niemand folgte ihm zum Garderobenwagen.

8

Zu spät war Klaudia Kox auf die Idee gekommen, mit dem Fahrrad zu fahren. Nun hatte sie ihren metallicgrünen Twingo ziemlich weit entfernt vom Drehort parken müssen. Zu weit jedenfalls, um bei heruntergedrehter Scheibe bequem im Auto zu sitzen und dem Geschehen am Kanal zu folgen oder mit dem Tele ein druckreifes Foto zu schießen. Ihre fotografische Meisterschaft wurde nur selten in Anspruch genommen. Auch den zweispaltigen Artikel in der heutigen Ausgabe zierten Archivfotos, deren eines den Kommissar Ypsilon mit wirrem Haar und flatterndem Trenchcoat in einer höchst unvorteilhaften Pose zeigte, während Eva Ettlich auf dem ausgewählten Castingfoto wesentlich besser wegkam. Genauso wie es Lucius beabsichtigte. Von dem stammte natürlich auch die rot geblockte Titelzeile, die Klaudia den Magen umdrehte, wenn sie nur daran dachte. Schulte-Nissen durfte sie nie wieder unter die Augen treten, soviel war sicher. Niemals würde der ihr verzeihen oder ihr glauben, daß sie mit dem Untertitel *Kühle Schönheit verdrängt alternden Kommissar* viel mehr für ihn getan hatte, als Lucius ihr zugestehen wollte.

Das Interview mit Schulte-Nissen interessierte überhaupt nicht. Es bot lediglich den mit reichlich Spott garnierten Rahmen für die zur Sensationsmeldung aufgebauschte Vermutung, daß fortan Eva Ettlich die neue Serien-Kommissarin Mirjam sein würde.

Am Morgen hatte Lucius Klaudia mit dem eindeutigen Auftrag in die Spur geschickt, noch heute und unter allen Umständen eine Stellungnahme der solchermaßen vom Glück begünstigten Aktrice aufs Papier zu bringen. Koste es, was es wolle. Das war wörtlich gemeint. Sie hatte Vollmacht, der Ettlich für ein Exklusiv-Interview eine namhafte Summe zu bieten.

Da stand sie nun mit all ihren Skrupeln und nur mäßig getarnt hinter einer dicken Platane und beobachtete, was sich am Kanalufer tat. Noch hatte sie keine Idee, wie sie an die Ettlich herankommen sollte, und noch dazu ohne Schulte-Nissen zu begegnen.

Nach einer allzu mageren Ausbeute im Verlagsarchiv hatte Klaudia gestern abend in ihren eigenen, schlecht geordneten Unterlagen nach allem gefahndet, was Eva Ettlich betraf, und war auch fündig geworden. Die Schauspielerin war mit siebzehn für den patriotischen DEFA-Film eines inzwischen zum Widerstandskämpfer mutierten Regisseurs entdeckt worden, hatte anschließend die Schauspielschule *Ernst Busch* absolviert und später auf einer führenden hauptstädtischen Bühne gespielt. Auf den Film hatte Klaudia seinerzeit verzichtet. An Eva Ettlich als Eve im *Zerbrochenen Krug* jedoch erinnerte sie sich gut und fand in ihren verstreuten Papieren sogar das Programmheft.

Nach den ersten Theatererfolgen war es still geworden um das junge Talent. Nach dem Westen gegangen, hieß es, und das erklärte alles. Und tatsächlich tauchte Eva Ettlich, um einiges gereift und wie man ihr zugestehen mußte: schöner als je zuvor, just zur Wendezeit als Episodenfigur in der hanebüchenen Vorabendserie eines privaten Fernsehsenders auf.

Von da an war es mühsam bergauf gegangen mit der schönen Eva. Gelegentlich durfte sie als unverstandene Zahnarztgattin oder reitende Geliebte eines vermögenden Schloßherrn brillieren, bis sie schließlich die Teenager der Nation allabendlich in immerhin vierundzwanzig Folgen ihrer Lieblingsserie beglückte. Danach war es anscheinend nur noch ein kleiner Schritt hin zur höchsten TV-Weihe deutscher Schauspielerinnenkunst: die Rolle der Serien-Kommissarin.

Klaudia gab gerne zu, daß die Ettlich für eine solche Rolle

besser geeignet schien als manche andere. Von ihrer herben Lieblingskommissarin einmal abgesehen. Die war weder jung noch schön. Die war einfach ein Typ und eine große Charakterdarstellerin, und die Rolle war überhaupt von einer richtigen Autorin erfunden, nicht von einem Dutzend Serienschreibern zusammengeschustert.

Aus einiger Entfernung sah sie, wie Eva Ettlich am Kanalufer entlang hetzte. Auf der anderen Seite wehte Ypsilons Mantel im Wind. Sie hörte die Kommandos des Regisseurs und amüsierte sich köstlich. Wie konnte irgend jemand solchen auf Action gestylten Bockmist ernst nehmen? Seit wann rannten in Deutschland Polizisten mit Pistolen in der Hand hinter jemandem her, den der Haftrichter vermutlich drei Stunden später freiließ? Nach ihrer Einschätzung würde kaum ein Beamter auf einen mutmaßlichen Täter – und andere kamen in der Realität nicht vor – schießen. Die Gefahr, ihn zu treffen, war viel zu groß. Dann begann der Ärger ja erst.

Kaum fünfzig Meter von ihr entfernt aber knallte es wie auf dem Schießstand. Was am Kanalufer vorging, das zwei Meter unter dem Gelände lag, konnte sie nicht erkennen. Dem aufspritzenden Geräusch nach mußte außer dem Verfolgten noch jemand ins Wasser gesprungen sein. Die Ettlich fuchtelte auf der Brücke herum, also konnte es nur der Kommissar selber sein. Ganz schön mutig in seinem Alter und bei diesen Temperaturen.

In aller Ruhe schoß Klaudia eine Foto-Serie von Eva Ettlich. Die sah hinreißend aus mit ihrem geröteten Gesicht und dem aufgelösten Haar. Als dagegen die Gestalt des durchnäßten Kommissars über der Uferkante auftauchte, spürte Klaudia fast so etwas wie Mitleid mit dem Mimen und zögerte einen Augenblick, bevor sie auf den Auslöser drückte. Glücklicherweise verschwand Ypsilon sehr schnell aus ihrem Blickfeld.

Die nächste Stunde verging damit, daß sich der mutmaßliche Täter anscheinend auch weiterhin nicht festnehmen lassen wollte. X-mal jedenfalls spielte sich in der Ufersenke die gleiche Szene ab, wobei Klaudia immer nur die Köpfe sah. Eindrucksvoll jedesmal Eva Ettlichs Profil, wenn sie den gebeugten und gefesselten Bösewicht auf den Uferweg schleppte. Klaudia bewunderte ehrlich, wie oft sie das tun mußte, bis die Stimme des Regisseurs endlich das erlösende »Cut« verlauten ließ.

Für heute waren die Dreharbeiten anscheinend beendet. Niemand kümmerte sich um die Reporterin, als sie sich den Garderobenwagen der Fernsehfirma näherte. Außerdem war sie nicht die einzige Medienvertreterin mit neu erwachtem Interesse an der angestaubten Ypsilon-Serie, wie sich herausstellte. Die Konkurrenz mußte früh aufgestanden sein, um ihren Artikel zu lesen und ebenso wie sie in aller Eile herauszufinden, wo die *Telemania Production* heute drehte.

Beunruhigt erkannte sie ihren ärgsten Widersacher, einen kaum mittelgroßen schnauzbärtigen Typ, der von weitem aussah wie Ekel Alfred und sich gleichermaßen rücksichtslos wie sein Fernseh-Ebenbild gebärdete. Mit schußbereiter Kamera lungerte er in der Nähe des Wagens herum, in dem die Ettlich verschwunden war. Jetzt halfen ihr nur weibliche Intuition und Frechheit.

Sie ging auf das Gefährt zu und klopfte an die Scheibe. Da ihr niemand widersprach, öffnete sie die Tür und stieg mit einem vernehmlichen »Guten Morgen« ein. Aus zehn Meter Entfernung starrte das Ekel haßerfüllt herüber.

Eva Ettlich hatte zwar den Mantel ausgezogen, trug aber noch ihr Kostüm. Mit schief gezogenem Mund saß sie vor dem Spiegel und knurrte: »Was ist denn los?«

Klaudia, ohnehin schon mit der Tür ins Auto gefallen, sagte knapp: »Ich würde gerne ein Exklusiv-Interview mit Ihnen vereinbaren, Frau Ettlich.«

Die Ettlich drehte sich um und maß sie von Kopf bis Fuß. »Und deswegen dringen Sie einfach hier ein? Ich überfalle Sie doch auch nicht beim Schminken.«

»Bitte entschuldigen Sie meine Aufdringlichkeit. Aber draußen lauert bereits der Nächste, und für mich hängt viel von Ihrer Zusage ab.«

Eva Ettlich stand auf, drängte sich neben Klaudia und schob die Gardine am Fensterchen beiseite. »*Der*?« sagte sie. »Der kriegt von mir nicht mal den Dreck aus dem Profil meiner Sohlen.«

Sie setzte sich wieder und fuhr fort, sich abzuschminken. »Also fragen Sie«, sagte sie ungehalten.

Klaudia hockte sich auf die Ecke eines Schränkchens und sagte, während sie ihr Diktiergerät auspackte: »Ich habe Sie damals im *Zerbrochenen Krug* gesehen.«

Die Schauspielerin hielt in ihrer Tätigkeit inne. »Sie sind aus dem Osten?«

Klaudia antwortete wahrheitsgemäß: »Ich wohne jetzt in Steglitz. Und die Redaktion, für die ich arbeite, befindet sich in Kreuzberg.«

»Das sollte kein Vorurteil sein«, verteidigte sich Eva Ettlich. »Ich werde nur nicht so gerne an diese ollen Kamellen erinnert.«

»Sie waren aber sehr gut damals. Mindestens so gut, wie vorhin auf der Brücke.«

Die Schauspielerin lachte, wie sie es gelernt hatte. So nahe und in dem engen Kabuff klang es nicht sehr überzeugend. »Wissen Sie was?« sagte sie. »Wenn Sie etwas Vernünftiges von mir erfahren wollen, dann brauchen Sie mir keinen Honig ums Maul zu schmieren. Wir setzen uns nachher am Zoo irgendwo in ein gemütliches Café und reden in aller Ruhe miteinander. Einverstanden?«

»Einverstanden!« sagte Klaudia. Etwas Besseres hätte ihr gar nicht passieren können.

9

Der massige Körper Schulte-Nissens füllte das französische Bett beinahe in ganzer Breite aus. Er gönnte sich die Wollust eines wohlverdienten Nachmittagsschlafes. Aus seinem Mund drangen wie aus einem singenden Teekessel leise Pfeiftöne. Nach dem Sprung ins kalte Kanalwasser war er durchgefroren im Hotel angelangt. Das heiße Bad war eine wahre Labsal gewesen.

Mitten im schönsten Tiefschlaf zwitscherte das Telefon. SN drehte sich auf die andere Seite, gab ein paar undefinierbare Laute von sich und brauchte eine ganze Weile, bis er wenigstens halb aufwachte und den Hörer in die Hand nahm.

Lydias Stimme klang befremdet. »Das dauert ja ewig, Hubi. Ist etwa das Zimmermädchen bei dir?«

»Aber Lydilein, ich denke Tag und Nacht allein an dich.«

»Na, wer weiß ... Erst hetzt du mich, und dann bist du nicht zu sprechen. Also, paß auf, ich habe die Drehbücher durchgesehen. Eine Sauarbeit. Die Folge siebenunddreißig spielte in einem Hotel. Da gibt's eine vornehme und wie ich mich erinnere, nicht sonderlich hübsche Dame, an die sich ein Heiratsschwindler heranmacht. Ein Typ, der ihren Schmuck entwendet, um mit dem Erlös seine Schulden zu bezahlen.«

»Da hört sich ja alles auf!« SN wurde endgültig wach.

»Ist das etwa nicht der richtige Fall?« erkundigte sich Lydia.

»Goldrichtig, mein Schatz. Klingt ausgesprochen interessant. Ich danke dir, mein Liebling. Was wäre ich ohne dich ...«

Das wußte Lydia genau: »Ein verlotterter Junggeselle, der jeder Frau schöne Augen macht. Stimmt's? Was macht deine hübsche Assistentin? Kommst du voran mit ihr?«

»Ich habe ihr heute vormittag mal ganz beiläufig bewiesen,

für wen der Herrgott in unserer Serie das Glockenspiel läuten läßt. Ich glaube, es hat sie ein wenig beeindruckt.«

»Und was sagt Tulpe?«

»Mit dem war heute überhaupt nichts Gescheites anzufangen. Der erweist sich als immer wunderlicher, je älter er wird.«

Lydia lachte. »Nur du bleibst ewig jung, mein Bärchen. Ich wünsche dir was.«

»Küßchen, mein Schatz.«

Er legte den Hörer auf. Seine Gedanken waren nicht bei Tulpe und schon gar nicht bei der Ettlich. Wenn es sein mußte, besaß er die Fähigkeit, alle Mißlichkeiten einfach beiseite zu schieben und sich auf etwas Angenehmes zu konzentrieren.

Was würde zum Beispiel geschehen, wenn er die Sache mit dem Collier der Gräfin ernsthaft in die Hand nahm? Konnte das ins Auge gehen? Da gab es immerhin diesen gewitzten Pagen Henry. Der brannte offensichtlich darauf, ihm zu helfen. Aber würde das ausreichen? Wollte er sich tatsächlich das erste Mal in seinem Leben auf glitschiges Terrain begeben, aus einer Rolle mit festgelegtem Text und vorgeschriebenen Aktionen ausbrechen? Hieß das nicht, die *erfundene* Figur des Kommissar Ypsilon – seinen Ypsilon! – mit dem wirklichen Leben zu konfrontieren? Wie sollte eine Rolle der Wirklichkeit standhalten? Konnte er in Kostüm und Maske echte Fälle lösen?

Er verzog skeptisch den Mund. Der Gedanke blieb dennoch reizvoll. Eine tolle Herausforderung und eine echte Aufgabe für einen Vollblut-Schauspieler, bei der ihm niemand, aber auch niemand hineinreden konnte – kein Regisseur und kein Drehbuchschreiber, kein Produzent und kein Programmdirektor. Und vor allem diese ganze Blase von Rezensenten, dieses unwissende Kritikergeschmeiß nicht!

Als SN eine halbe Stunde später in bester Laune die Treppe

hinunterschritt, winkte ihm von weitem ein alter Bekannter zu: Gunnar Heu, der Polizeiarzt in der Serie. Aufgeregt schwenkte er eine bunte Zeitung in der Hand. Auch das noch, dachte SN. Wahrscheinlich sucht der einen Saufkumpan.

Dabei war Gunnar ursprünglich nur ins Hotel gekommen, um SN für die kollegiale Fürsprache am vorangegangenen Drehtag zu danken. Ohne SNs Rückendeckung hätte man ihn längst aus der Serie geschmissen, das schien ihm sicher. Für einen Alkoholgefährdeten wie ihn bedeutete es das berufliche Aus.

Inzwischen aber hatte sich die Situation verändert. Am Horizont war ganz unerwartet eine neue, weitaus gefährlichere Bedrohung aufgetaucht. Als sich SN näherte, bestellte Gunnar bei der Serviererin vorsichtshalber zwei doppelte Bourbon.

»Muß das schon wieder sein, Gunnar?« fragte SN streng.

»Es muß.« Heu schob ihm die Zeitung hin. »Lies erst mal!«

»Na schön. Aber du solltest wissen, daß ich Scotch bevorzuge. Und ein Einfacher tut's auch.«

»Ein Bourbon und ein Scotch einfach. Sehr wohl, meine Herren.«

Die Serviererin ging und SN las die Schlagzeile. Er war baff. »Halt, Fräulein, bitte doch zwei Doppelte!« rief er ihr hinterher. Heu nickte begeistert. Die gute Fee schien es nicht zu hören.

Was SN zu lesen bekam, war nur mit Whisky zu ertragen. *Ypsilon – Schwanengesang eines Fossils,* lautete die balkendicke Schlagzeile. *Von Klaudia Kox.*

SN schlug mit der flachen Hand auf das Blatt. »Ist ja nicht zu fassen. So ein Luder!« Er überflog den Artikel, nicht ohne die wichtigsten Stichworte wie *Schachzug des Senders* und *Geheimwaffe Ettlich* vor sich hinzubrabbeln. Der Schluß war die ärgste Unverschämtheit: *Während im Atelier der Telemania bereits alle Scheinwerfer auf den kühleren Touch der Ett-*

lich eingeleuchtet sind, erklärte der noch amtierende Tele- Dinosaurier Schulte-Nissen störrisch, es handle sich bei der Neuen »um eine echte Bereicherung für das Team«.

Er feuerte das Blatt auf den Tisch. Das war der stärkste Tobak, den jemals jemand hinter seinem Rücken angezündet hatte. Sein Blick fiel auf den Pagen Henry, der mit Koffern und Reisetaschen beladen vorbeieilte.

»Page!« rief SN. Henry stellte das Gepäck ab und kam heran.

»Henry, bring uns bitte einen Bourbon und einen Scotch. Aber Doppelte, verstehst du?«

»Darf ick nich, Kommissar. Ist nich mein Ressort. Aber ick kümmere mich sofort drum, Ehrensache. Und außerdem muß ick Sie wegen dem jeklauten Schmuck sprechen, Meister.«

SN winkte ab. »Später, mein Junge. Wenn du Dienstschluß hast, vielleicht. Erstmal den doppelten Whisky, bitte.«

»Wird sofort erledigt, Herr Kommissar.« Henry machte eine Art Gruß und ergriff das Gepäck.

SN wandte sich wieder Gunnar Heu zu. Der sah nicht gut aus. »Ich hab' das Gefühl, SN, da braut sich was zusammen. Die Neue haben die uns mit Absicht reingeschoben. Man will uns abservieren, SN. Dich und mich. Einfach so.« Er machte eine scharfe Geste mit der Handkante.

Nachdenklich schaute SN den verängstigten Kollegen an. »Uns abservieren, meinst du?« Er kam ins Grübeln und hörte kaum auf das, was Gunnar Heu an bösen Ahnungen von sich gab. War die Ettlich wirklich so ein kaltes Aas, das ihn rücksichtslos beiseite schieben wollte? Das konnte er sich kaum vorstellen. Dazu war die in ihrem Auftreten nicht selbstsicher genug. Sie machte wenig von sich her, setzte sich nicht richtig in Szene, veranstaltete keinen Wirbel um sich. Eine stille Heimtückerin? Oder lediglich die Bettgenossin irgendeines Fernsehbosses? Ziffs morgendliche Bemerkung am Telefon deutete darauf hin.

Die Frau war schwer einzuschätzen. Vom schauspielerischen Handwerk her war sie von erster Güte, wie die meisten Darsteller aus dem Osten. Es wurde gemunkelt, sie hätte ihre Sporen an einer dieser ostdeutschen Renommierbühnen verdient. Genau wußte es niemand. Bisher hatte ihn das auch nicht sonderlich interessiert. Solche Probleme tauchten eben auf, seit die Produktion von München nach Berlin verlagert worden war. Für manche Kollegen aus der zweiten Reihe wuchsen sich die Mimen aus dem Osten zu einer unliebsamen Konkurrenz aus. Er blieb, Gottseidank, kraft seiner Stellung erhaben über derlei. Oder etwa nicht mehr?

Vielleicht war die Ettlich nur das Werkzeug in einem großangelegten Täuschungsmanöver? Möglicherweise sollte sie als seine Nachfolgerin als Übergangslösung dienen, um danach wie eine heiße Kartoffel fallengelassen zu werden. Aufgrund des *leider unzureichenden Formats der neuen Kommissarin* ließ sich dann die ungeliebte Serie sang- und klanglos beerdigen. Er steckte lange genug im Geschäft, um zu wissen, wie so etwas ablief. Ja, das konnten die Bosse des Senders ohne weiteres ausgeheckt haben. Und wenn es so war, was steckte sonst noch dahinter? Auf jeden Fall sollte ihm in diesem Fall jedes Mittel recht sein, den Herren die Suppe zu versalzen. Die sollten ihren *Dinosaurier* mal richtig kennenlernen!

Die Serviererin brachte die Whisky-Gläser. Sie prosteten sich zu und tranken die Gläser in einem Zug leer. »Die gehen auf meine Rechnung«, sagte Schulte-Nissen.

»Kommt überhaupt nicht in Frage! – Na gut. Die nächsten bestelle ich. Schließlich bin ich dir was schuldig, SN. Bringen Sie uns noch zwei, Fräulein.«

SN schüttelte vorwurfsvoll den Kopf: »Aber Gunnar, es ist noch nicht einmal Abend.«

Gunnar überhörte die Bemerkung und zeigte statt dessen mit dem Daumen zum Hoteleingang. »Wenn man vom Teufel spricht . . . Sieh mal, wer da kommt.«

SN blickte auf und sah, wie Eva Ettlich sich an der Rezeption ihren Zimmerschlüssel geben ließ und auf den Lift zusteuerte. Seine Reaktion erfolgte prompt.

»Jetzt werde ich dir mal was zeigen, Gunnar.« Er hatte sich blitzschnell erhoben und schnitt der Ettlich den Weg ab. »Nun, verehrte Kollegin, endlich fertig? Die Verhaftungsszene glücklich im Kasten?«

»Danke der Nachfrage. Für heute reicht es mir.« Sie lächelte. »Ich werde mich bis morgen früh erst einmal gründlich ausruhen.«

Damit drückte sie den Fahrstuhlknopf.

»Schade. Ich wollte Sie gerne zu einem Drink einladen. Zur Feier des Tages sozusagen. Immerhin ist unsere erste gemeinsame Arbeit doch gut gelaufen, oder?«

»Vielen Dank, aber ich bin etwas geschlaucht, verstehen Sie ...«

»Nur einen kleinen Drink.« Schulte-Nissen lächelte gewinnend und bemühte sich, das volle Maß an Liebenswürdigkeit, über das er verfügte, in die Waagschale zu werfen.

»Aber doch nicht hier in der Hotelhalle ...«, sagte die Ettlich. Es klang nicht wie eine eindeutige Ablehnung.

»Natürlich nicht!« In SN keimte ein Hoffnungsschimmer auf. Ein bißchen kam er sich wie ein heimlicher Liebhaber vor, der seiner Angebeteten ein frivoles Angebot macht. Er betrachtete sie aufmerksam – als interessierter Mann sozusagen – und stellte zum ersten Mal fest, daß ein eigenartiger Reiz von ihr ausging; eine Ausstrahlung, von der er zugleich angezogen und abgestoßen wurde. Woher kam das? Was hatte es auf sich mit diesen Frauen aus dem Osten? Sie waren so ganz anders als die vertrauten Damen aus den heimischen Gefilden.

»Ich dachte eher an die Hotelbar im Seitenflügel. Ein bißchen nostalgisch eingerichtet. Sehr angenehme Atmosphäre ...«

Seine Augen funkelten.

Eva Ettlich gab sich geschlagen. »Also gut, Herr Kollege, einverstanden. Aber frühestens in anderthalb Stunden.« Sie warf ihm einen vielsagenden Blick zu und verschwand im Fahrstuhl.

Frohlockend kehrte SN zurück an den Tisch. »Du hast recht, Gunnar, nehmen wir noch einen. Jetzt ist mir auch danach.«

Gunnar Heu verstand die Welt nicht mehr. Was war in den guten alten Hubertus gefahren? Was fand der plötzlich an diesem Weib? Oder war das bloß ein Trick von ihm? Na schön, ihm sollte es recht sein. Hauptsache, es gab was Gutes zu trinken. Da kam auch schon die nächste Ladung. Kaum hatte er sich das edle Gesöff in den Schlund gekippt, machte sich in seinem durstigen Trinkerleib das wohlige Gefühl von Ruhe und Gelassenheit breit.

Schulte-Nissen mit seinen in den Theaterkantinen zwischen Flensburg und Rosenheim erprobten Trinkgewohnheiten vertrug einiges, bevor er einen Schwips bekam. Vor der nächsten Runde mußte er unbedingt eine Kleinigkeit essen, und so ließ er sich ein Sandwich kommen. Während er aß, bemerkte er in seiner Nähe einen Mann, der mit ein paar Mappen herumhantierte.

War der nicht schon einmal hier im Hotel aufgetaucht? Oder bei den Dreharbeiten? Er war sich nicht sicher. Ein Kleindarsteller vielleicht?

Der Mann starrte immer wieder in seine Richtung. Jovial winkte SN ihn heran. »Was gibt's? Möchten Sie ein Autogramm?«

Der Mappenmann tippelte näher und lächelte einfältig. Als er seine Mappen auf dem Tisch ausbreiten wollte, rutschten ihm zwei davon aus der Hand. Was da mit einem Mal in wirrem Haufen am Boden lag, versetzte SN, der diesbezüglich einiges gewöhnt war, in Erstaunen. Wo er auch hinschaute, sah er Fotos von sich, eingeklebte und lose. Es waren Bilder seiner

Rollen bei Film und Fernsehen. Aber nicht nur das. Er entdeckte auch Fotos aus seiner Theaterzeit. Darunter, zu seiner großen Verwunderung, ein Bild, das nur aus seiner Anfängerzeit in Flensburg stammen konnte. Ein Bild, von dessen Existenz er nichts wußte. Erstaunt nahm er es zur Hand. Wie kam der Mann dazu? Merkwürdig, das mußte wohl ein ganz besonderer Fan sein. Ein fanatischer Sammler auf jeden Fall. Bei aller Ehre, er hatte mit solchen Leuten nicht allzuviel im Sinn. Die meisten hatten einen leichten Dachschaden.

»Woher haben Sie das?« erkundigte er sich leutselig. Der Mann reagierte nicht. Aufgeregt kroch er am Boden herum und sammelte fieberhaft seine Schätze zusammen. Schulte-Nissen blieb kaum anderes übrig, als ihm zu helfen. Heu hingegen hatte sich längst mit einem neuen Getränk versorgt und zeigte nicht die leiseste Absicht, sich an der Aktion zu beteiligen.

»Aber Kommissar, was machen Sie denn da? Das brauchen Sie doch nicht. Das mache ich schon.« Der aufmerksame Page Henry war zur Stelle und klaubte mit flinken Fingern den Rest der verstreuten Sammlung auf. Der Besitzer dankte es ihm mit eifrigem Nicken.

SN zwinkerte Henry verstohlen zu. Der ergriff die Sammelmappen, nahm den verstörten Mann sacht beim Arm und führte ihn in einen abgelegenen Bereich der Halle.

»Das hat uns alles nur der Ziff eingebrockt«, murmelte Heu vor sich hin, »alles nur der Ziff.«

»Meine Güte, den muß ich anrufen!« erinnerte sich SN und zog das Handy aus der Tasche. Inzwischen stellte die Serviererin zu Heus Mißfallen zwei Mokka auf den Tisch.

SN spielte am Telefon den aufgeregten Künstler, der er im Moment in Wahrheit gar nicht war. »Sag mal, was ist denn los mit dir, Ziff? Hier passieren schlimme Dinge und du stellst dich tot! Die Presse macht Stimmung gegen mich.«

Ziffs Stimme klang leise und flach. »Bleiben Sie bitte ganz

ruhig, ich kümmere mich darum. Sie müssen sich nur etwas gedulden.«

Er siezte ihn, konnte also nicht ungestört reden. Aber darauf wollte SN jetzt keine Rücksicht nehmen. »Deine Routinesprüche kannst du dir sparen, Ziff!« murrte er. »Mit wem auch immer du gerade etwas Neues ausheckst. Hinter meinem Rücken gehen hier die gemeinsten Festspiele der Intriganten über die Bühne! Ich will wissen, ob du daran beteiligt bist. Wo steckst du überhaupt?«

Ziffs Stimme wurde noch leiser. »Jetzt nicht!« zischte er. »Ich bin in einer wichtigen Beratung. Ende.«

Kopfschüttelnd verstaute SN das Handy in der Brusttasche. War er nur noch von Intriganten, Verrückten und Trinkern umgeben?

10

Kaum hatte Eva Ettlich ihr Zimmer erreicht, wühlte sie in ihrer Tasche wie eine Verhungernde nach den rettenden weißen Pillen. Der Kühlschrank barg erlesenes Tafelwasser in kunstvollen Kleinstflaschen. Mit fliegenden Fingern öffnete sie den Verschluß. Erleichtert spürte sie die Schärfe der Kohlensäure in der Kehle.

Sie atmete dreimal tief durch, bevor sie sich langsam auszuziehen begann. Hier, wo niemand sie beobachtete und wo sie auf niemanden Rücksicht nehmen mußte, genoß sie es, die seidige Wäsche, für die sie gerne ihr Geld ausgab, Stück für Stück fallenzulassen und achtlos in der Gegend zu verstreuen. Ein Striptease der ganz persönlichen Art. Im Spiegel erblickte sie ihren nackten Körper in schonungsloser Schärfe. Sie trat näher und begutachtete aufmerksam ihr Ebenbild. Mit ihren siebenunddreißig konnte sie sich auch nackt sehen lassen. Die straffen Brüste waren noch immer wohlgeformt, obwohl sie einen Säugling genährt hatten. Die Brustwarzen standen leicht auseinander und besaßen Vorhöfe, deren Schönheit ihre Liebhaber stets gewürdigt hatten. Der Bauch war flach und noch ziemlich fest. Eigentlich gehörte sie zu den sogenannten falschen Schlanken: Frauen, die angezogen beinahe wie ein Model wirken, nackt jedoch eher als vollschlank zu bezeichnen sind, an den richtigen Stellen ausgestattet mit Hügeln, Tälern und Kurven. Die ein wenig üppigen Oberschenkel bereiteten ihr allerdings Sorgen.

Schulte-Nissens Auftritt vor dem Fahrstuhl fiel ihr ein. Zu ihrer Überraschung hatte er sich von seiner liebenswürdigsten Seite gezeigt. Nach dem gestrigen Drehtag und der Vorstellung am Morgen hatte sie geglaubt, er betrachte sie ausschließlich als lästige Konkurrentin. War ein in seine Höhen aufgestiegener Star überhaupt noch fähig, eine echte und spontane Herzlichkeit zu entfalten? Oder war das Ganze reine Berechnung gewesen? Sie verabscheute Intriganten, von denen es in diesem Beruf mehr als genug gab. Gehörte Schulte-Nissen dazu? Wollte er sie nur einwickeln und für seine Zwecke ausnutzen? Sie würde es schnell herausfinden. Dessen war sie sicher. Ihr Gefühl hatte sie bisher selten getrogen. Einmal allerdings gründlich, und es hatte sich dabei um keinen professionellen Schauspieler gehandelt.

Sie fröstelte. Dabei gab es wirklich keinen Grund, sich zu ängstigen. Die morgendliche Begegnung mußte für jenen Mann weitaus unangenehmer gewesen sein als für sie. Wenn jemand einen Grund hatte, sich zu fürchten, dann er. Ein Fingerschnippen und ein lautes Wort von ihr würden genügen, ihn hier, an diesem Ort, hoffnungslos zu kompromittieren. Oder etwa nicht?

Sie bemühte sich intensiv, nicht mehr an ihn zu denken. Wer war er denn, verglichen mit einem Hochgelder oder mit dem rührenden Schulte-Nissen? Hatte sie sich auch nicht zu weit aus dem Fenster gelehnt bei dem Interview mit der ehemaligen Ost- Journalistin? Immer wieder hakte die nach, ob sie denn als künftige Ypsilon-Nachfolgerin in der Serie anzusehen sei. Sie hatte sich dazu so undeutlich geäußert, wie es ihrer tatsächlichen Situation entsprach. Der versprochene Vertrag lag noch immer nicht vor. Außerdem widerstrebte es ihr, Schulte-Nissen in die Pfanne zu hauen. Zugegeben, als Mann war der nicht gerade taufrisch und eigentlich nicht ihr Kaliber. Am Theater hatte sie ausreichende Erfahrungen mit dem Typ der Heldenväter gesammelt. Aber wenn sich seine Liebenswürdigkeit als echt entpuppen sollte ... Wer weiß? Charme hatte der alte Barde jedenfalls. Und nicht zu knapp. Sie lächelte bei dem Gedanken, daß der andere sie an der Seite des berühmten Schulte-Nissen sehen würde, und ging ins Bad.

Die Dusche, ein Rolls Royce unter den Badarmaturen, sprühte von allen Seiten auf sie ein. Es machte ihr Spaß, den Hebel im schnellen Wechsel von Heiß und Kalt zu bedienen. Wohlige Schauer überströmten ihre Haut.

Als sie aus dem Bad kam, fragte sie sich, was sich jede Frau in dieser Situation gefragt hätte: Was ziehe ich an? Es kam nicht allein darauf an, einen Schulte-Nissen zu beeindrucken. Sicherlich traf sie ja heute abend jemanden, der viel wichtiger war als ein Kommissar Ypsilon . . .

Der historische Seitenflügel war die besondere Attraktion des *Meridian*, jener originale Trakt des Hotels aus der Zeit unmittelbar vor dem 1. Weltkrieg, gebaut und ausgestattet im sogenannten Geheimratsstil. Türbeschläge und Leuchter, das Porzellan und das Besteck waren – soweit nicht erhalten – den Originalen detailgetreu nachgebildet; ja, man hatte den Eindruck, daß selbst das ausgesuchte Personal, zumindest das männliche, der versunkenen Kaiserzeit entstammte. Es herrschten besondere Umgangsformen, eben der nobel-diskrete Touch preußischen Herrenreitertums oder vielmehr das, was man sich heute darunter vorstellt. Hierher konnten sich Herren aus den Führungseliten ungestört zurückziehen und in getäfelten Räumen, dem einstigen Feind Britannien abgeschaut, vertrauliche Gespräche und Verhandlungen führen. Die Räume galten trotz der aufwendigen Holzpaneele, hinter denen sich ganze Mikrofonbatterien verbergen ließen, als abhörsicher. Nicht zuletzt dafür war Gröbke verantwortlich.

Im Salon *Sigmaringen,* direkt neben dem Rauchsalon, der traditionsgemäß eine Unzahl edler Zigarren aus Übersee beherbergte, saßen seit Stunden vier Männer um den ovalen Mahagonitisch und redeten aufeinander ein. An der Schmalseite klappte Producer Ziff gerade erregt sein Handy zu. Rechts und links von ihm saßen die beiden ungleichen Vertreter der Bank, die ihn durch diese Sitzordnung nicht allein flankierten, sondern im Verlauf der Verhandlung regelrecht in die Zange genommen hatten. Ihm gegenüber lehnte Hochgelder, der Programmdirektor des Senders, in seinem Ledersessel und rauchte dicke Zigarren. Dabei kannte er Ziffs Asthma-Probleme nur zu genau.

Der korpulente Vorstandsvorsitzende der Mittelstandsbank, die Ziffs Produktionen kreditierte, erklärte mit einiger Schärfe: »Herr Ziff, es tut uns leid. Aber ich wiederhole das jetzt noch einmal im Klartext: Nach endgültiger Prüfung Ihrer Bilanzen durch unsere Gutachter sehen wir uns, wenn nicht Entscheidendes geschieht, außerstande, Ihnen einen weiteren Kredit einzuräumen.« Der Banker hatte sich vorgebeugt, um seiner Aussage den gebührenden Nachdruck zu verleihen und versank nun wieder wie eine Kugel im geräumigen Lederklubsessel, zog ein Tüchlein aus der Jackettasche und putzte seine Goldrandbrille. Sein hagerer Gefährte, der seine Sessellehne hoch überragte, nickte zustimmend.

Jetzt war der Medienboß dran. »Der Sender räumt Ihnen eine letzte Chance ein, Ziff. Eine allerletzte. Vorher beerdigen Sie allerdings die Serie nach bewährtem Muster. Das ist unsere Bedingung.«

»Wie stellen Sie sich das vor, Hochgelder! Ich habe Verpflichtungen! Es existieren bindende Verträge.«

»Die nicht zuletzt auf Ihrer Solvenz beruhen, Ziff. Das wissen Sie so gut wie ich. Tun Sie, was Sie nicht lassen können. Nach Ihren eigenen Worten verfügen Sie ja auch noch über andere Geldgeber. Möglicherweise sind die risikofreudiger. Wir werden Ihnen die restlichen Folgen jedenfalls nicht mehr abnehmen. Eine neue Staffel können Sie sich in den Wind schreiben. Ich habe keine Lust, darauf zu warten, bis die Einschaltquote unterhalb von Scheinemaklers Tränentheater anlangt. Wir befinden uns nicht mehr in den gemütlichen Siebzigern und nicht in den prosperierenden Achtzigern, Ziff. Die Leute wollen ständig etwas Neues, Aufregendes erleben, und sie haben ein Recht darauf. Uns sitzt die Werbebranche im Nacken, Ziff! Wir müssen uns an deren bevorzugten Zielgruppen orientieren: Junge, dynamische Menschen! Zu Ypsilon passen höchstens Hustenbonbons und Reinigungspulver für die dritten Zähne.«

Der hagere Banker kniff die Lippen zusammen, als hätte man ihn soeben als potentiellen Werbekunden entlarvt. Sein Kollege bleckte die Goldzähne.

»Ach! Und wie denken Sie sich das mit Frau Ettlich, Herr Hochgelder?« erkundigte sich Ziff mit süffisantem Lächeln. So leicht ließ er sich doch von dem nicht in die Pfanne hauen!

»Verkneifen Sie sich den ironischen Unterton, Ziff!« Hochgelder sprach jetzt mit leiser Drohung. »Sie sollten nicht auf Studiogerüchte setzen! Sie entsorgen erstmal diesen Teledino Schulte-Nissen. Das ist Ihre wichtigste Aufgabe. Und dann sehen wir weiter.« Und ganz sachlich fuhr er fort: »Eva Ettlich wird eine Rolle in einer anderen Produktion übernehmen. Sie ahnt noch nichts von ihrem Glück. Also, was ist, Ziff? Das ist mein letztes Angebot!«

Der kugelrunde Banker beugte sich ein zweites Mal vor: »Ihr Kinoabenteuer war ein teurer Flop, Herr Ziff. Unsere Bank hatte Sie rechtzeitig vor diesem Abenteuer gewarnt. Sie sind nicht mehr zahlungsfähig, wenn Sie nicht zustimmen.«

»Und was bietet mir der Sender als Äquivalent?« fragte Ziff. Der Kloß in seinem Hals drohte ihn zu ersticken.

»Wir geben eine neue Serie in Auftrag.« Hochgelder zog genüßlich an seiner echten Havanna und beobachtete die Reaktion Ziffs aus verkniffenen Sehschlitzen.

»Was für eine Serie?« fragte Ziff wie ein Ertrinkender, der den Rettungsring am fernen Brückengeländer wahrnimmt.

»Junge Leute, alte Leute«, sagte Hochgelder leichthin.

»Was soll denn das sein?« fragte Ziff irritiert.

Die beiden Banker grienten breit. Womit hatte der Sender die auf seine Seite gebracht?

Hochgelder nahm einen neuen genüßlichen Zug und blies den Rauch von sich. »Eine Sitcom.«

Ziff wurde grün im Gesicht. Alles hätte er in diesem Gewerbe für möglich gehalten. Wirklich alles. Nur nicht, daß seine *Telemania* zum Produzenten einer Tagesserie mit Laiendarstellern herabsinken könnte.

11

Es war spät geworden an diesem Abend, gemessen an den üblichen Redaktionsstunden. Gewöhnlich hockte um diese Zeit nur noch jemand in der Redaktion, wenn ein Fußballergebnis ausstand. Früher konnte die Zeitung am Morgen vielleicht wirklich mal jemanden mit einer Meldung überraschen. Heute hatte das Publikum alle Neuigkeiten längst im Nachtjournal gesehen. Es blieb rätselhaft, weshalb die Leute trotzdem Zeitungen kauften. Die seriösen vielleicht der Kommentare, Feuilletons und Sportergebnisse wegen, die weniger seriösen wahrscheinlich nur wegen der Schlagzeilen. Der tägliche Silikonbusen und die dazugehörende Blondine mit dem dämlichen Gesicht konnten unmöglich der Grund sein. Die waren in den einschlägigen Journalen weitaus detailreicher zu besichtigen.

Bis zur letzten Minute hatte Klaudia Kox an dem Ettlich-Interview und den daran geknüpften Vermutungen für den Fortgang der Ypsilon-Serie gefeilt, bis Lucius endlich befriedigt schien. Seine Titelzeile war wiedermal ein echter Hammer: *Gnadenschuß für Ypsilon*. Und dazu das sorgfältig aus ihrer Serie ausgewählte Foto, auf dem der durchnäßte Schulte-Nissen wahrhaftig aussah wie kurz vor dem Ende. Darüber eingeklinkt die verwegen strahlende Siegerin Eva Ettlich.

»Ich dachte, unsere älteren Leser mögen Schulte-Nissen . . .«, hatte Klaudia vergeblich eingewendet. Davon schien nicht mehr die Rede zu sein. Lucius verzog das Gesicht. »An einer hübschen Frau haben die allemal mehr Vergnügen«, äußerte er knapp.

Hinter seinem Rücken machte Bongard ihr Zeichen, Lucius nicht zu reizen. Wußte er wieder einmal mehr als sie?

Dem war tatsächlich so. Schon einige Male war ihr aufgefallen, wie ungewöhnlich gut Bongard über Zusammenhänge informiert schien, über die in der Redaktion nie geredet wurde. Als Lucius endlich verschwand, um den Andruck zu begutachten, sah sich Bongard gründlich um, bevor er sich erstaunlich leger auf ihrer Tischplatte niederließ und mit den langen Beinen baumelte. »Lucius war heute nachmittag längere Zeit beim Chef«, sagte er quasi zur Einleitung.

Klaudia wartete und tippte weiter.

»Und den Chef hat vermutlich der Herausgeber angerufen.«

Klaudia tat uninteressiert. »Das soll vorkommen.«

»Das ist nämlich so: Der Herausgeber vertritt den Verlagsleiter. Der Verlag wiederum ist mit 32,9 Prozent an der Werbefirma beteiligt, die den Sender beliefert, auf dem diese unnachahmliche Ypsilon-Serie läuft. Mit stetig sinkender Quote . . .«

»Ich verstehe«, sagte Klaudia. »Du meinst, Ypsilon ist zum Abschuß freigegeben. Und zwar von ganz oben.«

»Das hast du schnell begriffen.« Freudig gab er das unerwartete Du zurück, auf das er lange gewartet hatte. »Am liebsten hätte Lucius wahrscheinlich getitelt: *Fangschuß für Ypsilon* oder so ähnlich.«

Klaudia schüttelte sich. »Mir wird immer noch schlecht bei diesen Schlagzeilen. So mies ist der Schulte-Nissen nun wirklich nicht, wenn ich an andere Serien denke. Aber mich macht der zum Salatbeet, wenn ich ihm jemals wieder über den Weg laufe. Und alles nur, weil irgendwelche Werbefuzzis mit ihren Millionen dahinterstecken.«

»Dazu kommt: Mit der *Telemania,* dieser Produktionsfirma für Ypsilon, ist auch irgendwas nicht koscher. Die haben letztens einen gewaltigen Flop mit der geistlosen Filmkomödie von Mike Schnitter hingelegt. So etwas geht ins Geld.«

Daran erinnerte sich Klaudia. »Du glaubst, da besteht eine Verbindung?«

Bongard nickte weise. »Ich könnte dir noch viel mehr erzählen über derlei Zusammenhänge. Ich habe mich während des Studiums nämlich etwas ausführlicher mit Medienkonzernen beschäftigt. Da stehen dir die Haare zu Berge.«

Seine standen sowieso wie aufgerichtete Drahtstifte auf seinem kantigen Schädel. Er war eigentlich ein ganz ansehnlicher Junge, wenn man sich die allzu modische Designerbrille und seine scheußlichen Schlipse wegdachte.

»Wenn du soviel weißt – weshalb hast du dann ausgerechnet hier in diesem Laden angefangen?« fragte sie. Dabei wußte sie doch genau, weshalb sie selbst hier arbeitete.

»Jedenfalls nicht als U-Boot«, beteuerte er sofort. »Zwischen dem, was man weiß und dem, wofür man bezahlt wird, klafft in dieser Gesellschaft mitunter ein tiefer Graben. Frag mal die alten Achtundsechziger. Mein Vater hat auch dazugehört. Heute ist er ein erfolgreicher Immobilienmakler.«

Klaudia streckte die Beine weit von sich und stieß sich mit dem Stuhl von der Tischplatte ab. »Ich danke dir für die Aufklärung«, sagte sie. »Ich glaubte immer, dein Spezialgebiet wäre die Musik.«

Bongard grinste. »Das ist mein Hobby und demzufolge viel wichtiger als alles andere. Willst du nicht mal mitkommen? Ich kenne die schärfsten Schuppen in Berlin. Da geht jeden Abend absolut ultimativ die Post ab!«

»Absolut *ultimativ* ist genau der richtige Aufhänger. Was weißt du über Johnny Whitehouse?«

Bongard verzog enttäuscht das Gesicht. »Das hättest du früher sagen müssen, daß du eine Karte brauchst. Jetzt wird das ausgesprochen schwierig.«

Klaudia schüttelte den Kopf. »Erzähl mir mal, was mit dem so los ist. Wo lebt der und wann kommt er nach Berlin?«

Bongard blühte auf. »Wo lebt er! Da, wo jeder Amerikaner gerne landen möchte: irgendwo in der Gegend von El Äj. Eigentlich stammt er aus dem Mittelwesten. Hat dort mit Bluegrass- und Hillbillyzeug angefangen. Honkytonk O'Connor hieß er damals noch, bis ihn in Nashville jemand entdeckte und groß rausbrachte.«

»Honkytonk?« fragte Klaudia. Das klang nach Kneipe. Der Name paßte zu dem verlebten Gesicht des Rothaarigen in der Bar.

Bongard lachte. »Nicht was du denkst! Honkytonk ist eine Technik, das Klavier auf eine ziemlich simple und volltönende Weise zu malträtieren. Klingt ein bißchen wie Boogie Woogie. Nur einfacher. Johnny beherrscht das meisterhaft. Hast du nicht die Einleitung zu seinem größten Hit *And the Southwind Blow* im Ohr? Ach ja, du hast ja früher im Osten gelebt . . .«

»Und mir die Hose mit der Kneifzange angezogen. Das meinst du doch. Mensch, bei uns war der vielleicht populärer als im Westen. Nach der einzigen Platte hat meine Freundin stundenlang angestanden. Und ich durfte sie mir auf Kassette überspielen!«

»Entschuldige.« Bongard machte ein betretenes Gesicht und schob sich von ihrem Tisch herunter. »Ich wollte dir nicht zu nahe treten.«

Klaudia war keineswegs beleidigt. Hinsichtlich gegenseitiger Vorurteile war sie ganz anderes gewöhnt. Sie stand auf und sagte: »Nun mach nicht so ein Gesicht! Ich denke, du wolltest mit mir in die Disko?«

»Du kommst mit?« Er schien sich ehrlich zu freuen.

»Warum nicht? Ältere Damen und junge Burschen – das ist doch heutzutage in, wenn ich unserem Blatt glauben darf.«

Bongard blickte aus seiner Höhe eindringlich auf sie herab und schüttelte bedächtig den Kopf. »Glaub ihm nicht, Klaudia. Außer dir arbeiten hier nur Grufties. Du bist der einzige Lichtblick in dem verdammten Laden.«

Sie hatte eine ironische Bemerkung auf der Zunge, aber Bongard machte ein so feierliches Gesicht, daß sie ihn unmöglich beleidigen konnte. Außerdem war sie bei seinem Kompliment rot geworden. Das war ihr seit langem nicht passiert.

12

Zarte Bitterschokolade und Mandelcreme. Trinidad ließ grüßen. Das ovale Gesicht der Barfrau mit den mandelförmigen Augen strahlte Selbstbewußtsein aus. Nur der Busen hätte sich bei einem Schönheitswettbewerb als zu üppig erwiesen. Für die Tätigkeit hinter der Bar war er eher geschäftsfördernd, wenn auch – dem Stil des Hauses angepaßt – durch eine Seidenbluse verhüllt.

Der Betrieb hatte erst begonnen. Auf zwei Barhockern saßen zwei geklonte Japaner in Kenzo-Anzügen und nippten im Synchrontakt an regenbogenbunten Cocktails. Und jedesmal, wenn sie genippt hatten, hoben sie die Köpfe und starrten wie gebannt auf die Rundungen des Wesens, das da vor ihnen mit Flaschen und Gläsern hantierte. Es bedurfte nur eines scharf fixierenden Blicks ihrerseits, und die beiden Köpfe zuckten zurück und gaben sich erneut dem synchronen Nippen hin.

Alles andere als synchronen Schrittes näherten sich zwei schwankende Gestalten der Bar. »Und ich sage dir, Hubertus, das mit dem plötzlichen Einsatz der Ettlich stinkt zum Himmel«, deklamierte Gunnar Heu wohl zum zehnten Mal. »Wenn du aussteigst und ich die Rolle verliere, nur weil sich Weiber wie die emporschlafen, kann ich für nichts mehr garantieren . . .«

SN legte seinen Arm um die Schulter seines Kollegen und dirigierte ihn auf einen Barhocker. »Nicht gleich den Teufel an die Wand malen, Gunnar. Ich bin auch noch da. Von Aussteigen und Abservieren kann überhaupt keine Rede sein. Darauf darfst du Gift nehmen! Ich habe auch noch ein paar Asse im Ärmel. Und keine gezinkten. Worauf du dich verlassen kannst!«

SNs Versuch, Heu auf den Barhocker zu hieven, geriet zur

unfreiwilligen Slapstick-Nummer im Stil der Marx-Brothers. Kaum saß der oben und hatte mühsam die massive Messingstange am Tresen ergriffen, rutschte er wieder herunter. Endlich hing er mehr als er saß auf seinem Hocker. Weitaus eleganter bezog Schulte-Nissen seinen Hochsitz.

Die Augen der Barfrau funkelten vergnügt. »Ich hoffe, Sie sitzen gut, meine Herren. Was möchten Sie trinken?«

SN wußte nicht recht, wonach ihm der Sinn stand. Vom Whisky hatte er genug. Und Gunnar war abgefüllt bis zum Rand. Er überflog die Getränkekarte und blickte ratlos auf die Armada von Flaschen vor der verspiegelten Rückfront. Schließlich fiel sein Blick auf die beiden Japaner am anderen Ende der Bar, die an einer bizarren, in mehreren Farbschichten schillernden Flüssigkeit nippten.

»Sagen Sie mal, Verehrteste, was trinken denn die Herren aus dem Reich der aufgehenden Sonne?«

»Einen *Meridian-Cocktail*. Unsere Spezialität.« Die Barfrau lächelte und beugte sich leicht vor, so daß SN in den Genuß kam, die hervorragenden Einzelheiten ihrer Figur zu begutachten. Fasziniert starrte er auf die Hügellandschaft und wußte nicht so recht, wie ihm geschah. Er spürte, wie ihn seine Selbstsicherheit verließ – was ihm höchst selten passierte – und stammelte: »Soso, ein Merian, ähm, ein *Meridian-Cocktail*. Was'n da drin?«

»Mein Geheimrezept«, antwortete die Exotin mit einem Unterton in der Stimme, der alles oder nichts bedeuten konnte.

Für SN bestand kein Zweifel, daß alles und mehr gemeint war. Dieser *Meridian-Cocktail* mußte bestellt werden, egal ob er Freund Heu schmeckte oder nicht.

Wie sich herausstellte, lohnte der Versuch. Das bunte Zeug schmeckte exzellent; auch Heu meldete keinen Widerspruch an. Von hinten prosteten ihnen die Tamagochis zu, was die deutschen Herren freundlich erwiderten. Schon bald kam fröhliche Stimmung auf. Die Japaner kicherten auf ihre unnachahmliche asiatische Weise; sie waren drauf und dran, ihre Liebe zur deutschen Kultur zu demonstrieren und gemeinsam mit den anderen Gästen *Am Brunnen vor dem Tore* anzustimmen. Die Barfrau wußte es im letzten Moment zu verhindern. Sie schaltete den elektronischen Flügel ein, der in der Nische stand. Prompt überertönte *Stranger in the Night* in der süßlichsten Liberace-Fassung die deutsch-japanischen Intonationsversuche.

Langsam belebte sich die Bar.

In der Hotelhalle schritt derweil eine Märchenfee die Haupttreppe hinab: Eva Ettlich im Cocktailkleid, mit dazu passenden Designer- Schuhen und mit raffiniert aufgesteckter Frisur. Die Ohrringe glitzerten im Licht der Deckenlüster. Wären es Scheinwerfer gewesen, hätte ihr Auftritt in ein Hollywood-Musical gepaßt.

Mitten auf der Treppe stockte sie und starrte zur Rezeption. Dort stand wieder der Mann, den sie einmal gut gekannt hatte. Seine aalglatte Visage war unverkennbar. Sie überlegte, ob er ihr irgendwie gefährlich werden konnte. Über die Vergangenheit waren schon viele gestolpert, auch aus ihrer Gilde.

Security-Manager Gröbke hatte sie nun ebenfalls entdeckt. Eva Ettlich verharrte auf dem Treppenabsatz, bis sich ihre Blicke unweigerlich kreuzten. Gröbke wandte sich zuerst ab. Er fragte sich seinerseits, wie gefährlich ihm die Frau werden konnte. Immerhin hatte er um diesen First-Class-Job in der Sicherheitsbranche lange und nachhaltig gebuhlt und alle seine Verbindungen spielen lassen, um hier unterzukommen. Er war bereit, den Posten mit Klauen und Zähnen zu verteidigen. Vielleicht dachte er über eine vorbeugende Maßnahme nach, während er ihr mit verkniffenem Gesicht hinterherschaute, bis sie durch die Halle in Richtung Bar entschwand.

Als sie den schummrigen Raum betrat, durchlief ein Raunen die Reihe der Männer. Vor allem Schulte-Nissen hielt seine uneingeschränkte Bewunderung nicht zurück. Er sprang vom Hocker, bot ihr seinen Platz an, stellte sich neben sie und erkundigte sich eifrig, was sie trinken wolle.

Eva Ettlich zierte sich ein wenig gegenüber derlei Überschwenglichkeit. Sie könne ohnehin kaum etwas Alkoholisches trinken, da sie morgen einen langen Drehtag vor sich habe. Zudem war ihr sofort aufgefallen, wie ablehnend Gunnar Heu auf ihre Anwesenheit reagierte, der gruß- und regungslos in sein Glas starrte. Die Situation wurde noch peinlicher, als der sichtlich Angetrunkene mit der Bemerkung aufwartete: »Soll doch die Ersatzkommissarin dorthin gehen, wo sie am besten aufgehoben ist: ins Bett!«

SN bot sein ganzes Geschick auf, um Heu in die Schranken zu weisen und die Ettlich zum Bleiben zu bewegen.

»Hören Sie nicht auf die Männer. Die werden uns nie verstehen.« Die Bardame beugte sich vertraulich zu Eva Ettlich und warf ihr einen Blick zu, wie die ihn von einer Frau nur selten erlebt hatte. Jetzt erst nahm sie die aparte Frau in ihrer exotischen Schönheit wahr. Sie fühlte sich durch den Blick irritiert, und doch auf eine merkwürdige Weise berührt. Sie beschloß zu bleiben.

»Ich werde Ihnen einen Cocktail mixen, wie Sie ihn noch nie getrunken haben«, versprach die Barfrau.

SN bemühte sich, durch allerlei Unterhaltsames die Kollegen aufzumuntern und für gute Stimmung zu sorgen. Bald waren Theateranekdoten angesagt, für deren meisterhafte Interpretation Schulte-Nissen bekannt war. Böse Zungen sagten ihm nach, es sei das einzige, womit dieser Schmierenkomödiant überhaupt überzeugen könne.

Die Ettlich und alle anderen im Kreis hatten ihre helle Freude. Selbst Gunnar Heu taute ein wenig auf. Doch während SN seine Pointen abschoß, beobachtete er aus den Augenwinkeln haarscharf die Reaktionen seiner Konkurrentin und gelangte schnell zu der Überzeugung, daß sie eine ehrliche Haut war, die man benutzte; eine Schachfigur in einem Spiel, das er noch nicht durchschaute, hinter das er aber zu kommen gedachte. Es war sein bewährter Trick, die Leute beim Lachen zu beobachten und herauszufinden, ob ihr Lachen aufrichtig oder gespielt, verkrampft oder befreiend klang. Dabei führte ihn keiner hinters Licht. Er hatte ein untrügliches Ohr für falsche Töne. Das Weib war echt, das spürte er. Wie von selbst glitt ihm ein neues Kompliment aus dem Munde. Eva Ettlich lächelte dankbar.

»Auf den haben wir gerade noch gewartet«, brabbelte Heu abfällig in sein Glas, als überraschenderweise Programmchef Hochgelder auf der Bildfläche erschien, ein Herr in den besten Jahren und fest davon überzeugt, jedermann, vor allem aber jede Frau, sehe ihm seine herausragende Position in der ansonsten öden deutschen Fernsehlandschaft auf den ersten Blick an.

Hochgelder ließ einen mißbilligenden Blick über die illustre Runde schweifen. Er schien wenig begeistert von der Anwesenheit der Schauspieler, von der Ettlich einmal abgesehen, die er vergeblich auf ihrem Zimmer gesucht hatte. Das Beisammensein mit ihr hatte er sich anders vorgestellt, und er wurde plötzlich den Verdacht nicht los, daß alle das wußten. Es lag eine deutliche Spannung im Raum.

Auch Eva Ettlich spürte, daß sie ihm eine Erklärung schuldig war. »Sagen Sie selbst, Herr Hochgelder, wie sollte ich einer Einladung meines charmanten Kollegen widerstehen?«

Das klang verräterischer als Hochgelder es sich wünschte. Galant küßte er Evas Fingerspitzen und versuchte vergeblich, seinem Dutzendgesicht einen weniger verbissenen Ausdruck zu geben.

»Setzen Sie sich zu uns. Was wollen Sie trinken?«

SN wollte sich die seltene Gelegenheit, dem Mann des Senders auf den Zahn zu fühlen, auf keinen Fall entgehen lassen. Nach ein paar Gläsern würde der schon reden. Bei solchen Gelegenheiten hatte es SN noch immer geschafft, diesen Zampanos wichtige Informationen zu entlocken, ja oft war es ihm gelungen, vertragliche Vorteile für sich herauszuschlagen. Nur daß es diesmal um mehr ging – möglicherweise sogar um sein weiteres Schicksal an diesem Sender, wenn man dem Schmierblatt glauben wollte. »Kommen Sie nur, Herr Programmdirektor. *Ich weiß den Mann von seinem Amt zu unterscheiden*. Schiller, Piccolomini.«

Hochgelder blieb gar nichts anderes übrig, als sich auf einen Barhocker neben SN zu schwingen. Ihm war nicht wohl dabei. Auf SNs Gesellschaft konnte er gut verzichten. Er hatte Eva Ettlich aus gutem Grund zum Essen abholen wollen. Nachdem er Ziff den Marsch geblasen hatte, war das der letzte, allerdings auch kniffligste Programmpunkt des heutigen Tages. Er wollte endgültig und unmißverständlich die Beziehung zu ihr lösen. Die Sache drohte, seine Karriere äußerst abträglich zu beeinflussen. Zu viele Leute in der Branche, die wie keine andere von Klatsch, Intrigen und Beziehungen lebte, hatten Wind von der Liaison bekommen und sie den allerobersten Senderfuzzis gesteckt. Gottlob besaß da einer das gleiche Parteibuch wie er und hatte ihn rechtzeitig gewarnt. Wie hätte er ahnen können, daß sich Eva heute abend ausgerechnet mit ihrem ärgsten Kontrahenten verbrüdern würde. Von wegen: Schulte-Nissen hat sie eingeladen! Das ganze sah nach einer abgekarteten Aktion aus. Wollte sie ihn aufs Glatteis lotsen? Er betrachtete die haltlose Gestalt Gunnar Heus und verwarf den Gedanken wieder. Oder diente der nur als ablenkende Staffage?

Was führte diese Frau im Schilde? Wollte sie ihm, Hartmut Hochgelder, auf der Nase herumtanzen? Machte sie deshalb gemeinsame Sache mit dem Altbarden? Doch nicht mit diesem vollgefressenen Zirkuselefanten! Stand sie nicht ganz offensichtlich auf Männer, wie er einer war – smart, gebildet, erfolgreich? Die Ausstrahlung war es, was sie anmachte an ihm – oder?

Ihre heißen Treffs gipfelten stets im Taumel ungebremster und wie er hoffte: ungespielter Leidenschaft. Und doch, wenn er es recht bedachte, blieb Eva unberechenbar wie alle Frauen, die Eigensinnigkeit mit Charakter verwechseln. Damit konnte sie ihm – beabsichtigt oder unbeabsichtigt – ziemlich gefährlich werden. Schnelles Handeln war angesagt. Wenn nötig, mußte er sie auf andere Weise aus dem Verkehr ziehen.

Nachdem SN eine Runde Sekt spendiert hatte und die dazu eingeladenen Japaner sich revanchierten, ließ es sich Hochgelder nicht nehmen, die ganze Bar zum Champagner einzuladen. Und während SN einen Trinkspruch auf den ewigen Erfolg der eigenen Serie losließ, konterte Hochgelder mit einem Toast auf den kommenden Star am Fernsehhimmel: Eva Ettlich. Dabei versuchte er wiederholt, die Ettlich mit versteckten Gesten zum Gehen aufzufordern. Vergeblich. Wohl war sie geneigt, das Feld zu räumen – schon im Hinblick auf den vor ihr liegenden anstrengenden Drehtag und ihre Vorsicht gegenüber dem Alkohol – doch eine ungute Ahnung riet ihr, dem Drängen Hochgelders auf keinen Fall nachzugeben.

»Hören Sie mal, Hochgelder, Sie alter Oberguru«, redete SN in bester Sektlaune auf seinen Nachbarn ein. »Da reißen neuerdings Sitten ein. Ich bin jetzt seit fast dreißig Jahren beim Fernsehen, aber sowas . . .« SN belegte Hochgelder mit einem Redeschwall, dem der liebend gern aus dem Weg gegangen wäre, den er aber jetzt mit betont zur Schau gestelltem Interesse über sich ergehen lassen mußte. Von nicht erfolgten und nicht eingehaltenen Absprachen war da die Rede; von veränderten Drehbüchern, von schlampiger Vorbereitung beim Drehen, von Unfähigkeit und vor allem von Eva Ettlich, dieser in persona zweifellos reizenden Kollegin, die man ihm jedoch ohne vorherige Information vor die Nase gesetzt habe. Da er für die nächsten Folgen als Ypsilon im Koma läge, könne er sich nicht des Eindrucks erwehren, man wolle ihn auf die kalte Tour aus der Serie herausschreiben.

Das alles sagte SN mit durchaus freundlich-ironischem Gestus, mit einer gewissen milden Nachsicht sogar. Hochgelder blieb dennoch auf der Hut, um seinem Widerpart nicht auf den Leim zu gehen oder ihm gar Zugeständnisse zu machen. Am Schluß ließ es sich SN nicht nehmen, noch ein wenig Süßholz zu raspeln: »Ich bin überzeugt davon, Herr Hochgelder, wenn Sie als Programmdirektor von alldem wüßten, hätten Sie längst eingegriffen und das Schlimmste verhindert.«

Die Ettlich verzog das Gesicht. Das fand sie nun doch zu dick aufgetragen. Sie hatte das Gespräch, soweit es möglich war, die ganze Zeit über verfolgt und dabei den Champagner wohlweislich stehenlassen, um bei der nächsten Runde die trickreichen Künste der Barfrau in Anspruch zu nehmen. Die servierte ihr einen täuschend echten und gänzlich alkoholfreien *Meridian-Cocktail.* Eva dankte es ihr, indem sie verstohlen ihre schmale Hand über die kaffeebraunen Finger legte.

Der Blick der Schönheit sprach Bände. Eva spürte ihn auf ihrer brennenden Gesichtshaut. War sie denn verrückt geworden? Wenn das jemandem auffiel ...

Die Herren schienen sämtlich miteinander beschäftigt. Oder mit ihrem Glas, wie dieser Suffkopp Heu. Keiner bemerkte überhaupt, daß sie der Barfrau etwas zuraunte und die ihr lebhaft antwortete.

Dabei hatte ausgerechnet Gunnar Heu trotz seines alkoholisierten Zustands den Vorgang aufmerksam registriert und seine Abscheu mit einem weiteren Schluck Whisky hinunterzuspülen versucht. Lange Jahre hindurch war ihm der Sexualhabitus seiner Kolleginnen und Kollegen gleichgültig geblieben. Doch seit ihn die eigene Frau endgültig verlassen hatte und in einer angeblichen Wohngemeinschaft mit einer jüngeren Freundin lebte – zum ersten Mal in ihrem Leben *wirklich glücklich und ganz sie selbst,* wie sie behauptete –, reagierte er auf derlei gleichgeschlechtliche Avancen empfindlich. Ließ denn die Ettlich, dieses kalte Aas, gar nichts aus? Genügte es ihr nicht, den guten alten SN und den etwas jüngeren, dafür aber wesentlich unangenehmeren Großkotz Hochgelder buchstäblich um den Finger zu wickeln? Mußte sie nun auch noch diese vollbusige Tropenschönheit anmachen? Diese Weiber ...

Irgendwie mußte man ihr das vermiesen, und er wußte auch wie. Die Damen waren total mit sich beschäftigt, die Herren in endlose Gespräche vertieft. Gunnar empfand es als gerecht, der Dame Ettlich einen Denkzettel zu verpassen. Das war er seinem kollegialen Freund und Beschützer Hubertus schuldig!

Hochgelder ging zum Gegenangriff über, um Schulte-Nissen endlich mundtot zu machen. Er reihte Elogen aneinander, lobte SNs Könnerschaft und große Schauspielkunst, stellte Kommissar Ypsilon für den Sender als unverzichtbare Größe hin, beschwor SNs Personality, wie sie die junge Generation kaum zu bieten habe, und bestellte noch einmal Champagner. Alle Schuld an den Mißverständnissen beim Drehen schob er auf die *Telemania* und deren einigermaßen unfähigen Produzenten Ziff und gestand schließlich unter dem Siegel der Verschwiegenheit – wobei er SN ins Ohr zu flüstern begann –, die Ettlich sei nur ein für eine andere Produktion vorgesehener Versuchsballon. Er prostete SN zu und lehnte sich ob seiner überzeugenden Argumentation befriedigt zurück. Eigentlich hatte er nicht einmal gelogen, dachte er bei sich und grinste.

Weder Schulte-Nissen noch Gunnar Heu war aufgefallen, daß ein weiterer Gast an der Bar Platz genommen, auf dem Tresen allerlei Mappen ausgebreitet und Bilder hervorgekramt hatte, sehr zum Verdruß der Bardame. Erst als sie erkannte, worum es sich da handelte, erwachte ihr Interesse. Belustigt betrachtete sie die alten Starfotos von Schulte-Nissen. Und als ihr der Mann das Programmheft eines DEFA-Films zeigte, auf dem die jugendliche Eva Ettlich in heldenhafter

Pose zu sehen war, wuchs ihr Interesse. Ehe er es verhindern konnte, riß sie ihm das Blatt aus der Hand und präsentierte es ihrer Favoritin. Die Ettlich betrachtete es irritiert. Woher hatte der das? Ausgerechnet hier in diesem exklusiven Hotel. Wer war der Kerl überhaupt? Ein Spinner? Ein Sammler? Sollte das eine Provokation sein? Ein Wink mit dem Zaunpfahl? Von Herrn Gröbke etwa?

»Sieh einer an, der diskrete Charme des erfolgreichen Oststars«, witzelte SN unbekümmert und wedelte mit dem Programmheft. Eva Ettlich fühlte sich peinlich berührt, dabei war SN sich der verletzenden Wirkung seiner Worte gar nicht bewußt. Er merkte nur, daß er sich zu früh gefreut hatte, als er mitbekam, wer hinter dem Programmheft steckte.

Dessen Besitzer nutzte nämlich die Gunst der Stunde, breitete gleich ein Dutzend Fotos auf dem Tresen vor ihm aus und wollte SN einen Kugelschreiber in die Hand drücken. Der jedoch nahm die seltene Aufnahme aus seinen Jugendjahren in die Hand. Woher hatte dieser Mensch das Foto?

Als er die Aufmerksamkeit der anderen bemerkte, hob er ein anderes Bild, das ihn als Faust zeigte, in die Höhe. Nur Hochgelder amüsierte sich über das eitle Gebaren des Mimen. Noch immer ignorierte SN den Kugelschreiber und rief der Barfrau zu: »Ein Glas für unseren Fotofreund!«

Der Mappenmann schüttelte abwehrend den Kopf, froh darüber, wie leicht ihm die Ablehnung fiel. Darüber war er hinweg. Gottseidank. Der Alkohol hatte ihn die beste Zeit seines Lebens gekostet. Und viel, viel Geld. Seit er trocken war, konnte er jeden Pfennig für seine Sammlung ausgeben. Er wandte sich Eva Ettlich zu, um sich das DEFA-Programmheft signieren zu lassen.

»Woher haben Sie das?« fragte sie nervös.

Der Mappenmann brachte kein Wort heraus, glotzte nur auffordernd und drückte ihr den Stift in die Hand. Statt jedoch zu unterschreiben, ließ sie den Kugelschreiber sinken und blickte über ihn hinweg wie gebannt auf den Mann, der gerade hereingekommen war. Sein Gang hatte etwas Federndes und dabei wiederum Schleppendes an sich, als schritte er auf ein ungebärdiges Pferd zu. Das ist der *Walking Beat,* wie er nur einer bestimmten Sorte von Männern zu eigen war. Danach hätte man bei deutschen Männern vergeblich Ausschau gehalten. Ihr fiel Robert Mitchum ein. Für sie stand fest: Der Mann konnte nur Amerikaner sein! Außerdem kam er ihr sehr bekannt vor. Sie hatte ihn schon gesehen. Aber wo?

War das nicht ein Popstar? Die Barschönheit erriet ihre Frage und klärte sie auf. Es handelte sich um den legendären Johnny »Honkytonk« Whitehouse, der für sein ultimativ letztes Superkonzert angereist war und seit zwei Tagen, ungestört durch seine Fans, im *Meridian* residierte.

Richtig. Auf den Plakaten in der Stadt, das war *Er*! Ein Wahnsinnstyp, wie die Ettlich fand. Fast zwei Meter groß. Mit langen roten Haaren. Wahrscheinlich von seinen irischen Vorfahren. Ein begnadeter Songwriter mit einer göttlich rauchigen Stimme, die ihn einst in Nashville-Tennessee berühmt gemacht hatte. Unbekannt war Eva Ettlich die Tatsache, daß Johnny ein mordsmäßiges Piano im Barrelhouse- und Honkytonkstil spielte und damit einst seine Karriere begonnen hatte. Sie dachte nur: Musiker müßte man sein. Das sind die wahrhaft begnadeten und populären Stars von heute, nicht wir Schauspieler in unseren armseligen Serien.

Johnny Whitehouse schenkte ihr einen langen, langen Blick und ließ sich ausgerechnet neben Heu nieder. Er bestellte Whiskey. *Bourbon* selbstverständlich. Kentucky Bourbon. Die Barfrau stellte ihm ohne Umschweife eine Flasche hin. Das war zuviel für Gunnar Heu. Sowas kannte er nur aus Western-Filmen. Aber der hier machte ernst. Der trank mit Sicherheit die Flasche aus. Unter Heus atemlosen Blick goß sich Johnny Honkytonk das Glas randvoll, bemerkte das Interesse seines Nachbarn und füllte dessen Glas ebenfalls. Heu war begeistert. Der Abend versprach ein voller Erfolg zu werden.

SN war sich inzwischen sicher, Nägel mit goldenen Köpfen in Hochgelders Gedächtnis getrieben zu haben und wandte sich großzügig wieder seiner schönen Kollegin zu, die nach Hochgelders Worten gar keine echte Konkurrentin darstellte. »Verehrteste, Sie haben mir gar nicht erzählt, was Sie heute mittag noch gedreht haben. Das interessiert mich doch sehr.«

SN heuchelte nicht. Er wollte es wirklich wissen.

»Nur die Verhaftung des Täters. Ich mußte ihm Handschellen anlegen. Das klappte leider nicht auf Anhieb. Dabei hatte ich es so schön geübt. Man muß es auf einen Schlag können. Sonst tut es ziemlich weh.«

Hochgelder, der sich vom Gespräch ausgeschlossen fühlte, stach der Hafer: »Ist das wirklich so schwer, Frau Ettlich? Es war doch nicht der erste Mann, den Sie gefangen nehmen.«

Die Ettlich schien die Bemerkung zu überhören. »Ich habe die Dinger immer bei mir, zum Üben. Ich zeige es Ihnen gern, Herr Hochgelder.« Und tatsächlich holte sie die Handschellen aus der Handtasche. Sie legte Hochgelders Arm auf die Messingstange und schlug mit der offenen Acht auf das linke Handgelenk. War es Unvermögen oder Absicht? Es funktionierte nicht.

Hochgelder bemühte sich mannhaft, keinen Schmerz zu zeigen. Beim zweiten Mal klappte es wie bei einem Profi. Die schmalen Metallreifen schnappten zu: um Hochgelders Linke und um die Messingstange. Die Ettlich zog den Schlüssel ab und warf ihn spielerisch in den Sektkühler – weit außerhalb von Hochgelders Reichweite. Die Barfrau durfte sich nichts anmerken lassen und bewahrte Contenance. Nur das Funkeln ihrer Mandelaugen verriet, wie sehr sie sich über Evas Streich freute.

Hochgelder rasselte mit dem Metall und machte gute

Miene zum bösen Spiel. Die Scheißkerle würden ihn noch kennenlernen!

»Tja, mein Lieber, jetzt sind Sie unser Gefangener«, scherzte Schulte-Nissen obendrein. »Sie können sich mit einer weiteren Lage Champagner freikaufen, nicht wahr, verehrte Kollegin?«

Die verehrte Kollegin war indes anderweitig beschäftigt. Wie hieß der größte Hit von diesem Whitehouse? In trauter Eintracht mit der Bardame sah sie das Repertoire des elektronischen Stimmungserzeugers durch, um den großen Künstler mit seiner eigenen Musik zu überraschen. Eine Schauspielerin hätte wissen müssen, daß Künstler im allgemeinen und Musiker im besonderen selten mit den eigenen Ergüssen konfrontiert werden möchten. Schon gar nicht, wenn sie inkognito in einer Bar weilen, um in aller Ruhe und ohne Öffentlichkeit Bourbon zu trinken.

Doch die Begeisterung von Fans kennt keine Grenzen. Bald war der *Nashville-Honkytonk* gefunden. Als die Elektronik mit der zahnlosen Soft-Version loslegte, verzog Whitehouse schmerzlich das Gesicht, setzte das Whiskeyglas ab, stieg vom Hocker und stoppte das Programm.

»Fuckin'!« lautete sein ganzer Kommentar. Er stelzte seine langen Beine unter den Flügel und hämmerte *unplugged* in die Tasten. Es dauerte nicht lange und das Publikum in der Bar klatschte im falschen Rhythmus mit. Selbst die Japaner riß es von den Sitzen. Sie standen ganz nahe am Flügel und schlugen begeistert in die Hände. Im richtigen Rhythmus übrigens.

Als Tulpe, ein größeres Hebammenköfferchen in der einen und ein Handgelenktäschchen an der anderen Hand, den Raum betrat, war er sich nicht sicher, ob er hier richtig war. Die Musik und das lockere Treiben der Gäste ließen ihn ernsthaft daran zweifeln. Er schätzte das Etablissement seines dezenten und abgeklärten Ambientes wegen. Dann allerdings erkannte er seinen heftig klatschenden Herrn und Meister.

Kein Zweifel. Es handelte sich um die stille Bar, in der er sich mit seinem Freund Igor, einem ukrainischen Solotänzer, zu treffen pflegte. Man sagte Igor eine große Karriere voraus, und Igor stand auf ältere Männer, die noch dazu beim Fernsehen beschäftigt waren. Was für ein Glück für Tulpe. Heute war die große Strawinsky-Premiere in der Oper. Ein anstrengendes Unternehmen für den Tänzer. Igor hatte Tulpe inständig gebeten, nicht dort zu erscheinen. Dafür wollte man nach der Vorstellung an der Bar den Tag gemeinsam und in aller Ruhe ausklingen lassen. Und wenn es sich denn so ergab, würde Tulpe seiner Eroberung auch den verehrungswürdigen Schauspieler Schulte-Nissen vorstellen, den man als Kommissar Ypsilon selbst in Poltawa kannte.

Tulpe schaute auf die Uhr. Die Vorstellung mußte eigentlich zu Ende sein. Igor würde bald erscheinen. Mit einem fröhlich-gespielten »Hallo« begrüßte Tulpe die Leute an der Bar, setzte sich und bekam ein Glas Champagner.

Der Mappenmann, SN-Jugendbild und Kugelschreiber in der Hand, unternahm gerade einen neuen schüchternen Vorstoß, doch noch zu seinem Autogramm zu gelangen, als ein Ereignis eintrat, das vor allem Tulpe zutiefst schockierte. Plötzlich und gänzlich unerwartet sank Eva Ettlich vom Hokker und glitt direkt zu seinen Füßen der Länge nach zu Boden. Die japanischen Zwillinge blickten neugierig auf das unverhoffte Schauspiel. Gunnar Heu saß wie erstarrt. SN und Tulpe, die Barfrau, Mister Whitehouse und der Mappenmann jedoch sprangen sofort herbei und versuchten, sie wieder aufzurichten.

Anscheinend handelte es sich um einen Schwächeanfall. Die Ettlich lag wie bewußtlos in den Armen der Männer. Auch Hochgelder versuchte, ihr zu Hilfe zu kommen. Vergeblich bat er darum, endlich befreit zu werden. Niemand kümmerte sich um ihn. Die beunruhigte Bardame hatte anderes zu tun. Noch dazu, wo es sich um eine Person handelte, die ihr mehr als sympathisch war. Eilig dirigierte sie die Männer durch den Gang, der zu den Toiletten führte. Sie öffnete eine Tür mit der Aufschrift *Personal,* hinter der sich ein weiterer Gang mit mehreren Türen und einer separaten Treppe verbarg. Im kärglich ausgestatteten Raum für das Barpersonal legten die Männer die reglose Schauspielerin auf eine Liege und warteten darauf, daß sie wieder zu sich kam. Der Versuch der Barfrau, ihr Flüssigkeit einzuflößen, mißlang. Als sie ihr jedoch mit dem kalten Wasser die Stirn benetzte, atmete Eva Ettlich einmal tief und hörbar.

»Wir lassen sie am besten hier liegen. Ich gucke ab und zu nach ihr«, schlug die Bardame vor.

SN sagte zögernd: »Sollten wir nicht einen Arzt . . .?«

Tulpe, wie immer auf Diskretion bedacht, wiegte bedächtig den Kopf. Der Mappenmann sagte nichts, und Johnny Whitehouse hatte sowieso nichts verstanden. »Beautiful girl«, war alles, was er bewundernd anmerkte, während er ungeniert Eva Ettlichs Körper begutachtete.

»Lassen Sie das meine Sorge sein«, sagte die Barfrau resolut. »Ich kenne mich mit solchen Fällen aus.« Damit schob sie die Männer aus ihrem persönlichen Kabuff.

In der Bar lief der Betrieb weiter, als wäre nichts geschehen. Der vorübergehende Schwächeanfall einer Dame, weiter nichts. Hochgelder rasselte gedemütigt mit den Handschellen. Man hatte ihn schlicht und einfach vergessen. Die Barfrau suchte im Sektkübel nach dem Schlüssel. Das Ding war vollkommen vereist, und es verging einige Zeit, bis Hochgelder, von den Handschellen befreit, seine Kreditkarte über den Tresen reichte und bald darauf verschwand. Johnny Whitehouse hatte sein Glas genommen und sich an den Flügel gesetzt. Verhalten intonierte er seinen größten Hit *And the Southwind blow.*

SN fühlte sich blendend. Er war immer noch der Alte. Er hatte nicht nur Hochgelder eingewickelt, er hatte auch diese hübsche und gänzlich ungefährliche Schnecke unter den Tisch gesoffen. Und nun beruhigte er Tulpe, der mit Sorge daran dachte, daß der morgige Drehtag ausfallen würde. Nur Heu war seltsamerweise nicht zu besänftigen. Mit der Hartnäckigkeit des Betrunkenen legte er den Kopf auf den Tresen und wiederholte in einem fort: »Das hab' ich nicht gewollt. Das hab' ich nicht gewollt . . .« Dazu hieb Whitehouse – nun schon wieder kräftiger – den *Honkytonk Train Blues* von Meade Lux Lewis in die Tasten. Es war höchste Zeit, für Heu ein Taxi zu bestellen.

Nach dem Zwischenfall hatte sich das Publikum in der Bar merklich gelichtet. Aber der Tänzer Igor war mit strahlendem Gesicht nach einem großen Erfolg erschienen. Zu Tulpes großer Freude. Für ihn war die Welt wieder in Ordnung.

Die Barfrau kam aus den hinteren Räumen zurück. Die Lage schien unverändert, soweit sie das feststellen konnte.

Aus dem hinteren Trakt tauchte auch der Page Henry auf. In Zivil, denn er hatte Feierabend und gerade deswegen eine Auseinandersetzung mit dem Sicherheitsfritzen hinter sich, der nicht zulassen wollte, daß ein Page sich unter die Gäste der Bar mischte. Henry hatte mit einem wichtigen Termin gekontert – einem Termin mit Kommissar Ypsilon persönlich. Den Schmuck der Gräfin ließ er unerwähnt.

SN lachte, als Henry ihn ansprach. »Ich weiß Bescheid. Es handelt sich um einen Heiratsschwindler. Er hat sich an die Gräfin rangemacht und das Collier gestohlen. Der Mann ist ein notorischer Spieler, der den Schmuck vermutlich längst in einer Spielhölle verjuxt hat.«

»Ick faß es nich, Meister, woher wissen Sie das alles?

»*Mein* Betriebsgeheimnis.« SN imitierte Henrys breites Grinsen. Der erkannte sich wieder. »Ick kann mir sogar denken, in welchen Schuppen der jejangen is«, versicherte er mit bedeutungsvoller Miene. »Und wenn Sie als Kommissar da aufkreuzen . . .«

SN winkte ab. »Nee, mein Junge. Ich bin außer Dienst. Außerdem bräuchte ich dazu meine Maske und den Mantel ...«

Henry hob altklug den Zeigefinger und wandte sich an Tulpe. »Haben Sie an alles gedacht, Chef?«

»Wie denn – hast du mich heute nachmittag angerufen?«

Henry nickte. Mißtrauisch musterte Igor den gutaussehenden Pagen.

Jetzt mußte Tulpe ran. Der Auftrag erschien ihm nach wie vor merkwürdig, aber wegen einer Perücke wollte er nicht noch einmal wie ein gehetzter Hund durch die Stadt jagen. Also hatte er alles Notwendige eingepackt und mitgebracht. Ihm war unklar, was SN und dieser Bursche für Pläne schmiedeten, doch darauf wollte er jetzt keine Zeit verschwenden. Igor blickte schon sehr ungeduldig drein. So dauerte es keine zehn Minuten und im Toilettenraum war SNs Metamorphose vollzogen. Als Kommissar Ypsilon die Bar betrat, um seinen neuen Assistenten abzuholen, ging ein allgemeines Raunen durch den Raum.

Mister Whitehouse saß immer noch am Flügel und klimperte vor sich hin. Es war nicht seine Musik, und so mußte er sich mit einem ordentlichen Schluck *Bourbon* benebeln. Zwei Männer standen am Flügel und sangen: »Wenn al-le Blünnlein flie-hie-ßen ...« Die Stunde Japans war angebrochen, bis Whitehouse wütend den Deckel zuschlug und mit den Worten: »Fucked Pearl Harbor ...« in Richtung Toilette verschwand.

13

Der Wind pfiff um die grauen Häuserkanten. Für die Disko war es noch zu früh. Also gingen sie erstmal essen. Vielmehr fuhren sie. In Klaudias metallicgrünen Twingo. Die fünf, sechs Kneipen in der toten Gegend rings um den ungastlichen Zeitungsbau kannten sie beide zur Genüge.

»Hier soll in den zwanziger Jahren mal das Nachtleben gebrodelt haben«, stellte Klaudia melancholisch fest. In manchen Teilen der übergroßen City deprimierte sie diese Stadt noch immer.

Bongard schüttelte den Kopf. »Kann man sich kaum vorstellen.«

Klaudia fuhr ganz automatisch südwärts, am Rund-Ghetto Hallesches Tor vorbei auf den Mehringdamm. Hier sah es mit Restaurants schon besser aus, nur leider nicht mit Parkplätzen. In der Nähe des Kreuzbergs fand sie endlich eine Lücke.

Il Silencio hieß die Kneipe, die ihrem Namen immerhin soviel Ehre machte, daß keine Musik aus Lautsprechern schepperte. Die Speisekarte sah aus wie bei allen Italienern in der Stadt.

»Aber bitte keine Pizza«, sagte Klaudia, die sich nach anfänglicher Begeisterung nicht viel aus dem belegten Hartgebäck machte.

Bongard quittierte ihren Wunsch mit einem entrüsteten Blick. »Ich lade dich zum *Essen* ein!«

»Einverstanden.« Sie schlug die Karte zu. »Ich vertraue deinem Geschmack.«

Sie wußte nicht, ob er ihr nur imponieren wollte oder ob er tatsächlich so gut italienisch sprach. Jedenfalls verstand ihn der Kellner und zwinkerte ihm nach einem anerkennenden

Blick auf Klaudia vertraulich zu. Klaudia amüsierte sich. Machos unter sich.

In Windeseile kam der Wein. Bongard probierte, ließ eingießen und hob sein Glas. »Prost, Klaudia.«

Sie stieß mit ihm an. »Prost, Martin.«

Der Wein war für ihren Geschmack ein wenig herb. Aber sie wollte nicht meckern. Die Westgoten liebten es nun mal trocken, während die östlichen Verwandten sich nur langsam von den gezuckerten Balkanweinen entwöhnten.

Martin Bongard gab sich alle Mühe, sie zu unterhalten. Er war keineswegs so furztrocken, wie es in der Redaktion mitunter den Anschein hatte. Im Gegenteil. Je länger sie beim Essen saßen, umso witziger wurde er, parodierte Lucius und Doreen und überzeugte mit einer Ypsilon-Imitation. Am besten geriet ihm Rogald Wilkinson, dem er beinahe ein bißchen ähnlich sah.

Klaudia amüsierte sich, das saftige Steak schmeckte herrvorragend, und der Wein erschien ihr überhaupt nicht mehr sauer. Als er die zweite Flasche bestellen wollte, hielt sie seinen Arm fest. »Ich muß noch fahren«, wandte sie ein. »Und wenn ich mich recht erinnere, wollten wir in die Disko.«

Martin guckte auf die Uhr und verzog das Gesicht wie Stan Laurel in besonders traurigen Augenblicken. »Es gibt Taxis«, sagte er. »Und ich fürchte, in der Disko ist es nicht halb so gemütlich wie hier. Nur viel lauter.«

»Versprochen ist versprochen.« Ihr lag nicht viel an der Disko. Und schon gar nicht an der Lautstärke. Es machte ihr nur Spaß, seine Reaktion zu testen. »Es sei denn, du gibst zu, daß ich zu alt dafür bin.«

Er sah sie entrüstet an und hob sofort den Arm. »Ober! Zahlen bitte!«

Sie lachte. »Beruhige dich. Wir können ja noch ein Weilchen hier sitzen bleiben.«

»Und ich erzähle dir noch ein bißchen was von Johnny

Whitehouse. Ich glaube, ich habe alle seine Platten zu Hause. Es war die einzige Musik, die ich auf der Anlage im Wohnzimmer meiner Eltern abspielen durfte. Meine Mutter schwärmt noch heute für Johnny.«

»Spricht das für oder gegen ihn?«

Sie lachten beide, der Ober brachte mit beleidigtem Gesicht die Rechnung und lachte ebenfalls, als Martin nun doch den Wein bestellte.

»Ich brauche mein Auto aber morgen früh«, sagte Klaudia.

»Das steht hier sehr gut. Ganz in der Nähe ist eine U-Bahn-Station. Ich habe heute meinen großzügigen Tag: Ich spendiere dir einen Einzelfahrschein.«

Eine Stunde später saßen sie noch immer im *Il Silencio*, redeten über Gott und die Welt, am meisten aber über das Blatt und ein bißchen über Musik. Martin interessierte, wie das mit dem Plattensammeln im Osten ausgesehen hatte. Das wußte Klaudia auch nicht so genau. »Von den meisten Leuten gab es ja nur ein oder zwei Platten. Ich hatte überhaupt nur einen abgeklapperten Kassettenrecorder, auf dem ich alles mögliche mitgeschnitten habe. Auch Johnny Whitehouse.«

»Du möchtest ihn gern sehen, stimmt's?«

Sie schüttelte den Kopf. »Ich habe dich doch gefragt, ob du weißt, wann er in Berlin ankommt und wo er vermutlich wohnen wird.«

»Du willst ihn interviewen? An den kommst du nicht ran. An den kommt keiner von uns ran. Der hat sich noch nie viel aus dem Presserummel gemacht. Inzwischen hat er Millionen verdient. Weshalb sollte sich das geändert haben?«

»Was glaubst du, wo er wohnen wird?« beharrte sie.

»Im *Adlon*. Oder im *Esplanade*. Was weiß ich.«

»Nicht im *Meridian*?«

»Das glaube ich nicht. Das ist für so einen Cowboy-Typ viel zu abgehoben. Da gehören Leute wie dein Schulte-Nissen hin.

Wenn du Whitehouse sehen willst, mußt du wahrscheinlich ein Zelt auf dem Flughafen Tegel aufschlagen.«

Klaudia trank genießerisch einen Schluck Wein. »Ich habe ihn schon gesehen«, sagte sie träumerisch. »Und zwar in der Bar vom *Meridian.*«

Martin Bongard starrte sie an wie eine Geistererscheinung. »Wann?« fragte er.

»Gestern nachmittag. Unverkennbar. Zwei Meter groß. Vom Leben gezeichnet. Mit langen roten Locken.«

»Und das sagst du erst jetzt?«

Zehn Minuten später saßen sie im Taxi. Der Fahrer zuckte mit keiner Miene, als Martin das Fahrtziel angab: »Hotel *Meridian.*«

»Soll ich über den Stadtring fahren oder quer durch?«

»So, daß es am schnellsten geht«, antwortete Bongard ungeduldig. Er schien wie im Fieber. Vielleicht war es auch nur der Wein.

Klaudia versuchte, seine Aufregung zu verstehen. »Nehmen wir mal an, dein Johnny ist um die gleiche Zeit in die Bar gegangen wie gestern. Dann ist er inzwischen voll wie eine Haubitze.«

Martin drückte mit seiner Hand ihren Oberschenkel. »Versteh doch, ich muß ihn sehen. Ihm die Hand schütteln.«

Anscheinend fiel ihm nicht auf, wo sich seine Hand befand. Er nahm sie nicht weg, bis sie in die Auffahrt zum *Meridian* einbogen.

Als sie ausstiegen, verließ gerade ein kleiner Mann das Hotel. Ein Bündel Akten unter den Arm gepreßt, ging er geradewegs auf das Taxi zu, überlegte es sich anscheinend und stolperte auf dem Fußweg davon.

Der uniformierte Zerberus musterte die Ankömmlinge und entschied sich, sie nicht wahrzunehmen. Erst jetzt wurde Klaudia bewußt, daß sie für einen Abend in der Bar des *Meridian* höchst unpassend gekleidet war. Martin mit seinem langen offenen Mantel, unter dem man Jackett und Schlips erkennen konnte, war etwas besser dran.

Eilig stürzten sie an der Rezeption vorbei in Richtung Bar. Niemand hielt sie auf, bis ihnen zwei Japaner entgegenkamen, die etwas sangen, was wie »Tläumt in seinem Schatten . . .« klang. Sie verstummten und verbeugten sich tief vor Klaudia.

In der Bar klimperte der elektronische Flügel *As Time Goes By*, als stünde er in Casablanca. Von Johnny Whitehouse war weit und breit nichts zu sehen.

Martin und Klaudia traten an die Bar. Die Schöne dahinter erkannte sie wieder, das spürte Klaudia.

»Möchten Sie nicht ablegen?« fragte sie höflich.

Martin wußte, wo er sich befand und bestellte zwei Gläser Champagner, während er seinen Mantel auszog. Klaudia behielt ihre Jacke lieber an. Der Pullover darunter schien ihr noch weniger bargeeignet.

Sie sahen sich um und tranken. Klaudia bemerkte Tulpe und seinen Freund, schaute aber sofort Martin an, als der Maskenbildner zu ihr herüberblickte und anschließend der Bardame etwas zuflüsterte. Die nickte wissend. Klaudia konnte sich vorstellen, um wen es ging.

»Komm, wir bezahlen und hauen ab«, schlug sie vor. Martin blieb ganz cool. »Ist Johnny Whitehouse schon auf sein Zimmer gegangen?« fragte er die Barschöne, als sie bei ihnen stehenblieb.

»Für Auskünfte steht Ihnen die Rezeption zur Verfügung. Es sei denn, Sie sind keine Gäste im *Meridian* . . .«

Martin hielt es für besser zu zahlen, während Klaudia auf die Toilette ging. Im Gang, von dem mehrere andere Türen abgingen, begegnete ihr ein korrekt gekleideter Mann, der sie höflich grüßte. Sie nickte höflich zurück.

Draußen vor dem Hotel erzählte ihr Martin, daß er zu seiner Verwunderung von der Bardame eine unterschriebene Rechnung erhalten hatte. Außerdem sei es ihm noch nie passiert, daß jemand in Berlin die Annahme eines Trinkgeldes verweigert hätte.

Klaudia lachte. »Mein Vater hat immer gesagt: Es kann noch so dumm kommen im Leben – man lernt immer was dazu.«

Bei den Taxis, die in schier endloser Kolonne anrollten, hatten sie die freie Auswahl. Aus jedem quoll eine Ladung seriös gekleideter und reichlich aufgekratzt wirkender Herren.

»Die sehen aus wie vom Deutschen Apothekertag«, vermutete Martin.

»Reichsverband gleichgeschlechtlicher Sachsen, in Klammern: Opposition«, sagte Klaudia und war sich nicht klar darüber, ob Martin das Tucholsky-Zitat erkannte.

14

Das Taxi hielt direkt vor der Treppe zur Spielbank. Kommissar Ypsilon fühlte sich wie im echten Dienst, noch dazu mit einem Assistenten wie Henry. Wenn der Dieb des Colliers ein notorischer Spieler war – was lag näher, als ihn in einem der legalen Glücksspielunternehmen aufzustöbern? Nur daß er bei der Abfahrt vom Hotel eine kleine Belehrung erhalten hatte. Im nörgelnden Tonfall des Ureinwohners hatte ihn der Taxifahrer gefragt: »Sie wissen wohl nich, wo Se hinwoll'n? Spielcasino oder Spielbank?«

»Und Sie wissen wohl nicht, wer ich bin«, hatte Ypsilon in sonorem Brustton entgegnet.

»Ick weeß, Sie sind Sherlock Holmes persönlich. Und der junge Mann is Doktor Watson, wa?« Er hatte seine Feststellung außerordentlich komisch gefunden und lauthals gelacht.

Ypsilon und Henry fanden das weniger lustig, doch fühlte sich Ypsilon gegen diese Art von Humor ziemlich machtlos.

Der Portier vor der Spielbank öffnete den Schlag und begrüßte Ypsilon mit verschmitzter Miene: »Oh, mein Herr, eine große Ehre für uns.« Die Art, wie er das sagte, ließ nicht erkennen, ob seine Reverenz dem Kommissar oder dem Schauspieler galt. Umso größer war seine Überraschung, als er feststellte, wer die zweite Person war, die aus dem Wagen stieg. »Hallo, Hakim, bist du unter die Butler gegangen?«

Ypsilon stutzte und musterte den Portier. Offenbar ein Südländer. Der bräunliche Teint des Gesichts ließ jedenfalls darauf schließen. »Wieso Hakim? Ich denke, du heißt Henry.«

»Das erkläre ich Ihnen später, Kommissar«, antwortete Henry cool.

Ypsilon lehnte es ab, seinen Staubmantel abzulegen und äußerte etwas von einer gesuchten Person, von Hochstapelei in Tateinheit mit Diebstahl und schwerem Betrug. Der Portier staunte und brachte die Herren unverzüglich in den Spielsaal.

Im Saal herrschte reger Spielbetrieb. Alle Roulette-Tische waren vollbesetzt. Ein guter Spieltag für die Bank. Um die Tische herum standen Trauben von potentiellen Mitspielern, von Neugierigen, Voyeuren und gelangweilten Damen, die einzig ihre gestylte Garderobe zur Schau trugen. Einige unter ihnen wandten ihr Augenmerk von den Spieltischen ab und starrten wie gebannt in eine Richtung, nachdem Ypsilon auf der Bildfläche erschienen war. Manche waren von seinem plötzlichen Auftritt derart irritiert, daß es ihnen schwerfiel, mit der gebotenen Aufmerksamkeit den Verlauf der rollenden Kugel zu verfolgen.

Ypsilon blieb auf Beobachterposten, abseits vom Spielgeschehen und genoß die Wirkung, die sein Auftritt hervorrief. Er betrachtete ihn als rundum gelungen und fühlte sich in der Position eines *Mipusch,* eines Mittelpunktschauspielers, der nicht vorn an der Bühnenrampe, sondern aus dem Hintergrund heraus, aber dabei umso wirkungsvoller agiert. Er spürte, wie ihn eine Welle von Selbstverliebtheit wegzuspülen drohte, und rief sich innerlich zur Ordnung. Immerhin war ihm nicht entgangen, daß vor allem das Spielbankpersonal mißtrauische Blicke auf ihn richtete. Den Croupiers blieb während ihrer Arbeit an den Tischen allerdings kaum Gelegenheit, den ungewöhnlichen Gast genauer unter die Lupe zu nehmen.

Umso mehr interessierte sich der Saalchef für ihn. Nach dessen Einschätzung handelte es sich bei dem Mann im Mantel um einen stadtbekannten Bullen. Oder Moment mal, war das nicht dieser ... – dieser Kommissar aus dem Fernsehen? Drehten die hier etwa einen Film? Mit versteckter Kamera vielleicht? Nein, unmöglich. Dazu brauchten sie eine Genehmigung! Der Saalchef hielt es für angeraten, den Direktor zu informieren.

Währenddessen mußte Henry einiges Geschick aufbringen, um sich durch die Gassen zu schlängeln. Er durchkämmte auch die hinteren Bereiche, in denen Black Jack, Poker und Baccarat gespielt wurde, und hielt nach dem Gesuchten Ausschau. Doch Fehlanzeige: Der Mann war nirgends zu entdecken.

Ypsilon war enttäuscht, als Henry ohne Ergebnis zurückkehrte. Aber es gab ja nicht nur die Spielbank. Eventuell wurde man in einem der Spielcasinos fündig. Henry kam auf die Idee, den Mann von der Chipausgabe zu befragen. Ypsilon wies seine Dienstmarke vor – eine täuschend echte Arbeit aus der Kascheurwerkstatt – und betrat damit erstmals den Boden der Amtsanmaßung. Der Mann hinterm Ausgabeschalter hielt sie für echt und erteilte bereitwillig Auskunft. Die fiel allerdings spärlich aus. Auf die Frage Ypsilons, ob von jemandem ein Brillantcollier in Zahlung gegeben worden sei, reagierte er mit brüsker Verneinung. Die Betreiber eines landeseigenen Unternehmens würden ihre Konzession verlieren, wenn sie sich nicht streng an die Vorschriften hielten. Und die schlössen die Annahme von Wertsachen grundsätzlich aus.

»Was kann ich für Sie tun?« lautete die Floskel, die ein Mann im Rücken Ypsilons von sich gab. Ypsilon drehte sich um. Es war der Spielbankdirektor, der ihm offensichtlich auf den Zahn fühlen wollte.

»Bei uns ist alles in Ordnung, Herr Kommissar. Oder wie darf ich sagen? Die Finanzprüfer waren erst gestern hier. Oder kommen Sie vom Fernsehen?«

Ypsilon schluckte und erfaßte blitzschnell, daß ihm ein mit allen Wassern gewaschener Routinier gegenüberstand, der ihn vermutlich durchschaute. Da hieß es, auf der Hut zu sein und nicht den leisesten Anschein einer Unsicherheit zu zeigen. Er mußte mit eiserner Konsequenz in der Rolle bleiben und vom Scheitel bis zur Sohle den gewieften Kommissar herauskehren.

»Ein schönes Haus haben Sie hier. Vielleicht komme ich mal wieder. Jetzt muß ich mich leider um die Aufklärung eines wichtigen Falls kümmern. Guten Abend, Herr Direktor, oder wie darf ich sagen?«

Ypsilon und Henry nutzten die vorübergehende Sprachlosigkeit des Spielbankchefs für einen forschen Abgang. Unten am Ausgang hatte Henry eine Eingebung und beschrieb den Gesuchten seinem befreundeten Kollegen, dem südländischen Portier. Nach einigem Hin und Her erhielt er einen Zettel mit der Adresse und dem Klopfzeichen für einen illegalen Spielclub.

Ypsilon war nicht einmal überrascht über den Erfolg seines Assistenten. Im Taxi besprach man das weitere Vorgehen. Der neue Fahrer war ein ausgemachter Schweiger.

Plötzlich las Ypsilon im Vorbeifahren die Aufschrift an einem erleuchteten Kiosk: *Curry-Erna*. Er verspürte Hunger. Ihm war nach einer deftigen Berliner Currywurst zumute. Des Meisters Wunsch war Befehl. Der Taxifahrer blieb stumm im Wagen sitzen. Die Einladung zur Currywurst stieß auf taube Ohren.

Ernas Würste waren die besten, die Currysoße geradezu legendär und nach eigenem Geheimrezept zubereitet. An der Bude standen etliche Nachtschwärmer, die unermüdlich Currywürste und Pommes frites in sich hineinschaufelten. Um den einzigen Stehtisch hatten sich drei Männer mit Bierbüchsen postiert, die nach Outfit und Gestik vom Balkan stammten. Sie beobachteten, wie Ypsilon und Henry mit ihren beladenen Papptellern ein bißchen hilflos in der Gegend herumstanden und winkten sie an ihren Tisch. Höflich machten sie Platz. Ypsilon war erleichert, als er das von Wurst, Currysoße und Pommes überquellende Fastfood-Gebirge absetzen konnte.

Kaum hatten die beiden selbsternannten Detektive damit begonnen, sich die kleckernden Stücke in den Schlund zu schieben, wischte einer der fremden Männer einmal kurz mit der Hand über den freien Teil der Tischplatte, holte die Miniaturausgabe eines Hütchenspiels aus der Hosentasche und animierte Ypsilon mit temperamentvollen Gesten zu einem kleinen Spielchen. Trotz mehrfacher Versuche des Mannes ließ sich Ypsilon jedoch nicht überreden und wies auf seinen vollgestopften Mund, der seine restlose Konzentration beanspruchte. Als der Mann sein Glück bei Henry versuchen wollte, drückte Ypsilon seinem Assistenten kurzerhand einen Schein in die Hand und beauftragte ihn, eine Runde Büchsenbier zu beschaffen.

Es blieb nicht bei der einen Runde. Während man sich zuprostete, delektierte sich Ypsilon an der, wie er meinte, nunmehr allerletzten Currywurst. Dann müsse endgültig Schluß sein. Henry holte sich bei Curry-Erna noch eine Cola und reichlich Papierservietten.

Beim wiederholten Zuprosten wurde Ypsilon von einem der Männer versehentlich angerempelt, so daß sich die Currysoße in breitem Flatschen über den hellen Mantel ergoß. Emsig bemühte sich der Hütchenspieler, dem Malheur mit einer Serviette beizukommen. Doch es half nichts. Im Gegenteil, der Fleck wurde immer größer. Die Männer redeten auf Ypsilon ein. Er verstand kein Wort. Henry kam zurück und registrierte entsetzt, daß sein Herr und Meister in Bedrängnis geraten war und bugsierte ihn kurzerhand aus dem Kreis.

Ypsilon war der Spaß vergangen. Wie sollte er den häßlichen Fleck wieder loswerden? Er haßte Flecke. Und erst recht Fleckentferner! Die machten alles nur noch schlimmer. Es war höchste Zeit zu verschwinden. Die Männer riefen ihnen in einem unverständlichen Kauderwelsch hinterher und lachten.

Der Taxifahrer drängelte mit finsterer Miene zum Aufbruch. Ypsilon hielt es für angeraten, ihm für seine Wartezeit ein Extrasalär in Aussicht zu stellen, was nur ein ungnädiges Brummen hervorrief.

Als Ypsilon und Henry vor der geheimen Adresse standen, kamen sie sich ziemlich verarscht vor. Ein Messingschild verriet, daß hier der *Bundesverband gehörloser Numismatiker* residierte. Aber es mußte hier sein. Nach Henrys Überzeugung konnte man sich auf die Auskünfte des Spielbankportiers verlassen.

Die Tür war offen. Ein Gang führte über den Hof in ein zweites Gebäude. Das gleiche Schild an einer verschlossenen Tür. Das vereinbarte Klopfzeichen war: Kurz, kurz, lang, kurz, kurz. Aus dem Inneren waren Stimmen zu vernehmen. Sie wurden durch einen Spion fixiert. Bis geöffnet wurde, verging eine Weile. Schließlich öffnete ein bulliger Zweimetermann, beäugte sie noch einmal mißtrauisch und geleitete sie ins hintere Zimmer. Es war ein vergleichsweise enger Raum mit mehreren Spieltischen, an denen ausschließlich Karten gespielt wurde. Als Ypsilon auftauchte, hoben die Spieler allesamt die Köpfe und brachen wie auf Kommando das Spiel ab. Auf verbotenem Gelände war Ypsilons Auftreten zu seiner eigenen Überraschung von durchschlagender Wirkung. Die Angst erwischt zu werden, verstellte den Spielern den Blick für die wahre Identität, die sich hinter der Maske des Kriminalkommissars verbarg.

Der Boß des Unternehmens kam auf Ypsilon zu und versuchte ihn mit fadenscheinigen Ausreden zu beschwichtigen. Er hätte sich seine Erklärungen sparen können. Ypsilon interessierte sich für etwas ganz anderes.

»Das ist der Mann!« Henry wies auf eine elegante Gestalt, die im Begriff war, den Raum durch die Hintertür zu verlassen. Der Boß, erleichtert darüber, daß es nur um eine unwichtige Einzelperson und nicht um sein Unternehmen als Ganzes ging, gab zwei Gorillas das Zeichen, sich den Mann zu schnappen.

Vorhang auf zu einem neuen Akt in Ypsilons Kriminalkomödie! Er mußte sein erstes Verhör durchführen. Und er war gewillt, es nach allen Regeln der Kunst zu tun. Genüßlich griff er in die Trickkiste des Mimen und sah seinem Gegenüber mit dem berühmten, unwiderstehlichen Blick scharf in die Augen. Binnen weniger Sekunden konnte Ypsilon feststellen, wie hinter der Maske des smarten Playboys die Physiognomie des neurotischen Spielers hervortrat.

»Geben Sie zu, daß Sie sich im Hotel *Meridian* in betrügerischer Absicht der Gräfin Salm zu Salmstein genähert haben?«

Der Mann zuckte mit der Wimper: »Ich bin kein Betrüger. Sie hat sich mir geradezu aufgedrängt.«

»Erzählen Sie mir keine Märchen! Sie haben das Vertrauen der Gräfin auf verbrecherische Weise mißbraucht!«

»Ich bin kein Verbrecher!« Zum Zucken mit der Wimper gesellte sich ein nervöses Schnalzen mit der Zunge.

Ypsilon holte zum entscheidenden Schlag aus: »Und wie bezeichnen sie den Diebstahl eines Brillantcolliers, das Sie in diesem Spielclub in Zahlung gegeben haben?!«

Das war das Stichwort für den Chef des Ladens. »Das halte ich für'n Gerücht, Herr Kommissar. Wir nehmen nichts in Zahlung.«

Ypsilon blieb der coole Kommissar mit dem stählernen Blick. »Hören Sie, ich bin nicht vom Dezernat für Glücksspiele. Ihr Laden interessiert mich nicht. Ich brauche nur den Schmuck.«

Innerlich amüsiert registrierte Ypsilon, wie die Damen und Herren an den Spieltischen sichtlich aufatmeten. »Hat er den nun in Zahlung gegeben oder nicht?«

Der Clubbesitzer schob die Unterlippe vor, sagte nur: »Einen Moment«, und begab sich zum Safe im Nebenraum.

»Und was Sie betrifft ...« – Ypsilon wandte sich wieder dem Dieb zu und hob drohend den Zeigefinger – »... Sie werden sich vor der Gräfin persönlich zu rechtfertigen haben!«

Der Playboy schnalzte mit der Zunge und sagte vertraulich:

»Das Collier ist doch nicht echt. Eine Imitation, wenn auch spitzenmäßig gut.«

»Was ist los?« Der Clubchef hielt das funkelnde Prachtstück verdutzt in der Hand: »Nicht echt?«

Der Playboy zuckte entschuldigend mit den Achseln: »Das Original läßt sie immer im Hotelsafe aufbewahren.«

»Du Mistkerl!« Der Clubchef kochte vor Wut. Es hätte nicht viel gefehlt, und ein Gauner wäre dem anderen an den Kragen gegangen.

»Ob echt oder nicht, das Objekt ist jedenfalls beschlagnahmt. Benötigen Sie eine Quittung?« Ypsilon grinste den ganz und gar nicht gehörlosen Chefnumismatiker mit unverhohlener Schadenfreude an.

»Aber ich bitte Sie, doch nicht von Ihnen, Herr Kommissar«, grinste der verkniffen zurück.

Ypsilon und Henry stiegen ins Taxi. »Zum Hotel *Meridian*«, schnaufte Ypsilon erleichert nach all den Mühen. Das Gesicht des Fahrers glich einer Mördergrube: »Ich nicht fahren *Meridian*. Zu weit. Ich Feierabend. Sie zahlen und dann Schluß, verstehen?«

Die Summe auf dem Taxameter war beachtlich. Ypsilon fischte nach seiner Brieftasche. Doch je mehr er nach ihr suchte, alle Taschen durchstöberte, das Innenfutter nach außen kehrte, desto nervöser wurde er. Er holte tief Luft, ging alle Möglichkeiten noch einmal in Ruhe durch. Aber es half nichts. Die Brieftasche war spurlos verschwunden. Er überlegte krampfhaft, wo er sie verloren haben konnte. Im Hotel? Nein. In der Spielbank? Nein. Oder vielleicht im Spielclub? Ausgeschlossen!

Bis es ihm allmählich dämmerte. Natürlich, an der Currybude! Als der Kerl ihn angerempelt und ihm die Soße über den Mantel gekleckert hatte. Der Scheißkerl hatte ihm dabei die Brieftasche geklaut. So eine Sauerei! Wie stand er jetzt da? Und das ausgerechnet vor diesem Miesmuffel von Taxichauffeur. Die Kreditkarte war natürlich auch weg. Mist, verdammter! Er mußte sie sperren lassen.

Zu allem Übel konnte Henry auch nicht helfen. Jedenfalls nicht mit einem Betrag in dieser Höhe. Da war guter Rat teuer.

Der Taxifahrer war außer sich und verlor alle guten Manieren, wenn er sie denn je gehabt hatte. Er glaubte Ypsilon kein Wort und pochte auf sein Geld. Alle Erklärungen, durch Rückruf im Hotel eine Lösung herbeizuführen, nutzten nichts. Der Mann drohte mit der Polizei und ließ dazu als Zeichen das Taxischild blinken. Schließlich kam Ypsilon auf den Einfall, dem Fahrer das Collier als Sicherheit anzubieten. Er zog es aus der Manteltasche und hielt es dem vergnatzten Mann unter die Nase. Es funkelte im Schein der Straßenlaterne. Ein berauschender Anblick.

»Nicht echt«, stellte der Fahrer lakonisch fest. Ypsilon gab sich geschlagen. Er war mit seinem Latein am Ende.

»Was machen wir denn hier mitten in der Nacht, meine Herrn?« Wie aus dem Nichts stand plötzlich ein Wachtmeister neben dem Auto. Er legte grüßend den Finger an die Mütze, schaute ins Wageninnere und entdeckte den Schmuck. »Was geht hier vor, wenn ich fragen darf?«

Erschrocken starrten die selbsternannten Kriminalisten den rechtmäßigen Ordnungshüter an, der ihnen wie der Geist aus der Flasche erschien. Der Fahrer zeigte auf sie: »Sie nicht zahlen wollen.«

Der Blick des Polizisten fiel auf Ypsilon, und sofort entpuppte er sich als überaus freundlicher Geist. »Das ist ja 'ne dolle Überraschung! Der Kommissar Ypsilon persönlich! Ich gucke alle Ihre Sendungen. Das glaubt mir meine Frau nie im Leben. Es sei denn, Sie geben mir ein Autogramm . . .«

»Herr Wachtmeister, man hat mich bestohlen!« gab Kommissar Ypsilon zu Protokoll. Der Rest war ein Kinderspiel. Der Polizist nahm Ypsilons Anzeige auf, bekam sein

Autogramm und verschwand so schnell, wie er gekommen war.

Der Fahrer entschuldigte sich: »Ich nicht weiß, daß Sie großer Mann im Fernsehen. Ich nicht gucken. Nur Sport. Sie geben mir Geld morgen. Schreiben Schuldschein. Ich fahre jetzt nach Hause. Frau wartet. Ich kann Sie mitnehmen ein Stück?«

»Wo wohnen Sie denn?« fragte Ypsilon.

»Auf Mehringdamm.«

»Das trifft sich prima. Da wohne ich auch«, sagte Henry. »Meine Eltern können das Taxigeld auslegen.«

Ypsilon zögerte ein wenig, willigte jedoch in Anbetracht der vertrackten Situation ein.

Während der Fahrt erzählte Henry, warum er eigentlich Hakim hieß. Die Eltern waren Drusen aus dem Libanon. Der Vater hatte in Beirut, lange vor dem Bürgerkrieg, ein kleines Hotel betrieben, das bei den Kämpfen vollständig zerstört wurde. Deshalb war er mit seiner jungen Frau nach Deutschland gekommen. Hakim war in Berlin geboren und ein richtiger Kreuzberger Berliner. Den Libanon hatte er nur einmal besucht.

Der Vater beherrschte ein Dutzend Sprachen und arbeitete schon seit Jahren im deutschen Hotelgewerbe. Deswegen schlug auch der Sohn die Hotellaufbahn ein. Wegen seiner exzellenten Englischkenntnisse hatte man ihm bald den Namen *Sir Henry* verpaßt. Und dabei sei es geblieben.

Die Aufnahme durch Hakims Eltern fiel überaus herzlich aus. Alle fühlten sich durch die Anwesenheit des berühmten Fernsehstars, von dem ihnen Hakim bereits begeistert berichtet hatte, sehr geehrt. Ypsilon betrachtete die malerische Familienszene, bei der die Angehörigen um einen tiefen runden Tisch saßen, um gemeinsam Kaffee zu trinken. Zwei Brüder und eine Schwester Hakims waren wie er im Hotelgewerbe tätig. Oft pflegte man noch spät in der Nacht zusammenzusitzen.

In der Mitte thronte der Hausherr und forderte Ypsilon auf, neben ihm Platz zu nehmen. Frau und Tochter kümmerten sich derweil um die Zubereitung des Kaffees und die Zeremonie des Einschenkens. Draußen im Flur beseitigte die Hausfrau mittels einer geheimnisvollen Emulsion die Curryflecken auf Ypsilons Mantel.

Ypsilon empfand diese Menschen als überaus angenehm und spürte, wie er langsam wieder klar im Kopf wurde. Der Alkohol hatte seine Wirkung verloren. Es fiel ihm auf, daß während der Trinkzeremonie kaum gesprochen wurde, und so fühlte er prompt den teutonischen Drang in sich aufkeimen, unbedingt einen Beitrag zur Geselligkeit beizusteuern. Er fragte den Hausherrn, worin denn der Name Hakim seinen Ursprung habe. Die Aufklärung ließ nicht lange auf sich warten. Der Name bedeute im Arabischen soviel wie »Weiser« oder »Gelehrter«, erklärte ihm der höfliche Mann nachsichtig.

Mitternacht war längst vorbei. Hakims Eltern boten ihrem Gast für den kurzen Rest der Nacht einen Schlafplatz im Gästezimmer an. Eine außergewöhnliche Geste, die Ypsilon auf keinen Fall ablehnen durfte. Und es war ihm recht so. Kaum lag er unter einer morgenländischen Damastdecke, schossen ihm trotz großer Müdigkeit allerlei Gedanken durch den Kopf. Er legte sich innerlich die Aufgaben zurecht, die ihn morgen erwarteten und dachte an den Drehtermin. Er hatte nur die Szene zu spielen, bei der er im Koma lag. Keine sehr anstrengende Aufgabe. »*Der Schlaf ist doch die köstlichste Erfindung*. Heinrich Heine«, murmelte er befriedigt und schlief sofort ein.

15

Hätte Gracia die Geburtsorte ihrer Vorfahren aufgezählt, wäre ein Globus hilfreich gewesen. Ihre indisch-chinesisch-creolische Mutter stammte von der niederländischen Karibikinsel Bonaire, ihr britisch-libanesisch-ghanesischer Vater war in Kairo geboren. Sie selbst lebte seit fünfundzwanzig Jahren in Europa, davon zwanzig in Deutschland, und sie hatte wahrhaftig allerhand erlebt. Diese Nacht aber würde sie in Erinnerung behalten wie keine andere in ihrem abwechslungsreichen Leben. Nicht etwa der vierunddreißig mehr oder weniger angetrunkenen Kryologen oder Kryptologen wegen, die nach Mitternacht in die Bar eingefallen waren wie ein Rudel skandinavischer Wölfe. Um welche Art von Wissenschaftlern es sich handelte, hatte sie nicht herausgefunden, obwohl ihr Deutsch perfekt und Englisch ihre Muttersprache war. Der Beruf der Männer, von denen sich etliche untereinander mit Professor anredeten und auch so aussahen, sich aber dennoch gebärdeten wie eine ruhrdeutsche Pauschalreisegruppe auf Mallorca, interessierte sie nicht. Aber weshalb hatten die ausgerechnet im exklusiven *Meridian* Unterschlupf gefunden?

Normalerweise blieb die Bar geöffnet, so lange Gäste dort weilten. Das konnte bis früh um vier oder fünf der Fall sein, in ruhigen Nächten gelegentlich nur bis zwei oder drei. Heute war es schon kurz nach sechs, und die letzten drei Kryptologen, darunter ein Schwede, versuchten noch immer beharrlich, sich gegenseitig vom Hocker zu saufen und sie vergeblich zum Mittrinken aufzufordern. Überraschenderweise hatte ihr bis jetzt nur einer das übliche Angebot zugeflüstert, das ihr im Laufe mancher Nacht ein Dutzend Mal und mehr, verhüllt oder mit machohafter Offenheit unterbreitet wurde. Das war einer der Gründe, wenn auch nicht der entscheidende, weshalb sie sich seit langem nichts mehr aus Männern machte. Und aus Alkohol schon gar nicht.

Das Schlimmste aber war, daß sich keine Gelegenheit ergeben hatte, nach der schönen Schauspielerin zu schauen, die hilflos in dem kleinen Raum ruhte und sich nicht meldete. Wahrscheinlich schlief sie. Vielleicht aber war sie längst über die Hintertreppe in ihr Appartement entwichen.

Gracia hatte gehofft, zwischendurch wenigstens ein paar Minuten Zeit für sie zu finden, aber die wildgewordenen Ärzte oder was immer sie sein mochten, verlangten pausenlos nach neuen Getränken, als wäre dies die Nacht nach einer ausgedehnten oder vor einer zu erwartenden Entzugsperiode. Und als sie nur für einen Moment nach hinten entschwinden wollte, war ihr ausgerechnet der arrogante Sicherheitschef über den Weg gelaufen, der sein Büro neben ihrer Garderobe hatte. Was trieb den mitten in der Nacht noch im Hotel um?

Immer wieder dachte Gracia an die Frau mit dem passenden Namen Eva, die so allein in dem ungemütlichen Raum lag. Wahrscheinlich hätte auch ihr ein Entzug gutgetan. Alkohol und Medikamente, das ergab oft eine Mischung mit verheerender Wirkung. Gracia kannte sich aus. Im Verlauf ihrer beruflichen Karriere hatte sie einen Blick für solche Fälle entwickelt. Die leichte Vibration von Evas Fingerspitzen war ihr sofort aufgefallen, dazu der unnatürliche Glanz ihrer Pupillen und die verräterischen, vom Makeup verdeckten Flecken im Gesicht.

Sie hatte Evas Handtasche hinter der Bar sichergestellt und irgendwann einen Blick hineingeworfen: Tabletten in reicher Auswahl, ein Fläschchen und ein Pillendöschen.

Die drei unentwegten Trinker fanden kein Ende. Der baumlange, massige Schwede war längst aus dem Rennen und lallte nur noch gelegentlich. Die beiden anderen, würdige, weißhaarige Professoren, deren goldgefaßte Brillen mehr kosteten, als

Gracia im Monat verdiente, unterbrachen ihren Disput für einen Augenblick: »Was trinken wir jetzt, meine Liebe?«

Für solche Fälle bot Gracia als letzte Rettung ihr persönliches Rezept an. »Etwas ganz Besonderes, meine Herren.«

Die Professoren waren einverstanden. Der Schwede glotzte stieren Blickes auf ihren Busen, während sie zwei Gläser mit wasserklarer Flüssigkeit füllte und zwei Spritzer Orangensaft dazutat.

Die Herren tranken und nickten anerkennend. Doch plötzlich, mitten im Gespräch, verlor der jüngere Professor seine bis dahin recht gesunde Gesichtsfarbe. Er schaffte es gerade noch, ihr seine Kreditkarte zu reichen, bevor er vom Hocker sank. Der Sieger sah auch nicht mehr ganz taufrisch aus.

Sie mußte den beiden helfen, den Schweden abzutransportieren, und schloß aufatmend die Tür hinter ihnen ab. Endlich!

Sie kümmerte sich nicht um die Gläser, die noch auf dem Tresen standen, und eilte nach hinten. In dem kleinen Raum brannte nur eine funzlige Deckenleuchte. Eva lag noch immer so, wie Gracia sie vor Stunden verlassen hatte, und atmete anscheinend ruhig.

Oder gar nicht mehr?

In blindem Entsetzen stürzte Gracia zu ihr und strich mit der Hand über das Gesicht, von dem eine erschreckende Kälte ausging. Sie legte ihre Hand auf die kalte Stirn, fuhr mit den Fingerspitzen über die trockenen Lippen. Ihr wurde selbst eiskalt. Dennoch näherte sie ihr Gesicht dem der Liegenden. Deren Augen waren geschlossen. Die Nase ragte wächsern hervor. Für Gracia gab es kaum einen Zweifel. Eva war tot.

Wenn es darauf ankam, verfiel Gracia nicht so leicht in Panik. Eher war es ein Gefühl tiefster Niedergeschlagenheit und Trauer, das sie überwältigte. Sie war sich klar darüber, daß sie für das, was hier passiert sein mochte, die Verantwortung trug. Sie hatte es abgelehnt, einen Arzt zu verständigen und versprochen, sich um Eva zu kümmern. Und dann waren die Professoren angerückt. Hätte sie einen von denen nach hinten bitten sollen?

Sie verwarf den Gedanken und griff nach Evas steifem Handgelenk. Wenigstens jetzt mußte so schnell wie möglich ein Arzt kommen. Resolut fuhr sie mit der Hand in Evas Ausschnitt, um den Herzschlag zu fühlen. Aber da war nur die marmorne Kälte der Brust.

Gracia erschauderte. Wie von Furien gehetzt, stürzte sie aus dem Raum und schlug die Tür hinter sich zu. Was für eine Nacht!

Als sie an der Rezeption ankam, hatte sie sich etwas gefaßt. Dort tat ausgerechnet Blonowski Dienst, ein knarriger, älterer Mann, der aus seiner Ausländerfeindlichkeit kein Geheimnis machte, wenn man seine Blicke zu deuten wußte. Stets tat er so, als würde er Gracia oder die Pagen und Kellner nichtdeutscher Herkunft gar nicht wahrnehmen. Nie erwiderte er einen Gruß. Es sei denn, der Concierge tauchte in der Nähe auf. Sofort spielte Blonowski den Untertänigen und schickte ein schmieriges Lächeln in die Runde.

Gracia hielt sich nicht mit irgendeiner Vorrede auf. »Rufen Sie einen Arzt!« forderte sie mit unterdrückter Stimme. »Schnell. Es ist dringend!«

Blonowski wandte sich ihr mit provozierender Langsamkeit zu. »Ist dir schlecht geworden vom vielen Schnaps?« fragte er. In seinem falschen Blick entdeckte sie das gleiche Verlangen, das die Kerle in der Bar nach dem sechsten Drink auszusprechen wagten. Selbst dafür war der alte Zausel zu verklemmt und feige.

Sie war jetzt so kalt wie die Frau, die dort hinten lag. »Sie verständigen sofort einen Arzt, oder es war Ihr letzter Dienst hier!« sagte sie in dem schneidenden Ton, den Blonowski anscheinend verstand. Gehorsam griff er zum Telefon.

Der Notarzt, der eine Viertelstunde später mit Blaulicht in

die Auffahrt fuhr, erwies sich als ein plumper Riese, der eine zu kleine Brille trug und keinen Blick an Gracia verschwendete.

»Sie haben sie gefunden?« fuhr er sie während der flüchtigen Untersuchung des leblosen Körpers an. »Und weshalb haben Sie uns so spät verständigt?«

»Ich weiß nicht . . .«, sagte Gracia verwirrt und ein wenig benommen von dem Cognac, den sie zur Betäubung ihres Gefühlslebens getrunken hatte. Ganz gegen ihre Gewohnheit. »Es sah nur wie ein vorübergehender Schwächeanfall aus . . .«

»Sie hätten die Polizei anrufen müssen. Wo ist das Telefon?«

Der Concierge, der wichtigste Mann im Hotel, ein paar Minuten vor sieben zum Dienst erschienen und nach Blonowskis Meldung sofort herbeigestürzt, vernahm nur das Schreckenswort *Polizei* und reagierte umgehend. »Das kommt überhaupt nicht in Frage!«

»Na schön«, sagte der Arzt gelassen und piekte dem Concierge mit dem Finger gegen den handgemalten Schlips. »Dann erledige ich das vom Wagen aus.«

Der Concierge, der am liebsten den dämlichen Blonowski in der Luft zerrissen hätte, weil der irgendeinen Armendoktor herbeitelefoniert hatte, statt den in unmittelbarer Nähe wohnenden Arzt des Vertrauens zu verständigen, erkundigte sich patzig: »Was vermuten Sie denn, was hier passiert sein könnte?«

Der Doktor musterte ihn durch seine runden Brillengläser und entgegnete müde: »Ich vermute gar nichts. Man hat schon bei den lebenden Patienten seine Not mit der Diagnose – bei den toten überläßt man sie besser den Pathologen. Das sind ohnehin die einzigen, die wissen, woran wir wirklich leiden. Guten Morgen.«

Er ergriff sein Köfferchen und wollte den Raum verlassen, als sein Blick doch noch auf Gracia fiel, die eben dabei war, ein Kissen neben Evas Kopf aufzunehmen, um es aufzuschütteln.

»Das lassen Sie mal lieber«, sagte er schroff. »Es ist besser, Sie verändern hier nichts, bevor die Polizei eintrifft.

Der beleibte Concierge schnappte nach Luft. »Ja, was denken Sie denn . . .«, äußerte er empört und fuhr im gleichen Atemzug auf Gracia los: »Wer außer Ihnen hatte hier zuletzt Zutritt?«

Gracia hob die Schultern. Dann fiel ihr etwas ein. »Der Security Manager. Den habe ich heute Nacht hier gesehen.«

»Gröbke? Wann sollte denn das gewesen sein?«

»Mindestens vor drei, vier Stunden. Ich habe nicht auf die Uhr geguckt.«

Der Concierge, inzwischen wieder ganz Herr der Lage, hielt den Arzt zurück. »Und wie lange ist diese Frau tot?«

Der Doktor griente. »Zwischen zwei und zwölf Stunden, wenn Ihnen das genügt.«

Der Concierge, der dazu da war, alles zu können und alles zu wissen, sagte: »Diese Frau war Fernsehkommissarin. Heute ist ein Interview mit ihr in der Zeitung.« Der Takt verbot es ihm, den Namen des Blattes zu nennen.

Der Arzt blickte mit neu erwachtem Interesse die Tote an, und dann Gracia. »Sieh an«, sagte er nachdenklich und lächelte ein bißchen. »So schön und schon so tot . . .«

16

Klaudia erwachte mit dem ungewohnten Gefühl, daß da ein Kopf lag, wohin sie den ihren drehen wollte. Ein dunkler Haarschopf, ein ausrasierter Nacken, knochige Schultern. Sie blickte über den Mann, der ruhig atmete, hinweg auf den Wecker. Wenn sie pünktlich in der Redaktion sein, zudem vorher duschen und ein Frühstück für zwei zubereiten wollte, wurde es höchste Zeit.

Vorsichtig, um diesen erstaunlich jungen Menschen nicht zu wecken oder gar zu neuen hitzigen Attacken zu veranlassen, stand sie auf. Es mochte ja sein, daß Frauen ihres Alters am Ungestüm und der Kraft der Jugend lebhaften und dankbaren Anteil nahmen – nach ihrem Geschmack durfte es etwas weniger stürmisch zugehen im Bett.

Während sie unter der Dusche stand und das immer kälter werdende Wasser den Schaum von ihrem Körper spülte, überlegte sie, ob sie etwas falsch gemacht hatte oder ob es ihr leid tat. Nein, sagte sie sich trotzig. Mal muß man sich auch auf sowas einlassen. Da gibt es nichts zu bereuen. Er wollte es so, und ich wollte es auch, und es war gar nicht mal so übel.

Als sie im Bademantel in die Küche ging, um das Kaffeewasser aufzusetzen, hörte sie, wie er sich im Bett umdrehte, und dann seine Stimme, die ein wenig kläglich klang: »Wo ist meine Brille?«

Sie ging zu ihm ins Zimmer. Er saß im Bett und rieb sich die Augen.

»Ich glaube, es ist besser, wenn du die Brille erst aufsetzt, nachdem ich mich renoviert habe«, sagte sie.

Er lächelte und sagte: »Du bist wunderschön.«

Auch sie lächelte. »Das sagen die Kurzsichtigen alle. Ich brühe uns erstmal Kaffee. Du kannst ins Bad.«

Er erhob sich ungeniert und drückte sie an sich. Mein Gott, dachte sie, und musterte dabei seine knackige Hinterpartie in dem großen Spiegel hinter ihm, bist du nicht mehr bei Trost, Klaudia? Wie konntest du dich auf diesen Jüngling einlassen, der noch dazu dein Kollege ist. Du weißt doch, wie so etwas ausgeht.

Während sie den Kaffee aufgoß und den Frühstückstisch deckte – was sie für sich alleine höchstens am Sonnabend tat – beschloß sie, dem Alkohol die Schuld an der vergangenen Nacht zu geben. Zwei Aspirin in kaltem Wasser erleichterten ihr diese Entscheidung.

Aber das war wohl eine zu billige Ausrede. Hatten sie nicht beide den ganzen Abend auf diese Nacht hingearbeitet? Und war ein Taxi draußen vom *Meridian* bis zum Prenzlauer Berg für ihn wirklich so unerschwinglich, daß man die Fahrt besser in Steglitz enden ließ? Da hatte es noch einmal so einen Moment gegeben, an dem sie beinahe nein gesagt hätte. Als er nämlich vom Prenzlberg sprach, wo er modischerweise wohnte, und sie ihn belehren mußte, daß diese sprachliche Verkürzung von Prenzlauer Berg nur den Alteingesessenen zustand, nicht der zugewanderten Schickeria.

Martin hatte es ohne zu murren geschluckt und sich entschuldigt. Sie sah ihn mitleidig an, als er in die Küche trat. Wahrscheinlich hätte er in der Nacht sogar einen Meineid geschworen, wenn sie es verlangt hätte. Ein Mann, der unbedingt mit einer Frau schlafen will, ist zu jedem Zugeständnis bereit.

Sie tranken den starken Kaffee bis zum Bodensatz. An die gleichnamige Flüssigkeit aus einer Maschine hatte Klaudia sich noch immer nicht gewöhnt.

»Wir müssen los«, sagte sie. »Bis zur U-Bahn ist es ein ganzes Stück, und ich muß noch das Auto holen.«

Er sah sie verträumt an und sagte etwas, was ihr nicht gefiel: »Das können wir doch heute abend machen ...«

Sie schüttelte den Kopf. »Nichts ist mit heute abend«, sagte sie energisch. »Es war eine schöne Nacht. Ein bißchen anstrengend zwar, aber wir hatten beide, was wir wollten. Ich hole mein Auto, und du fährst mit der U-Bahn in die Redaktion. Und so bleibt das auch. Nur, daß du ab morgen wieder vom Prenzlberg kommst und nicht aus Steglitz. Punkt.«

Er guckte wie ein Bernhardiner, dem das Schnapsfäßchen entwendet worden ist. »Und ich darf dich nicht mal in meine Höhle am Prenzlauer Berg einladen?«

Sieh an, der junge Mensch erwies sich als lernfähig.

Sie stand auf. »Ich brauche eine Viertelstunde, um mich fertig zu machen. Über deinen Prenzlauer Berg reden wir vielleicht mal in vier Wochen. Ich habe auch mal in der Kollwitzstraße gewohnt.«

Auf dem Weg zur U-Bahn tat sie etwas Ungewöhnliches: Sie kaufte das Blatt, das in der Redaktion in ausreichender Menge herumlag. Martin staunte, bis Klaudia ihm die Schlagzeile zeigte: *Die neue Kommissarin: Mit mir weht ein neuer Wind.*

»Du kommst endlich ganz groß raus«, stellte Martin bewundernd fest.

Sie schüttelte seinen Arm ab und stopfte die Zeitung in einen Papierkorb. »Mir ist ganz schlecht«, sagte sie, und das war nicht gelogen.

17

Nur weil Kommissar Dietmar Timm an diesem Morgen etwas schneller als gewöhnlich von Hohenschönhausen in den südwestlichen Zipfel von Tiergarten gelangt war, erreichte ihn noch vor Dienstbeginn der Anruf aus dem *Meridian*.

»Wer zu früh kommt, den bestraft die Arbeit«, rief er Schölzel zu, der ihm auf der ausladenden Freitreppe des Dienstgebäudes entgegenkam, und nahm ihn gleich mit. Hotel *Meridian*, das roch nach Geld und Einfluß. Da sicherte man sich besser ab, auch wenn es nur um eine gerade aufgefundene und ganz alltägliche Frauenleiche ging, für die das Kommissariat »Unnatürliche Todesfälle« nun einmal zuständig war.

Die Leiche war die einer sehr schönen, wenn auch nicht mehr ganz jungen Frau, wie Timm feststellte, nachdem ihn der Hoteldirektor persönlich – diskret, bitte, Herr Kommissar, absolut diskret – in die schlecht beleuchtete Kammer am Aufgang für Dienstboten geführt hatte. Eva Ettlich. Schauspielerin. Der Name sagte ihm etwas, und auch das Gesicht. Wie aber kam die mondän bekleidete Leiche der bekannten Fernsehdarstellerin in diese Abstellkammer?

Das würde sich klären lassen. Zunächst ging es um die vorläufige Feststellung der Todesursache. Und darum, daß der Notarzt wie auf Kohlen stand und weg wollte. Ein Wunder überhaupt, daß er die Polizei verständigt hatte. Aber seit vor einiger Zeit Meldungen über die Unzulänglichkeiten der Leichenschau durch die Berliner Presse gegeistert waren, die in der Behauptung gipfelten, sechzig Prozent der Totenscheine seien falsch ausgestellt, waren auch die Ärzte sensibilisiert und erkannten ein bißchen öfter als vorher nichtnatürliche Todesfälle. Ein bißchen zu oft, wie vor allem Timms Dezernatsleiter fand. Seine wenigen Leute hatten auch vorher nicht über Arbeitsmangel geklagt.

Timm ließ sich von dem Arzt erläutern, was ihm an der Leiche aufgefallen war: die unnatürlich geweiteten Pupillen und kaum erkennbare, punktförmige Blutungen im Auge. Außerdem fand er es merkwürdig, daß Leichenstarre und Totenflekken bereits so weit fortgeschritten waren, obwohl die Frau angeblich noch vor wenigen Stunden ruhig geatmet habe. »Ich würde unbedingt eine Obduktion empfehlen«, lautete sein Fazit.

Timm nickte. Wieder einmal stand er vor der schwerwiegenden Frage, sofort zu entscheiden, um welche Todesart es sich handelte: um einen natürlichen Todesfall unter zugegebenermaßen ungewöhnlichen Umständen, um die Folge von Alkohol- und/oder Drogenmißbrauch – ein Verdacht, zu dem der Ort der Auffindung und das Milieu, dem die Tote entstammte, Anlaß boten –, um eine Selbsttötung, aus welchen Gründen auch immer, oder um einen Mord. Ein Unfall kam kaum in Frage.

»Wer hat die Frau zuletzt lebend gesehen?« fragte er.

Der Concierge, den der Direktor als seinen kompetenten Vertreter benannt hatte, bevor er wieder verschwunden war, hob erschrocken beide Hände. »Um Gottes willen, was vermuten Sie denn? Ich bitte Sie um äußerste Diskretion, meine Herren!«

»Ja, was denn sonst!« murrte Timm ungehalten. »Uns behindert die Presse mehr als Sie, das dürfen Sie mir glauben. Ich muß trotzdem wissen, wer die Frau zuletzt gesehen und wer sie aufgefunden hat.«

»Das war die Bardame«, sagte der Arzt. »Aber können Sie mich nicht endlich entbehren?«

Er reichte Timm seine Karte. Der steckte sie ein und nickte dem Arzt zu. »Danke, Herr Doktor. Wir melden uns bei Ihnen, wenn es notwendig sein sollte.«

Der Arzt stapfte davon. Schölzel hatte sich inzwischen in dem kleinen Raum umgesehen, soweit ihm dafür Platz blieb. »Kein Mantel, keine Tasche«, raunte er Timm zu. »Was hier rumhängt und -liegt, scheint der Bardame zu gehören.«

Der Concierge meldete eifrig: »Frau Sediwi wartet in der Bar.«

»Wie lange arbeitet sie bei Ihnen? Hat es schon mal irgendein Vorkommnis mit ihr gegeben?«

»Dann wäre sie nicht mehr hier tätig. Frau Sediwi ist seit etlichen Jahren bei uns. Es gab bisher keinen Grund zu Beanstandungen.«

Timm blickte sich stirnrunzelnd in dem spartanisch möblierten und schlecht beleuchteten Raum um. »Ich nehme an, Frau Ettlich ist Gast Ihres Hauses. Ist es üblich, Gäste hier in dieser ... Kammer zu beherbergen?«

Allein die Frage mußte den Concierge schmerzen. »Natürlich nicht ...« Er wand sich wie ein übergroßer Karpfen, dem es ans Leben geht. »Ich kann es mir selbst nicht erklären. Wir werden das genau untersuchen und Frau Sediwi zur Rede stellen.«

Wieder nickte Timm. »Das hat Zeit. Ich werde erstmal mit der Frau reden. Du verständigst inzwischen die Spurensicherung.«

Schölzel sah ihn zweifelnd an. »Meinst du, das ist nötig?«

»Man kann nie wissen«, sagte Timm und ließ sich den kurzen Weg zur Bar zeigen. Der Concierge wäre am liebsten bei ihm geblieben, doch Timm wimmelte ihn ab. »Zeigen Sie bitte meinem Kollegen das Telefon.«

Gracia Sediwi hantierte noch immer hinter dem Tresen herum. Mit ihrer Arbeit war sie längst fertig, aber Gläser ließen sich unendlich oft polieren. Zwei hatte sie schon zerbrochen. Am liebsten hätte sie sich zu dem toten Körper gesetzt und so um Eva getrauert, wie sie es vor langer Zeit von ihrer Großmutter gelernt hatte. Stattdessen nahm sie ein neues

Glas. Beschäftigt zu sein, sah besser aus, als wehklagend herumzusitzen.

Timm stellte sich vor und reichte ihr die Hand über den Bartresen. Sie hatte einen festen Händedruck, der ihm gefiel, und er hoffte, daß sie nicht versuchen würde, ihn mit irgendwelchen Sperenzchen zu verwirren, wie es in diesem Milieu üblich war. Er machte sich nichts aus Nachtlokalen und Bardamen, obwohl er zugeben mußte, noch keine so gut aussehende getroffen zu haben wie diese Frau Sediwi mit den übergroßen Mandelaugen, die bei genauer Betrachtung einen sehr melancholischen, ja tieftraurigen Eindruck machte, wobei auch eine gewisse Verunsicherung mitzuwirken schien. Dabei ruhte ihr Blick durchaus wohlgefällig auf Timm, aber das kannte der schon. Er war sich seiner Wirkung auf Frauen bewußt, und es gab genügend Fälle, wo ihm dieser Effekt unangenehm aufstieß. Davon konnte hier keine Rede sein.

»Möchten Sie etwas trinken?« erkundigte sich Frau Sediwi, als wäre er ein verfrühter Barbesucher.

»Nein, danke. Es sei denn – einen Mokka?«

»Dauert nur einen Augenblick.« Sie lächelte verkrampft und ließ sich nicht anmerken, daß sie die Espressomaschine gerade gründlich geputzt hatte.

Timm setzte sich auf einen Hocker und sah ihr zu. »Erzählen Sie mal, was heute nacht hier los war. Und wie Frau Ettlich dort hinten in Ihren – na sagen wir großzügig: Sozialraum, gelangt ist.«

»Heute nacht war hier die Hölle los«, antwortete sie, und wie zur Bekräftigung ihrer Worte fauchte der Kaffeeautomat höllisch. »Erst haben die Fernsehleute allerhand Unsinn veranstaltet. Und dann fiel eine ganze Busladung von Hotelgästen ein, so daß ich mich wirklich nicht mehr um Frau Ettlich – so sagten Sie ja wohl? – kümmern konnte.«

Timm schnüffelte. Die heiße schwarze Flüssigkeit roch gut.

»Ein bißchen genauer muß ich es schon wissen. Was war das für ein *Unsinn,* den die Fernsehleute veranstalteten?«

»Mein Gott, sie waren alle ein bißchen beschwipst und redeten fürchterlich laut und sangen mit den Japanern. Und Frau Ettlich kettete den einen mit Handschellen an die Messingstange.«

Überrascht setzte Timm die Tasse, die er gerade erhoben hatte, wieder ab. »Frau Ettlich fesselte einen Japaner mit Handschellen?« fragte er ungläubig.

Gracia blieb ganz ernst. »Keinen Japaner. Einen vom Fernsehen. Ich nehme an: den Chef. Einen Herrn Hochgelter. Mit dem war sie übrigens schon einmal hier an der Bar. Vor drei, vier Monaten.«

»Sie meinen, die beiden – ?«

»Das weiß ich nicht.« Ihre Augen verschleierten sich. »Sie war eine sehr schöne Frau.«

Timm nippte an seinem Mokka und nickte. »Und wie ist sie von hier nach hinten gekommen?«

Gracia erklärte es ihm, so weit sie sich an die Ereignisse erinnern konnte. »Verstehen Sie, es war ein ziemlicher Trubel. Und dann fiel sie ganz plötzlich vom Hocker. Wir waren alle sehr erschrocken.«

»Wieviel hatte sie getrunken?«

»Kaum etwas. Sie hatte mir zu verstehen gegeben, daß sie keinen Alkohol mochte.«

»Und Sie selbst? Haben Sie etwas getrunken?«

»Ich trinke nie.« Sie wandte sich ab, weil ihr der Cognac einfiel, mit dem sie sich zu beruhigen versucht hatte. Hoffentlich roch er nichts.

»Und Sie allein sind auf die Idee gekommen, Frau Ettlich in diese Kammer zu transportieren?«

Gracia nickte beklommen. »Die Herren haben mir geholfen.«

Das interessierte Timm. »Wer waren denn diese Herren?«

»Zuerst einmal Johnny Whitehouse. Der ist wohl auch am kräftigsten.«

»Johnny Whitehouse?« Timm glaubte seinen Ohren nicht zu trauen. Vielleicht nannten sie den Barpianisten so?

»Ja, Mister Whitehouse wohnt seit ein paar Tagen hier im Hotel. Inkognito gewissermaßen. Er will keinen Rummel vor dem Konzert. Nur hier an der Bar läßt er sich abends sehen.«

Allmählich erwachte in Timm eine ungefähre Ahnung von der Dimension, die der Fall annehmen würde, wenn er erst in die Presse geriet. *Deutsche Fernsehschönheit stirbt in den Armen von Johnny Whitehouse.* Na, gute Nacht. Wenn er diese Geschichte nicht heil überstand, war es mit dem Oberkommissar für alle Zeiten aus. Und wenn er die Mordkommission alarmierte, obwohl diese Eva Ettlich sich aus Liebeskummer umgebracht hatte, durfte er sich einen Job als Hoteldetektiv suchen. Für einen Dressman war er zu alt.

»Die anderen waren alle vom Fernsehen. Der Schauspieler, der den Kommissar Ypsilon spielt, und sein Friseur.«

Timm seufzte abgrundtief. Dieser Serienstar? Schulze-Niesen oder so ähnlich hieß der. Oder Schulte-Nielsen? In was für eine Affäre war er da hineingeraten! Und nur, weil er ohne Stau erstaunlicherweise achtzehn Minuten zu früh zum Dienst erschienen war.

»Wann haben Sie Frau Ettlich dort . . . zur Ruhe gebettet?« Er war sich der Doppeldeutigkeit seiner Formulierung durchaus bewußt. Die ganze Story mißfiel ihm im höchsten Maße. Die schöne Frau Sediwi guckte nicht von ungefähr so ängstlich. Wenn die Ettlich eines unnatürlichen Todes gestorben war, konnte sich die Sediwi noch auf ein paar nette Befragungen gefaßt machen.

»Es muß gegen dreiviertel zwölf gewesen sein. Bald darauf hat dieser Kommissar Ypsilon sich umgezogen und schminken lassen und ist mit einem der Pagen weggefahren.«

Auch das noch! Für einen Augenblick war Timm versucht,

die Untersuchung einfach abzuschließen und davon auszugehen, daß es sich um keinen für die Kripo relevanten Fall handle. Normalerweise wäre er sich des Beifalls seines Vorgesetzten durchaus sicher gewesen. Jeder vor Ort als natürlicher Tod erkannte Fall war ein Fall weniger in der Statistik. Aber so simpel entkam man einer Zwickmühle dieser Dimension, besetzt mit Figuren aus dem internationalen Popgeschäft und dem omnipotenten Fernsehen, wohl doch nicht.

Der Knackpunkt war die Autopsie. Wenn die Rechtsmediziner eine Einwirkung von fremder Hand feststellten, stand er als Vollidiot da. Keiner, nicht einmal der Chef würde sich scheuen, ihn der Presse zum Fraß vorzuwerfen. Timm wußte, wie es in den einschlägigen Redaktionen zuging. Eine Zeitlang hatte er versucht, mit einer Fotografin zusammenzuleben, die mit der bildlichen Ausgestaltung solcher Stories ihr Geld verdiente. Sie hatte ihn oft genug fotografiert, um mit seinem Konterfei im geeigneten Augenblick ein Vermögen zu scheffeln.

»Aber Whitehouse und der Friseur blieben noch länger?«

Die Barfrau schüttelte den Kopf. »Whitehouse ging viel früher auf sein Zimmer als gewöhnlich. Das war vielleicht ganz gut so. Kurz danach tauchte die Presse hier auf.«

»Die Presse?« fragte Timm alarmiert.

»Zwei Reporter. Ich habe sie . . .« – sie machte eine Handbewegung, als verscheuche sie eine lästige Fliege – ». . . gebeten, unser Haus zu verlassen.«

»Okay.« Der Kommissar nickte befriedigt. Wenigstens eine gute Nachricht. »Bleibt der Friseur.«

»Der hielt noch ein bißchen Händchen mit seinem Freund, und dann sind sie anscheinend nach oben gegangen. Ich habe nicht mehr darauf geachtet, weil gerade dieser Ansturm einsetzte.«

Timm neigte nicht dazu zu schwitzen. Jetzt war ihm heiß. Er trank das Täßchen endgültig leer und stieg vom Hocker.

»Und niemand von diesen Herren oder Sie selbst haben später mal nach Frau Ettlich geschaut?«

»Ich war nur noch einmal kurz bei ihr . . .«

»Und da lebte sie noch?«

»Selbstverständlich. Sie atmete ruhig . . .«

Sehr überzeugt klang das nicht. Timm sah sie scharf an, und Gracia errötete. Überraschenderweise war das auch bei ihrer Hautfarbe gut zu erkennen.

»Wer außer Ihnen hatte denn noch Zutritt zu dem Raum?«

»Niemand außer mir. Man braucht einen Schlüssel . . .«

Timm hakte sofort nach. »Sie haben die Frau eingeschlossen?«

Die Barfrau war sich offensichtlich bewußt, daß sie sich in keine beneidenswerte Lage gebracht hatte. »Natürlich nicht«, sagte sie bedrückt. »Zu diesem Raum hat keiner außer mir und meiner Vertretung Zugang. Und niemand wußte, daß sie dort liegt . . .«

»Niemand außer Ihnen und den drei Herren.«

Sie nickte.

»Ist Ihnen irgend jemand aufgefallen, der später durch diese Tür gegangen ist, die zu dem Raum führt?«

Er erkannte im gleichen Augenblick, daß es eine selten dämliche Frage war. Das brauchte sie ihm nicht erst zu erklären. Hinter dieser Tür lagen auch die Toiletten.

»Der Herr Ypsilon und sein Friseur haben sich eine ganze Weile dort aufgehalten. Ich nehme an, der hat ihn auf der Toilette geschminkt.«

»Ich verstehe.« Timm räusperte sich. »Mir ist noch etwas aufgefallen. Eine Frau, selbst wenn sie nur vom Hotelzimmer in die Bar geht, hat gewöhnlich eine Handtasche bei sich . . .«

»Natürlich.« Die Toilettenfrage hatte Gracia endgültig wieder zu ihrer Fassung verholfen. »Die Tasche blieb hier auf der Bar liegen. Ich habe sie an mich genommen.« Sie reichte ihm ein flaches Täschchen aus edlem Leder. »Ach ja. Und die

Handschellen. Die hatte sie wohl auch da drin.« Sie überreichte ihm die aus Leichtmetall gefertigte Acht.

Er wog die Filmrequisiten in der Hand und gab sie zurück. »Danke, die dürfen Sie behalten.«

»Na schön. Vielleicht lassen die sich mal gebrauchen . . .«

»Es kann sein, daß ich Sie noch einmal sprechen muß«, sagte Timm sachlich. »Halten Sie sich bitte hier in der Nähe auf.«

Sie zögerte. »Darf ich nicht nach Hause gehen? Ich muß heute abend wieder hier sein . . .«

Das hatte Timm nicht bedacht. »Na gut. Geben Sie mir Ihre Adresse und die Rufnummer. Spätestens morgen müssen wir sowieso das Protokoll anfertigen.«

Sie reichte ihm ein Kärtchen. Als er es einsteckte, fiel ihm ein, daß er den Mokka bezahlen mußte.

»Der geht auf Kosten des Hauses«, sagte sie, doch er legte die drei Mark, die er in der Jackettasche fand, auf den Tresen. Erst später wurde ihm bewußt, daß der Kaffee an diesem Ort vermutlich ein bißchen teurer war.

Als er die Bar verlassen wollte, rief sie ihn zurück. »Da war noch ein betrunkener Schauspieler. Der saß hier und jammerte die ganze Zeit, er sei Schuld . . .«

»Schuld woran?«

Sie hob die Schultern. »Ich hatte den Eindruck, daß er Frau Ettlich anfangs . . . nicht besonders wohlgesonnen war . . .«

»Wissen Sie seinen Namen? Oder seine Zimmernummer?«

»Nein. So ein kleiner Dicker mit einem Schnauzbart. Die Rechnung für ihn hat der Kommissar übernommen.«

»Welcher Kommissar?« fragte Timm irritiert.

»Na, der Kommissar Ypsilon. Die beiden sind wohl eng befreundet.«

»Ach, Sie meinen den Schauspieler. Hubert Schulte-Nielsen, nicht wahr?«

An der Rezeption stand Schölzel im angeregten Gespräch mit dem Concierge und einem weiteren Mann, der Timm bekannt vorkam.

Timm hielt sich nicht mit Vorreden auf. »Wir brauchen dann mal Mister Whitehouse, weiter den Darsteller des Kommissar Ypsilon, seinen Friseur und wer sonst noch von der Fernsehmannschaft hier wohnt.«

»Um Gottes willen«, beschwichtigte ihn der Concierge mit erhobenen Händen und einem Blick auf mehrere Gäste, die gerade ihre Rechnungen bezahlten und bei dem Namen Whitehouse aufhorchten.

»Mister Whitehouse wünscht nicht vor zwölf belästigt zu werden«, flüsterte er Timm vertraulich zu.

»Und Herr Schulte-Nissen ist nicht mehr im Hause«, ergänzte der andere Mann, der inzwischen das Schlüsselbord überprüft hatte. Timm erkannte unschwer, welche Funktion der athletische Typ hier im Hause ausübte, und er wußte jetzt auch, woher er den kannte. Während des Studiums der Kriminalistik und bei seiner früheren Tätigkeit im Ostberliner Polizeipräsidium war er oft genug mit den verschiedensten Mitarbeitern *der Firma* in Berührung gekommen, um sie auch jetzt noch quasi am Geruch zu erkennen. Der Magdeburger Dialektanklang verriet ihm überdies die Herkunft des Sicherheitsmenschen.

»Dann beginnen wir mit dem Friseur.«

»Es handelt sich um den Maskenbildner, Herr Kommissar«, korrigierte der Concierge.

»Also schön. Zuerst den Maskenbildner.«

Schölzel, der ihm offensichtlich etwas mitzuteilen hatte, winkte ihn mit dem Kopf zur Seite.

»Mit der Spurensicherung dauert es noch etwas. Die vom Mord sind alle in Moabit. Da hat es heute nacht ein größeres Blutbad in einem Puff gegeben.«

»Und? Gehörte der Laden wenigstens einem Kollegen?«

Vor ein paar Monaten war in Moabit ein Bordell aufgeflogen, das zwei Polizisten gehört hatte.

»Ich glaube nicht. Aber wir sollen hier möglichst alleine fertig werden.«

Natürlich. Wenn es dicke kam, dann richtig. Timm nickte gottergeben. »Dann versuch du mal rauszukriegen, wann und wohin dieser *Kommissar Ypsilon* heute morgen verschwunden ist. Zuletzt will ihn die Barfrau in Begleitung eines Pagen gesehen haben. Außerdem brauchen wir seinen besoffenen Freund und den Fernsehchef, den Frau Ettlich mit der Acht an den Tresen gekettet hatte.«

Sie sahen sich an und verstanden sich ohne Worte. Ein Popstar, der nicht geweckt zu werden wünschte, ein Fernsehkommissar, der zusammen mit einem Pagen verschwunden war, ein gefesselter Fernsehchef und eine tote Diva in der Abstellkammer. Fernsehkrimis waren nix dagegen.

»Den Whitehouse wollte ich schon immer mal kennenlernen«, sagte Schölzel. Und Schulte-Sonstwie ist doch der Mann, den die gerade aus der Serie rauskanten wollen, oder?«

Davon wußte Timm nichts.

»Mir geht ein Licht auf!« Schölzel schlug sich an die Stirn. »Heute ist ein Interview mit Eva Ettlich in der Zeitung. Sie war als seine Nachfolgerin vorgesehen. Da hast du deinen Mörder: Kommissar Ypsilon beseitigt ungeliebte Rivalin. Wenn wir das hieb- und stichfest aufklären, kriegen wir vielleicht den *Goldenen Telelöffel* der deutschen Fernsehindustrie.«

Schölzel war ein Spinner.

»Besorg mir die Zeitung.« Timm wandte sich ab und an den Sicherheitsmann. »Also, wo finden wir den Maskenbildner?«

Sofort mischte sich der Concierge ein. »Die unteren Chargen der Produktion wohnen nicht hier im Hause«, beeilte er sich stolz mitzuteilen.

Timm sah ihn durchdringend an. »Der Mann hat hier in der

Bar gesessen und ist mit seinem Freund *nach oben gegangen*, wie Frau Sediwi ausgesagt hat.«

Der Concierge lief puterrot an. »Wir pflegen das Nachtleben unserer Gäste nicht zu kontrollieren . . .«, stieß er hervor.

Der Sicherheitsmanager behielt seine undurchdringliche Miene. »Es handelt sich vermutlich um den ukrainischen Ballettänzer in der 214«, äußerte er zurückhaltend. »Er ist Solotänzer an der Oper.«

Timm holte tief Luft. »Gut, dann holen Sie mir den. Vielleicht ist ja der Maskenbildner noch bei ihm.«

Der Concierge setzte zu einem neuen Wortschwall an, doch Timm winkte ab. »Diskretion, ich weiß schon. Geben Sie uns einen Raum und schicken Sie die Leute unauffällig dorthin. Möglichst, ohne daß sie vorher miteinander reden. Wir brauchen alle, die zu dieser Fernsehproduktion gehören. Auch den Chef, einen gewissen Hochgelter.«

Der korpulente Concierge zuckte zusammen. »Herr Hochgelder weilte gestern lediglich zu einer Konferenz hier im Hause. Er wollte heute mit dem ersten Flieger nach München. Und Herr Ziff wohnte diesmal gar nicht bei uns.«

Timm fragte gar nicht erst, wer Ziff sei. Das würde sich herausstellen, wenn er den Kommissar und diesen ominösen Maskenbildner befragt hatte.

Der Concierge führte ihn in einen der feudalen Konferenzräume im Seitentrakt. »Hier sind Sie ganz ungestört, Herr Kommissar. Ich werde Ihnen einige Getränke bereitstellen lassen. Hier sind auch Telefone und ein Faxgerät, falls Sie es benötigen.«

Timm ließ sich in den gewaltigen Ledersessel am Ende des Tisches fallen. Auf der polierten Mahagoniplatte nahm sich sein Notizblock verloren aus. »Bleiben Sie noch einen Augenblick«, bat er den Concierge. »Ich brauche einen Lageplan der Räume rund um die Bar, eine vollständige Liste aller Hotelgäste und der Angestellten, die sich gestern abend und heute nacht im Hause aufhielten.«

»Wie stellen Sie sich das vor?« begehrte der Mann auf. »Sie stürzen hier herein und ruinieren sozusagen unseren Ruf, ohne daß es einen Anhaltspunkt gibt ...«

Timm tat, als stecke er seinen Notizblock ein und wolle aufstehen. »Wenn es Ihnen lieber ist, übergebe ich der Mordkommission die Untersuchung ...«, sagte er leichthin.

Entnervt winkte der Concierge ab. »Ich sichere Ihnen ja jede erdenkliche Unterstützung zu, Herr Kommissar, aber Sie müssen auch verstehen ...«

»Ich muß vor allem wissen«, unterbrach ihn Timm, »wer von den Gästen und vom Personal Zugang zu dem Raum hatte, in dem Frau Ettlich gefunden wurde.«

»Vom Personal praktisch jeder. Es handelt sich um den Treppenaufgang von den unteren Räumen zu den Suiten. Im Erdgeschoß befinden sich einige Büroräume, und es gibt einen Durchgang von der Restaurantküche. Von den Gästen hat niemand Zutritt.«

»Es sei denn, er kennt die Zahlenkombination für den Durchgang neben den Toiletten, die zur Bar gehören.«

»Die hat unser Security-Manager gerade erst vor einigen Tagen geändert. Zur Sicherheit geschieht das in regelmäßigen Abständen. Herr Gröbke hat übrigens sein Büro unmittelbar neben der Personalgarderobe von Frau Sediwi.«

»Und die Kombination lautet 44–22.« Timm hatte dem Concierge beim Passieren der Tür ganz automatisch auf die Finger geguckt. Der schluckte. »Man muß immer einfache Zahlenkombinationen wählen ...«, sagte er lahm. »Sonst kommt es dauernd zu Verwechslungen.«

Der Security-Manager nahte mit einem sichtlich unausgeschlafenen und ungehaltenen jungen Mann an seiner Seite, dem man sofort den Tänzer ansah. Timm stellte sich vor.

Der Tänzer warf seinen Paß auf die Tischplatte. »Ich habe Einladung und Visum! Was wollen Sie?«

Timm warf einen Blick in den Paß. »Nur einige Fragen, Herr Nowitschenko.«

»Dann brauchen wir Dolmetscher. Mein Deutsch ist nicht gut.«

»Dann wird es sehr lange dauern.« Timm sah ihn freundlich an. »Wollen wir es nicht versuchen? Ich spreche ein bißchen Russisch.«

Dieser Hinweis beunruhigte Igor Nowitschenko. »Ich bin Ukrainer . . .«, sagte er zögernd.

Seine Deutschkenntnisse reichten aus, um von ihm zu erfahren, daß sein Freund und Begleiter Gottfried Tulpe ihm gegenüber in keiner Weise eine Frau oder irgendwelche besonderen Ereignisse in der Bar erwähnt hatte. Ja, Gottfried sei noch einmal auf die Toilette gegangen, und er selber auch, aber auch dabei war ihm nichts aufgefallen. Sie wären nach oben gegangen, in das Zimmer 214, weil es noch Wichtiges zu bereden gab, und gegen Morgen sei Tulpe, der ja ins Studio mußte, dann gegangen.

»Hat er mit Ihnen über seine Arbeit gesprochen? Über Herrn Schulte-Nissen beispielsweise oder über Eva Ettlich?«

Igor Nowitschenko, voller Ungewißheit darüber, worauf es Timm ankam, lobte nach anfänglichem Zögern Schulte-Nissen über den grünen Klee. »Gottfried würde alles tun für diesen Mann!« schloß er seine Rede.

Timm nickte ihm zufrieden zu. »Und Frau Ettlich hat er nicht erwähnt?«

Igor guckte mißtrauisch, doch Timm tat, als sei das Gespräch so gut wie abgeschlossen.

»Diese neue Kommissarin – Gottfried sagt: Sie bringt nur Unglück. Will Ypsilon . . . verdrängen . . . Manchmal möchte er dieser Zicke Hals um . . .« Er schwieg mitten im Wort, als sei ihm zu Bewußtsein gekommen, was er da so unvorsichtig ausplauderte. »Aber Gottfried ist ein sehr weichherziger Mensch . . . Sehr freundlich . . . Sehr gut.«

Timm beobachtete ihn und dachte beinahe amüsiert: An einen Genickbruch haben wir noch gar nicht gedacht. Er stand auf und begleitete den Tänzer zur Tür. »Was ist passiert?« fragte der irritiert. »Alle diese Fragen . . .«

Timm beruhigte ihn. »Nichts, was Sie direkt betrifft, Herr Nowitschenko.«

Vor der Tür wartete Gröbke mit einem nervösen Menschen, der wie ein Pfeil auf Timm zuschoß. »Hören Sie, es geht hier um eine Fernseh-Produktion! Es geht um viel Geld, das kann ich Ihnen versichern. Wenn Ihre Behörde bereit ist, den Schadensersatz zu übernehmen, dann können Sie Ihre Untersuchungen meinethalben auf drei Wochen ausdehnen, aber so lange . . .«

»Wenn es um viel Geld geht, dann hätten wir ja ein Motiv«, unterbrach ihn Timm locker. »Kommen Sie bitte. Sie sind der Produktionsleiter?«

»Ich bin der Regisseur!« Der Mann reckte seine nicht eben beeindruckende Gestalt, als wäre er soeben für den Oscar nominiert worden. »Ihre angeblichen Ermittlungen haben uns geschlagene anderthalb Stunden gekostet. Ich muß endlich mit Frau Ettlich reden. Und Sie werden mich nicht daran hindern!«

»Natürlich nicht«, gab Timm gelassen zurück. »Sie ist nämlich tot.«

Der Regisseur musterte ihn mit soviel Abscheu, wie ein normaler Mensch allenfalls für ein ekles Getier aufbringt. »Reden Sie keinen Unsinn«, sagte er barsch. Er schien überhaupt nicht in der Lage, etwas rational zu erfassen, was nicht in einem Drehbuch stand. »Frau Ettlich hatte um sieben Uhr dreißig Drehbeginn.«

Timm wies schweigend auf einen Stuhl. Erst jetzt schien dem Mann zu Bewußtsein zu kommen, was Timm ihm mitgeteilt hatte. »Sie ist tot?« fragte er gebrochen und sah plötzlich ganz grau aus. »Was soll denn jetzt aus der Produktion werden?«

Timm war geneigt, ihm den Vorschlag zu machen, das Ereignis in eben diese Produktion einzubauen, deren Essenz schließlich in der Darstellung unnatürlicher Todesfälle bestand, doch er unterdrückte den Wunsch. Besonders Aufhellendes war aus dem Regisseur ohnehin nicht herauszufragen. Er wußte nichts über den vergangenen Abend in der Bar, identifizierte allerdings den Betrunkenen sofort als den einschlägig bekannten Gunnar Heu, der ihm nie wieder vor die Kamera käme. Was die hohe Besetzungspolitik betraf – dafür sei nicht er zuständig, sondern der Herr Hochgelder vom Sender. Zwar wäre für das Casting eigentlich der Produzent verantwortlich, der Herr Ziff. Aber das Sagen hätte nun mal der Herr Hochgelder. Ziff sei lediglich Geschäftsführer und wohl auch Eigentümer der mit der Produktion beauftragten Firma *Telemania,* und überdies ein unermüdlicher Fan von Schulte-Nissen. Hochgelder und die Herren vom Sender hingegen hätten die wahrlich recht ansehnliche Eva Ettlich prolongiert, eine zwar aus dem Osten stammende, aber durchaus professionell arbeitende Darstellerin, die noch zu manchem fähig sein würde. Gewesen wäre, verbesserte er sich und verfiel in tiefe Niedergeschlagenheit.

»Ich muß sofort telefonieren!« rief er plötzlich aus und hielt schon das Handy in der Hand. Timm ließ ihn ziehen. Über das Verhältnis des Kommissars zu seiner designierten Nachfolgerin hatte der Regisseur sich nur undeutlich ausgelassen und alle Gerüchte als Schmutzkampagne der Presse abgetan. Was hingegen die Beziehung zwischen Hochgelder und Eva Ettlich anging, handelte es sich anscheinend nicht nur um eine rein geschäftliche. So viel hatte Timm dem Unausgesprochenen entnommen. Durchschaubarer wurde der Tod der Schauspielerin dadurch nicht.

Vor der Tür drückte sich der Security-Manager herum. Er brachte die Personalaufstellung und einen Computer-Ausdruck der Gästeliste. Weitere Mitarbeiter der *Telemania*-Produktion standen seines Wissens nicht darauf. Auch nicht Gunnar Heu. Das *Meridian* blieb den Stars vorbehalten. Gröbke stellte das fest, als hätte er sein Leben lang nur in dieser gehobenen Gesellschaftsschicht verkehrt. Timm beschloß, ihn zu schocken: »Kannten Sie Eva Ettlich noch aus Ihrer DDR-Zeit?«

Wie Eva Ettlich in dem ihren, war Gröbke in seinem Metier ein Profi. Er verzog keine Miene und log, ohne rot zu werden. »Ich wußte gar nicht, daß die Frau aus dem Osten kam.«

Timm ließ es auf sich beruhen und befragte Gröbke über die Zugangsbedingungen zu den Personalräumen. Der wurde nun doch ein bißchen hippelig. »Mein Büro befindet sich neben dem Auffindungsort, wie Sie wissen. Und ich bin gestern abend tatsächlich noch im Hause gewesen, wie Sie ebenfalls wissen . . .«

Timm wußte es nicht, vernahm es jedoch mit Interesse.

»Und?« fragte er gedehnt. »Wann haben Sie Ihr Büro verlassen?«

»Etwa gegen zwölf, nehme ich an . . .«

»Sie haben nicht auf die Uhr geschaut? Keine Nachrichten im Radio gehört oder so etwas?«

Gröbke wich seinem Blick nicht aus. »Sie sollten wissen, daß dieses Haus hier ein besonderes Haus ist, Herr Kommissar. Jede Art von Skandal, der hier verursacht wird, kann nur allzuleicht auf den Urheber zurückfallen. Die Geschäftsleitung genießt sozusagen höchste Protektion. Auch beim Innensenator, verstehen Sie . . .?«

Wenn es etwas gab, das Timms Seele zum Kochen brachte, dann war es dieser erpresserische, mild-belehrend getarnte Ton, und noch dazu aus einem Mund, der ihn nur allzusehr an die eigene Vergangenheit erinnerte, in der solche Ratschläge Befehlen gleichkamen.

Er zwang sich zur Ruhe und wählte seine Worte mit Bedacht. »Sie verwechseln hier etwas, Herr Gröbke. Der *Skandal*, von dem Sie sprechen, hat seinen Urheber mit einiger Sicherheit hier im Hause, und nicht bei der Ermittlungsbehörde. Wir werden nicht umhinkommen, uns Personal und Gäste genau anzuschauen und wenn nötig, auch ihr Vorleben zu überprüfen. Das werden Sie *mit Sicherheit* verstehen.« Er stand auf und verbeugte sich leicht vor Gröbke. »Ich rechne mit Ihnen. Gründliche Ermittlungen sind schließlich ganz im Sinne unseres verehrten Herrn Innensenators.«

Gröbke stand wie versteinert. »Haben Sie ... einen bestimmten Verdacht?« fragte er.

Timm überhörte die Frage und faltete die Computerlisten zusammen.

»Ich meine, auch bezüglich der Todesursache ...«

»Das wird die Obduktion ergeben«, sagte Timm leichthin. »Wir stehen ja noch ganz am Anfang unserer Ermittlungen. Da werden sicher auch noch weitere Befragungen auf Sie zukommen.«

Die Blicke, die sie miteinander kreuzten, hätten vor hundertfünfzig Jahren Anlaß zu einem Duell geboten.

18

Martin Bongard traf genau sechs Minuten nach Klaudia in der Redaktion ein und betrat den Saal mit einem überlauten »Guten Morgen.« Klaudia saß an ihrem Arbeitsplatz und sortierte Agenturmeldungen, aus denen sich vielleicht etwas machen ließ.

»Guten Morgen«, antwortete sie in normaler Lautstärke und wurde dennoch das Gefühl nicht los, jeder im Raum sähe ihr und Martin die gemeinsam in einem Bett verbrachte Nacht an. Sie schickte einen versteckten Blick zu Doreen und guckte ihr direkt in die Schlangenaugen.

Klaudia spürte, wie sich zuerst ihr Hals und dann ihr Gesicht allmählich tiefrot färbten. Doreen grinste diabolisch und wandte sich endlich ab.

Zu allem Überfluß blieb Martin neben Klaudia stehen, um sie etwas Belangloses zu fragen und ihr dabei ganz unauffällig zuzuzwinkern. Ungefähr so unauffällig wie ein Pastor, der in einen Sex-Shop Porno-Magazine kauft. Doreen schickte einen langen Blick herüber, der nichts anderes besagte als: Ich weiß alles.

Klaudia hätte vor Wut platzen können.

Zum Glück fegte in diesem Augenblick Lucius herein und wandte sich sofort an Klaudia: »Abmarsch, meine Liebe, Abmarsch! Da ist was im Busch. Die Ettlich ist nicht am Set erschienen!«

»Wollen wir diese langweilige Story wirklich weiter verfolgen?« meldete sich Doreen ungefragt. »Meine Mutter meint, das wäre kalter Kaffee.«

Doreens Mutter galt sozusagen als die Inkarnation der Durchschnittsleserin des Blattes, und wenn der Tochter auch sonst nicht viel einfiel, ging sie doch gerne mit ihrer Lieschen-

Müller-Mutter hausieren. Seltsamerweise hörte Lucius häufig auf die ihm solcherart vermittelte Stimme des Volkes, während der Rest der Redaktion nur die Augen gen Himmel wandte.

Diesmal stimmte Klaudia vollständig mit der Meinung der ihr persönlich glücklicherweise unbekannten Mutter überein. »Ich finde auch«, sagte sie. »Wir haben die Beteiligten bis zum Überdruß gehört. Da kommt doch nichts Neues mehr.«

Lucius betrachtete sie wie der Wolf das sechste Geißlein. »Die Nase«, sagte er und deutete auf seinen nicht zu übersehenden Riechkolben. »Ihnen fehlt die journalistische Nase, meine Liebe. Nach meinen Informationen ist im Studio die Hölle los. Der Kraftfahrer hat heute morgen vergeblich versucht, die Ettlich im Hotel aufzugabeln, und dort ist man zu keinerlei Auskünften bereit. Die Sache stinkt zum Himmel. Das rieche ich bis hierher. Sie schnappen sich einen Fotografen und fahren zum *Meridian*. Und kommen Sie mir ja nicht ohne die Story wieder!«

Klaudia fragte sich seit langem, woher Lucius seine Informationen bezog. Er konnte doch nicht in jedem Filmstudio einen Informellen Mitarbeiter beschäftigen. Seufzend erhob sie sich. Sie hatte guten Grund, diesen Auftrag zu verabscheuen. Der Zorn Schulte-Nissens hatte sich ganz sicher noch nicht gelegt, und ob Eva Ettlich mit der Lucius'schen Fassung und Betitelung ihres Interviews besonders glücklich war, bezweifelte sie ebenfalls.

Zu allem Unglück wurde nun auch noch Martin munter. »Ich könnte doch mitfahren«, erbot er sich. »Vielleicht bringe ich noch einen ganz anderen Hammer aus dem *Meridian* mit.«

Lucius fuhr sich nachdenklich durch seine schwarzgefärbte Mähne. »Haben Sie was Bestimmtes im Auge?«

Martin wich Klaudias warnendem Blick aus, hielt sich aber dennoch zurück. »Wenn es klappt, haben wir morgen so eine

Schlagzeile.« Daumen und Zeigefinger zeigten etwa zehn Zentimeter.

»Na schön«, stimmte Lucius zu. »Ich hoffe, es ist den Versuch wert. Aber denken Sie daran, daß heute Ihre erste Einstimmung auf das Johnny-Whitehouse-Ereignis fällig ist.«

»Na eben«, sagte Martin, das Riesenroß, mit einem breiten Grienen, das Lucius sofort richtig deutete. »Sie meinen, der steigt im *Meridian* ab?«

Martin Bongard griente noch breiter, erinnerte sich jedoch fairerweise, wem er die Sensation verdankte, und wies auf Klaudia. »Fragen Sie mal die Kollegin Kox.«

»Er wohnt wahrscheinlich schon seit ein paar Tagen dort«, sagte Klaudia gottergeben. Alles wußte Lucius eben doch nicht, aber das konnte ihr ja jetzt egal sein.

Aus Doreens Richtung gellte ein kleiner Aufschrei. »Dann muß ich auch mit. Whitehouse brauche ich unbedingt für den *Cityklatsch*!«

So blöd war nicht mal Lucius, nicht zu merken, daß zwischen Klaudia und Doreen mehr als nur die Chemie nicht stimmte. Also schüttelte er den Kopf. »Das können die beiden miterledigen.«

Im Aufzug, als Martin Bongard sie triumphierend anlächelte, dämpfte Klaudia seine Begeisterung. »So alt werden wir beide nicht, daß Doreen uns das jemals verzeihen würde.«

Martin drückte ihren Oberarm. »Denk lieber daran, wie groß wir beide morgen rauskommen!«

19

Morgendliche Träume können es in sich haben. Ypsilon träumte vom nächtlichen Hütchenspiel. Statt eines Klötzchens benutzte der Hütchenspieler Ypsilons Kreditkarte. Und wo Ypsilon auch hinzeigte – die Karte war jedesmal unter einem anderen Hütchen verschwunden. Schweißgebadet wachte Ypsilon auf. Hatte er die Karte sperren lassen? Er erinnerte sich erleichtert, daß er noch in der Nacht mit der Zentrale in Frankfurt am Main telefoniert hatte.

Er streckte die Zunge heraus und spürte den schlechten Geschmack im Mund. Jemand hatte ihm vorsorglich ein Glas und eine große Flasche Mineralwasser hingestellt. Gierig trank er hintereinander zwei Gläser aus. In der Stirnhöhle fühlte er einen schmerzhaften Druck; zweifellos in Folge des Alkohols, den er nicht mehr so gut vertrug wie einst am Theater, als er noch ein Trinker von barockem Ausmaß gewesen war. Ihn überkam das starke Bedürfnis, sich noch mal auf die Seite zu drehen und den Kater auszuschlafen. Aber das Damoklesschwert des Drehbeginns hing über ihm. Er wollte auf keinen Fall unpünktlich am Drehort erscheinen. Auch wenn es sich nur um diese nichtige Szene handelte, bei der er nichts anderes zu spielen hatte, als regungslos im Koma zu liegen. Niemand sollte ihm die Allüren eines beleidigten Stars nachsagen können.

Vorher mußte er unbedingt ins Hotel: Duschen, die Wäsche wechseln, einen Blick in die Zeitung werfen. Ohne das war er kein Mensch, geschweige denn ein Schauspieler.

Er schaute sich im Zimmer um und erinnerte sich, wo er war. Henrys Familie: Wirklich nette Leute, dachte er. Vielleicht könnte er einen Kaffee bekommen. Einen doppelt starken gegen seine Kopfschmerzen. In die erste Tasse gehörte der

Saft einer ausgepreßten Zitrone. Ein gräßliches Gesöff, aber das war das einzige, was ihm half.

Im Flur hielt er nach der Toilette Ausschau. Die Tür mit der Milchglasscheibe: das mußte das Klo sein. Er folgte seinem dringenden inneren Bedürfnis. Aber wie jeder Mime, der über ein normales Maß an Eitelkeit verfügt, schaute er erst einmal in den Toilettenspiegel. Was er im Spiegel zu sehen bekam, grenzte an ein Wunder. Die Perücke saß noch immer wie angegossen. Er mußte nur ein paar Deckhaare glattstreichen. Tulpe, du bist und bleibst ein Meister deines Fachs!

Ypsilon beugte sich über das kleine Waschbecken. Die Art, wie er sich frisch zu machen pflegte, war die eines notorischen Wasserpanschers. Er krümmte die Hände zu einer Schaufel und schaufelte sich nacheinander heißes und kaltes Wasser ins Gesicht. Die Folge war eine Wasserlache auf dem Steinfußboden. Mit einem Wischtuch, das er in einer Ecke fand, tilgte er notdürftig die Spuren.

Anschließend schaute er ins Wohnzimmer. Dort war niemand. Die gesamte Wohnung schien wie ausgestorben. Die Familie war augenscheinlich ausgeflogen. Auch Henry? Der konnte doch unmöglich gleich wieder Frühdienst haben. Aber wer weiß? Bei dem Mangel an guten Jobs schrecken sie auch in den vornehmsten Häusern vor nichts mehr zurück.

Eine alte Frau mit Kopftuch öffnete die Küchentür und bat Ypsilon schweigend in die große Wohnküche. Dort hatte sie in aller Stille einen reichhaltigen Frühstückstisch gedeckt. Das Angebot übertraf seine kühnsten Erwartungen, wenn es auch nicht seinen Gewohnheiten entsprach. Es gab Obst, Säfte, eingelegten Schafskäse, verschiedene Quarkspeisen, erstklassige Konfitüre und das unvermeidliche Fladenbrot. Aber vor allem starken Kaffee aus einer Silberkanne. Ypsilon war selig. Mit jedem Schluck wich der unangenehme Druck aus der Stirn. Die Welt war wieder in Ordnung.

Gar nichts war in Ordnung! Er hatte kein Geld und

brauchte ein Taxi zum Hotel. Es wäre ein Leichtes gewesen, das Hotel anzurufen. Aber das wollte er nicht. Die brauchten von seinen nächtlichen Eskapaden gar nicht erst Wind zu bekommen. Auch aus Rücksicht gegenüber Henry. Es war dem Hotelpersonal strikt untersagt, auf zu enge Tuchfühlung mit den Gästen zu gehen.

Satt und zufrieden erhob er sich und dankte der Alten mit einer zeremoniellen Verbeugung, die sie würdig hinnahm. Im Flur suchte Ypsilon nach seinem Mantel. In der Innentasche steckte das Handy. Er mußte Ziff anrufen. Sollte der ihm einen Wagen der Firma schicken. Während er die Nummer eintippte, überlegte er es sich anders. Er hatte keine Lust, Ziff gegenüber irgendwelche Erklärungen abzugeben. Dazu war ihr Verhältnis im Augenblick zu gespannt.

»Gute Frau, Sie hören, ich kein Geld, verstehn? Ich brauchen Auto. Auto fahren zu Hotel, brumm, brumm, brumm. Auto, verstehn?« Ypsilon spielte der alten Frau mit Händen und Füßen vor, was er meinte. Die Gute musterte ihn zweifelnd. Sie verstand überhaupt kein Deutsch und das, was Ypsilon da von sich gab, schon gar nicht. Vielleicht dachte sie über jenes unerforschlichen Rätsel nach, warum Deutsche, die Ausländern etwas erklären wollen, in ein infantiles Gestammel verfallen, statt normal zu reden.

Mit optimistischem Schwung kam Henry zur Tür herein, einen Beutel mit frischen Brötchen, Schinken und Eiern in der Hand. »Hallo, Chef, ick dachte, daß Sie auf ein deutsches Frühstück nich verzichten wolln.«

Ypsilon war gerührt. »Sehr aufmerksam von dir, Henry, aber die Zeit drängt. Ich muß ins Hotel.«

»Kein Problem, Chef. Schon angekocht. Mein Onkel bringt uns hin.«

Während der Fahrt in dem uralten Mercedes ging Ypsilon einiges durch den Kopf. Er schaute auf die Uhr. Um zehn war für ihn Drehbeginn. Das war durchaus zu schaffen. Beruhigt zog er ein Tempotuch aus der Tasche und stieß dabei auf etwas Hartes. Natürlich, der Schmuck! Den hatte er ganz vergessen. Wenn es auch nur die Kopie eines Colliers war; die Gräfin hatte einen Anspruch darauf, das gute Stück sofort zurückzuerhalten. Um müßigen Erklärungen oder weiteren kriminalistischen Aufträgen der schrulligen Aristokratin zu entgehen, würde er das Collier dem Empfangschef zur Weitergabe überreichen, und die Sache wäre für ihn erledigt.

Eine ganz andere Frage war, wie es um die Ettlich stand. Der Zusammenbruch an der Bar war hoffentlich nur das Ergebnis einer vorübergehenden Unpäßlichkeit. Die Dame vertrug offensichtlich nichts. Oder es war einfach Streß. Er kannte solche Fälle: Frauen, die der Anspannung nicht gewachsen waren; die dem Erfolgsdruck, der mit einer vielversprechenden Rolle untrennbar verbunden war, nicht standhielten. Der Körper machte nicht mit. Es fehlte ihnen die notwendige Gelassenheit, derartige Situationen souverän zu bewältigen. Das Ergebnis durfte man allabendlich auf dem Bildschirm betrachten. Im Unterschied zu gestandenen Bildschirmgrößen merkte man solchen Schauspielern immer einen Rest von Verkrampfung an. Die Kamera ließ sich nicht betrügen.

Die Ettlich besaß sicher ihre Qualitäten. Aber ob das reichen würde? Na und? Mir kann's egal sein! Ypsilon schmunzelte. Und ihre Qualitäten als Frau? Das wäre zu prüfen. Nur ob das jetzt der richtige Zeitpunkt war? Er verdrängte den frivolen Gedanken. Jedenfalls ging er davon aus, daß die Ettlich pünktlich am Set erschienen war. Soviel Stehvermögen traute er der Kollegin schon zu.

Als der Wagen vor dem Hoteleingang hielt, blieb Ypsilon nichts weiter übrig, als sich bei Henrys Onkel mit warmen Worten zu bedanken. Trinkgeld hätte der Orientale vermutlich sowieso nicht angenommen.

Während er durch die Halle schritt, beschlich ihn ein seltsames Gefühl. Er vermochte sich des Eindrucks nicht zu erwehren, von allen Seiten auf eine merkwürdige Weise angeglotzt zu werden. Überall schienen ihn abschätzige Blicke zu verfolgen. Als er an der Rezeption um den Zimmerschlüssel bat, wandte man ihm sogar den Rücken zu und tat, als stelle man sich taub. Seltsam, er war doch im richtigen Hotel, oder? War das hier nicht das *Meridian*? Ypsilon starrte in die Halle und fühlte sich plötzlich ziemlich alt und ausgelaugt.

20

Auch einem weniger scharfen Beobachter als Timm wäre der klapprige Mercedes aufgefallen, der mit quietschenden Bremsen vor dem *Meridian* zum Stehen kam. Der betreßte Portier machte sich nicht die Mühe, den Schlag zu öffnen, sprang jedoch um so erschrockener herbei, als er den Mann im hellen Trenchcoat gewahrte, der sich aus dem Fond schälte, während auf der anderen Seite unauffällig der Page Henry dem Wagen entstieg.

Timm erkannte den Trenchcoat und die markante Physiognomie des Fernsehkommissars sofort. »Fahr du mal inzwischen in die Keithstraße und erkunde, wo wir diesen Herrn Heu finden«, sagte er zu Schölzel. »Und besorge uns diesen Gottfried Tulpe. Ich habe hier noch ein bißchen zu tun.«

Keineswegs hastig folgte er dem Schauspieler in die Hotelhalle, die er selber vor drei Minuten verlassen hatte. Mit aufgerissenen Augen bemerkte ihn der Concierge, der SN gerade den Schlüssel überreichte und ihm dabei etwas zuflüstern wollte.

Timm wartete höflich, bis der Schauspieler sich umgedreht hatte und seinen leeren Blick durch die Halle schweifen ließ.

»Herr Schulte-Nielsen?« erkundigte sich Timm gemessen.

»Nissen. Schulte-Nissen«, verbesserte ihn Ypsilon pikiert. »Ich bin in Eile.«

Timm wies sich aus. »Kriminalpolizei. Kommissar Timm. Ich würde Ihnen gerne einige Fragen stellen.«

Diesen Satz hatte SN alias Ypsilon wohl einige hundert Mal gesprochen. Dennoch war ihm im Augenblick nicht ganz wohl zumute. Sein Gesichtsausdruck wechselte zwischen Einverständnis und einer nicht zu übersehenden Unruhe. Wie waren die ihm so schnell auf die Sprünge gekommen?

»Ich – äh – verstehe Sie, Herr Kommissar . . . Und ich will Ihnen gerne alle Ihre Fragen beantworten – nur eben möglichst nicht gerade jetzt. Man wartet im Atelier bereits auf mich . . .«

Timm war erstaunt, wie wenig sich dieser gestandene Schauspieler in der Gewalt zu haben schien. »Das glaube ich nicht, Herr Schulte-Nissen«, sagte er burschikos. »Ihr Regisseur hat im Moment ganz andere Sorgen.«

»Ja, vielleicht dürfte ich dennoch erst einmal auf mein Zimmer . . . Ich würde mich gerne etwas frisch machen und umziehen.« SN guckte an dem nicht ganz fleckenlosen Mantel herunter und strich sich über die silberglänzende Perücke. »Mein Maskenbildner wird ohnehin sehr ungehalten sein . . .«

»Ich bin auch etwas in Eile«, meinte Timm friedlich. »Mir wäre es lieber, wir reden sofort miteinander. Würden Sie mir freundlicherweise folgen?«

Ohne sich umzusehen ging er in Richtung Konferenzraum. SN blieb gar nichts anderes übrig, als ihm eilig zu folgen. »Herr Kommissar«, sagte er, als er endlich zu Timm aufgeschlossen hatte, »wie Sie sich vorstellen können, kenne ich das alles ja aus dem Effeff – aber wäre es nicht besser, wir klären das bei mir oben in der Suite. Ich meine –«

Timm reagierte nicht. Er fand es zweckmäßiger, die spürbare Unsicherheit des Mimen auszunutzen und ihm keinen Heimvorteil einzuräumen. Im Konferenzraum, dessen Tür glücklicherweise noch offenstand, ließ er sich wieder in dem Ledersessel nieder und bat Schulte-Nissen, Platz zu nehmen.

»Na, dann erzählen Sie mal«, sagte er und legte seinen Block vor sich auf die Mahagoniplatte.

»Gott, was soll ich Ihnen erzählen, Herr Kommissar . . .« Nervös wühlte SN in der Manteltasche nach einem Taschentuch, fühlte aber nur eine Reihe von kleinen Gegenständen zwischen seinen Fingern, über deren Bedeutung er sich im gleichen Augenblick klar wurde. Mit einem gekünstelten Auflachen zog er das Collier hervor und schob es vor sich auf den Tisch. »Der Zweck heiligt gewissermaßen die Mittel, nicht wahr?«

Timm sah den Mann an, dann den Schmuck, und wieder den Mann. »Ich verstehe kein Wort«, sagte er.

Daran änderte sich nicht viel, nachdem Schulte-Nissen in seiner ausufernden Erzählung von der Gräfin und dem Hochstapler, von dem verschwundenen falschen Schmuck und dem klugen Pagen schließlich bei seinem Besuch in den Spielhöllen Berlins angelangt war. Dennoch ließ er den Schauspieler reden. Um zu erkennen, daß der etwas zu verbergen hatte, brauchte ein Blinder nicht mal einen weißen Stock.

»Das ist doch alles nur Drumherumgerede, Herr Schulte-Nissen!« stellte er schließlich fest. »Was ist denn nun wirklich heute nacht passiert?«

SN, im Zweifel darüber, ob es besser sei, den Kopf schuldbewußt zu senken oder sein Vergehen aufrecht zu gestehen, entschloß sich zu letzterem. »Wenn man eine Rolle so oft gespielt hat wie ich, Herr Kommissar, wird sie einem zur zweiten Natur. Und wenn es um eine gerechte Sache geht . . . Ich fühlte mich quasi als Ihr Kollege. Ganz zwangsläufig habe ich mich der Amtsanmaßung schuldig gemacht . . .«

Er schwieg und sah Timm erwartungsvoll an. »Und weiter?« fragte der verblüfft.

»Weiter nichts. Hier ist der Schmuck. Vielmehr, die Imitation. Ich hoffe, ich darf jetzt gehen. Ich bin natürlich bereit, ein entsprechendes Protokoll zu unterschreiben. Ich kenne ja die Formalitäten des Berufs . . .«

Timm wurde ernst. »Na schön«, sagte er. »Dann wollen wir mal beginnen. Sie heißen Schulte-Nissen . . .«

»Hubertus Schulte-Nissen«, bestätigte SN und griff in die Seitentasche. Aber da steckte kein Ausweis. Diese Scheißkerle hatten ihm nicht nur das Geld und die Kreditkarten geklaut, nein, auch sein Ausweis, der Führerschein und sämtliche Papiere fehlten!

»Ich bin ausgeraubt worden«, sagte er hoheitsvoll. »Ich kann nicht einmal meine Identität nachweisen!«

Der Kommissar vernahm es mit Verwunderung. »Davon haben Sie ja noch gar nichts gesagt.«

Wieder begann SN mit einer umständlichen Schilderung seiner nächtlichen Abenteuer, diesmal die Currywurstbude und den freundlichen Polizisten betreffend, der seine Aussagen bestätigen könne.

Allmählich verlor Timm die Geduld. »Jetzt wollen wir mal endlich zu dem kommen, was mich interessiert, Herr Schulte-Nissen«, unterbrach er dessen Redestrom.

SN war konsterniert. Worauf war dieser seltsame Kommissar aus? »Wollen Sie damit sagen, daß Sie dieser dreiste Raub gar nicht interessiert?« fragte er mit erhobener Stimme.

Darauf ging Timm nicht ein. Ebenso laut fragte er zurück: »Wann haben Sie Ihre Kollegin Eva Ettlich zum letzten Mal gesehen?«

»Das ist ja wohl – !« SN besann sich und fuhr beleidigt fort: »Meinen Sie das beruflich oder privat?«

Timm hob die Augenbrauen. »Macht das einen Unterschied?«

»Natürlich. Beruflich hat sie mich gestern vormittag aus dem Landwehrkanal geborgen.«

»Und privat?«

»Privat haben wir im Kollegenkreis gestern abend ein bißchen gefeiert.«

»Können Sie das ein bißchen genauer schildern?«

»Nun, wir saßen alle zusammen in der Bar und stießen auf unsere weitere gute Zusammenarbeit an.«

Timm griff in seine Jackentasche und legte eine bunte Zeitung vor sich auf die polierte Platte. »In der Presse liest sich das mit der Zusammenarbeit ein wenig anders, Herr Schulte-Nissen ...«

»Was diese Schmieranten sich ausdenken, das glauben die doch selber nicht«, sagte SN verächtlich, reckte aber doch den Hals, um die Überschrift zu lesen. »Eva Ettlich ist eine von uns allen sehr geschätzte Kollegin. Nicht mehr und nicht weniger.«

Timm blätterte das Blatt auf und las vor: *»Es wird Zeit, im deutschen Fernsehkrimi die Perücken zu entstauben.«*

Er schob SN das Blatt zu. »Lesen sie selbst.«

SN starrte auf die Zeitung. Ohne Brille konnte er nur die Titelzeilen lesen. Und Evas Gesicht war groß genug. War er die nasse Figur am Kanalufer? Er hielt das Blatt ein wenig weiter weg. *Exklusiv-Interview unserer Reporterin Klaudia Kox.*

»Diese Giftkröte!« entfuhr es ihm.

»Also doch keine von allen sehr geschätzte Kollegin?« erkundigte sich Timm.

»Wie?« SN verstand nicht sofort, beeilte sich dann aber zu sagen: »Ich meine selbstverständlich diese Journalistin! Schon gestern hat sie mir das Wort im Munde umgedreht.«

»Es scheint doch unzweifelhaft, daß Frau Ettlich gewissermaßen Ihre Rivalin war, Herr Schulte-Nissen.«

SN richtete sich zu seiner vollen Größe auf. »Herr Kommissar! Sie mögen ja etwas von Kriminalistik verstehen. Aber nicht von der Schauspielerei. Frau Ettlich und ich – das ist ein Gegensatz wie Feuer und Wasser. Sie ist ein neues und höchst interessantes Gesicht in der Serie. Auf die Dauer ist da natürlich nur für einen von uns Platz. Das wird sie früher oder später erfahren. Schade. Sie scheint leider auch körperlich etwas labil zu sein ...«

Timm horchte auf. »Woraus schließen Sie das?«

»Nun, gestern abend – wir haben nur ein paar Gläschen Champagner konsumiert. Und sie ...« Er machte eine bedauernde Handbewegung. »Wir mußten sie in einen Nebenraum bringen. Ich hoffe, es geht ihr heute wieder besser.«

»Haben Sie später noch einmal nach ihr geschaut?«

SN war befremdet. »Weshalb? Glauben Sie, ich hätte es nötig, die Hilflosigkeit einer Frau auszunutzen?«

»Sie mißverstehen mich. Es ging Frau Ettlich doch offensichtlich schlecht. Da hätte es nahegelegen, sich um sie zu kümmern.«

»Hören Sie, Herr Kommissar, ich bin kein Arzt! Jeder muß selbst wissen, was er verträgt. Und jetzt muß ich bitte dringend ins Atelier. Sie entschuldigen mich.«

Schulte-Nissen erhob sich gravitätisch. Timm lehnte sich in seinem Sessel zurück und wartete, bis der Mime die Tür erreicht hatte. Dann sagte er beiläufig: »Ich glaube, der Drehtag fällt heute aus.«

Mit einem Ruck wandte sich SN um. »Weshalb sollte er?«

Timm, die Arme aufgestützt und das kräftige Kinn auf die übereinandergelegten Hände gebettet, beobachtete ihn und sagte nach einer langen Pause: »Weil Eva Ettlich das gestrige Trinkgelage nicht überlebt hat.«

21

In den Seitenstraßen der Berliner City-West, in unmittelbarer Nähe der langsam dahinrottenden Renommiermeile, findet man neben glanzvollen Hotels und gutbürgerlichen Hotelpensionen mitunter Etablissements, die wegen ihres heruntergekommenen Zustands an den Charme vergangener Zeiten erinnern. Trotzdem werden sie von einer bestimmten Klientel regelmäßig frequentiert. Der Vorteil liegt auf der Hand. Man kommt vergleichsweise billig unter und ist nahe genug am pulsierenden Großstadtleben.

Aus diesen Gründen war *Telemania*-Ziff aus München in der kleinen Pension *Sissi* abgestiegen. Die Luft des Zimmers, vom Fußschweiß und Zigarettenrauch unzähliger Ziffs geschwängert, machte einen mehr als traurigen Eindruck. Eine winzige Dusche, ein abgetretener Teppich, vergilbte Tapete. Aber was soll's? Die Pension lag verkehrsgünstig und war vor allem billig. In Anbetracht seiner angespannten pekuniären Lage war ihm das am wichtigsten. Denn in Berlin eine feste Wohnung zu nehmen – dazu war für ihn die Situation doch zu unsicher.

Na, wenigstens der Kaffee ist hier ausgezeichnet, stellte er beim Frühstück zufrieden fest. Kein Wunder, die Chefin kam, soviel er wußte, aus Wien.

Beim Studium der Morgenblätter mußte er allerdings eine weniger erfreuliche Feststellung machen. Als er das führende Skandalblatt zur Hand nahm, fiel sein Blick auf das Kox-Interview mit der Ettlich. Während er es las, kam ihm buchstäblich der zuvor genossene Kaffee hoch. Erbittert las er von den *zu entstaubenden Perücken*. Das war eine volle Breitseite gegen SN, mit dem er nun mal verbandelt war – wenn auch enger, als ihm im Augenblick lieb war. Würde SN endgültig ausgebootet, konnte es auch ihn erwischen. Geriet er erst einmal in den Sog, würde er mit samt der *Telemania* gnadenlos untergehen. Wer garantierte ihm denn, daß sich Hochgelder an die Abmachungen hielt? Wie, wenn die Sache nicht nach vereinbartem Drehbuch verlief? Dem Mann war nicht zu trauen. Dieser Hochgelder würde ihn wie eine heiße Kartoffel fallenlassen. Erst jetzt, im Nachhinein, wurde ihm das so richtig klar.

Ziff griff hektisch nach dem Handy. Er mußte sofort etwas unternehmen, soviel stand fest. Er mußte gegensteuern, bevor die Produktion den Bach herunterging. Die Ettlich mußte entgegen Hochgelders Weisung sofort und nicht erst später aus dem Verkehr gezogen werden. Aber wie?

Er schaute auf die Uhr und überlegte. Es war höchste Zeit, mit SN zu reden. Er mußte ihn warnen, ihn womöglich in den Deal mit Hochgelder einweihen. Wenigstens zum Teil. Vielleicht hatte SN die Schmiererei dieser Kox auch schon gelesen. Die Frage war, wann SN zu drehen anfing.

Ziff rief das Studio an. Was er von dort zu hören bekam, verwirrte ihn vollends. SNs Drehtermin war auf zehn Uhr angesetzt. So weit, so gut. Als er jedoch vom Aufnahmeleiter erfuhr, daß die Ettlich, obwohl sie längst hätte drehen müssen, überhaupt noch nicht am Set erschienen war, platzte ihm der Kragen: »Ich will sofort den Regisseur sprechen! Was ist los? Wo ist der? Ins *Meridian* gefahren? Ja, seid ihr denn alle verrückt geworden?!« Er hatte derart ins Handy gebrüllt, daß sich die Pensionsgäste an den Nebentischen mißbilligend nach ihm umdrehten.

Ziff mußte um das ganze Karree laufen, um an seinen 5er-BMW heranzukommen. Während er in Richtung Westen fuhr, ging ihm plötzlich ein Seifensieder auf. Wie hatte er sich von diesem Hochgelder nur so kleinkriegen lassen? Und von diesen kleinkarierten Bankerseelen. In Wahrheit war SN doch sein bestes Pferd im Stall. Nur zusammen mit ihm konnte er bestehen. Ohne SN war die ganze *Telemania* ein Nichts.

Hochgelders Seifenoper-Angebot: eine glatte Frechheit! Und alles angeblich aus Altersgründen. Ein absoluter Schwachsinn war das. Schließlich war SN noch immer eine Identifikationsfigur von hohen Graden und ein herrlicher Mime obendrein. Vor allem die älteren Zuschauer liebten ihn. Und auf die kam es ebenso an. Auch was die Werbung betraf. In der Werbewirtschaft hatte doch längst ein Umdenken begonnen. Die Alten waren als zahlungskräftige Zielgruppe ins Visier geraten. Und schließlich gab es ja noch andere Sender als den des Herrn Hochgelder. Die Konkurrenz schlief schließlich nicht.

Im *Meridian* angekommen, erkundigte sich Ziff an der Rezeption nach Schulte-Nissen. Man gab sich auffällig bedeckt. Erst nach einigem Zögern wies der Concierge einen Pagen an, den Herrn Ziff in den Konferenzraum zu Herrn Kriminalkommissar Timm zu führen.

Ziff bekam einen kleinen Schreck, war jedoch gefaßt genug, sich nichts anmerken zu lassen. Ihm schwante nichts Gutes. Was wollte ein echter Kriminalkommissar von SN? Oder hatte ihn etwa die Steuerfahndung am Arsch? Das fehlte gerade noch, dachte Ziff. Dann bin ich auch geliefert.

Der Hotelangestellte öffnete die Tür zum Konferenzraum und kündigte »einen Herrn Ziff« an. Drinnen entdeckte Ziff einen sichtlich bedrückten SN, der tief in einen Clubsessel gerutscht war. Ihm gegenüber, in vorgebeugter Haltung, saß ein kräftiger, gutaussehender Mann. Anscheinend der besagte Kommissar Timm.

»*Spät kommt Ihr – doch Ihr kommt.* Schiller, Piccolomini«, kommentierte SN Ziffs Auftritt mit verkniffenem Grinsen. Er straffte seine Gliedmaßen und nahm eine aufrechte Sitzhaltung ein.

»Besser spät als nie«, konterte Ziff schlagfertig.

»Setzen Sie sich bitte, Herr Ziff.« Timm wies auf einen freien Sessel.

»Danke, ich stehe lieber«, sagte Ziff und blieb auf Distanz.

»Ich bin Kommissar Timm. Ich leite hier die Ermittlungen . . .« Weiter kam Timm nicht, da SN nicht länger an sich halten konnte: »Wo treibst du dich herum, Ziff? Ich denke, du bist in München. Dabei sitzt du seelenruhig hier in Berlin! Gestern hätte ich dich dringend gebraucht. Aber nun ist alles zu spät. Jetzt kannst du bleiben, wo der Pfeffer wächst!«

»Aber SN, hast du dieses Interview mit der Ettlich gelesen?«

»Ach was, Interview. Das kannst du voll vergessen, Ziff. Darum geht es doch gar nicht mehr. Das ist Schnee von gestern.«

»Du scheinst nicht zu begreifen, was der Beitrag in diesem Blatt für uns bedeutet . . .«

»Bevor die Herrn anfangen sich zu streiten, möchte ich doch . . .« Schulte-Nissen überhörte Timms Einlassung schlichtweg und redete ungebremst weiter: »Du bist hier derjenige, der nichts begreift, Ziff. Aber auch gar nichts!«

»Aber SN, wir wollen uns doch vor dem Herrn Kommissar nicht streiten, oder?«

»Das finde ich auch, meine Herren, und deswegen möchte ich . . .«

Wiederum schnitt SN dem Kommissar das Wort ab: »Sprich dich nur aus, Ziff! Erzähl' mir, was du hinter meinem Rücken mauschelst.« Die letzten Worte preßte er zwischen den Zähnen hervor.

Timm sah, daß er im Moment kaum Chancen hatte, sich in den Dialog der Männer einzuschalten und lehnte sich amüsiert in den Sessel zurück. Vermutlich war es aufschlußreicher, den beiden Kampfhähnen zuzuhören, als ein Machtwort zu sprechen.

»Ich mauschele nicht hinter deinem Rücken, SN. Ganz im Gegenteil. Ich habe versucht, das Schlimmste für dich abzuwenden. Ich werde dir jetzt die Wahrheit sagen. Ich war gestern hier, hier in diesem Hotel, genauer gesagt: im alten Rauchsalon. Ich habe mit Hochgelder und den Leuten von der Bank verhandelt. Sie haben mir die Pistole auf die Brust gesetzt. Entweder ich lasse dich fallen und du fliegst aus der Serie, oder die Firma geht baden und ich bin erledigt. Aber da hatten sie sich verrechnet. So etwas mache ich nicht! Du bist mein Partner, SN. Schließlich steckt dein Geld ebenso . . .« Er stockte. Hatte er im Angesicht des Kommissars einen Satz zuviel gesagt?

»Sprechen Sie ruhig weiter, Herr Ziff«, ermunterte ihn Timm.

Ziff geriet ins Stottern: »Ich, ich habe mich nicht ins Bockshorn jagen lassen, SN. Stattdessen habe ich geblufft. Ich habe denen erklärt, daß *uns* die Rechte am Namen *Kommissar Ypsilon* gehören. Und daß wir damit jederzeit zur Konkurrenz gehen können. Die haben vielleicht dumm aus der Wäsche geguckt! – So war das, SN.« Ziff log, doch er tat es im Sinne einer höheren Wahrheit, die objektiv den Interessen Schulte-Nissens weitaus mehr entsprach – und natürlich auch den seinen.

SN ließ sich nicht davon beeindrucken. Auf seiner Stirn trat eine Ader hervor und schwoll bedrohlich an – ein sicheres Zeichen, daß der Mime dabei war, die latente Wut, die er gegen Ziff und gegen diese ganze abscheuliche Intrige empfand, in einen furiosen Wutausbruch zu verwandeln, bei dem die Grenze zwischen privatem Gefühl und Schauspielkunst dahinschmolz. In solch theatralischen Momenten produzierte SNs geübte Stimme Töne, gegen die das Grollen des Donnergottes Wotan bei den Bayreuther Festspielen ein glatter Scheißdreck war.

»Was zahlt er dir dafür, daß du seine Bettgenossin zu meiner Nachfolgerin machst?« Mit großer Geste sprang er auf, streckte den rechten Zeigefinger empor und ließ ihn vor Ziffs Nase tanzen. »Wie heißt doch Grillparzers berühmtes Lustspiel?! *Weh dem, der lügt!*«

»Brüll mich nicht an, SN. Du bist auf dem falschen Dampfer. In Wahrheit will Hochgelder die Ettlich loswerden. Er will sie abschieben, an einen anderen Sender verkaufen. So sieht's aus.«

SN ließ sich schnaufend in den Sessel zurückfallen. »Na, das braucht er ja nun nicht mehr«, sagte er in normaler Lautstärke.

Irritiert erkundigte sich Ziff: »Wie soll ich das verstehen?«

»Die Ettlich ist heute in den frühen Morgenstunden verstorben«, antwortete Schulte-Nissen fast tonlos.

»Wie bitte?« Ziff glaubte nicht richtig gehört zu haben.

»Sie ist tot, mausetot.«

Diese Nachricht ließ nun auch Ziff in den Sessel niedersinken. Im gleichen Augenblick piepte das Handy in seiner Tasche.

»Tja, meine Herrn, das war sehr aufschlußreich. Ich danke Ihnen für das Gespräch«, bemerkte Timm furztrocken und stand auf. »Ich darf Sie bitten, mich zur Dienststelle zu begleiten, wo wir ein Protokoll aufnehmen werden.«

»Ich muß sofort ins Studio!« behauptete Ziff und fingerte an seinem Handy herum.

»Dann lassen Sie jetzt bitte das Telefon in Ruhe und sagen mir, wann Sie gestern abend das *Meridian* verlassen haben.«

»Gegen elf. Der Portier kann das bestätigen.«

»Sie waren nicht in der Bar?«

»Natürlich nicht!« mischte sich SN ein. »Er hatte allen Grund, mir aus dem Weg zu gehen.«

Timm reichte Ziff seine Karte und ließ ihn ziehen. »Halten Sie sich bitte zu unserer Verfügung«, sagte er. »Und melden Sie sich heute nachmittag in der Keithstraße.«

»Und ich?« empörte sich SN. »Darf ich mich wenigstens umziehen und einen Menschen aus mir machen?«

Der Kommissar musterte ihn kritisch, und SN, keineswegs ohne Sinn für die Komik der Situation, fügte theatralisch hinzu: »Ich bin in zehn Minuten zurück. Darauf haben Sie mein Wort als Fernsehkommissar!«

Timm griente zustimmend. »Ich habe noch etliche Fragen an Sie, Herr Schulte-Nissen.« Zum Beispiel die, dachte er dabei, woher Sie wissen, daß die Ettlich in den frühen Morgenstunden gestorben ist. Ich habe davon kein Wort gesagt.

SN schwebte mit wehendem Mantel die Freitreppe empor.

22

Klaudia Kox hatte in den letzten Jahren gelernt, in jeder Situation mit dem Schlimmsten zu rechnen, doch manchmal vergaß sie es. Als sie aus ihrem Twingo stieg, bemerkte sie das Unheil, noch bevor Martin Bongard sich auf seine umständliche Art aus dem Wagen gequält hatte. Quer über den Parkplatz schritt Hubertus Schulte-Nissen auf sie zu, begleitet von einem gut aussehenden Mann, auf den Klaudia ihr Augenmerk konzentriert hätte, wäre nicht der Blick des Schauspielers im gleichen Augenblick auf sie gefallen.

»Da ist ja die Unselige!« rief er aus und wies anklagend auf Klaudia. »Was haben Sie sich eigentlich dabei gedacht?«

Vergebens hielt Klaudia Ausschau nach einer Deckung, und ebenso vergebens kramte sie in ihrem Gedächtnis nach einer glaubwürdigen Ausrede. Es fiel ihr nichts weiter ein, als fröhlich mit der Hand zu wedeln. »Hallo, Herr Schulte-Nissen. Waren Sie nicht zufrieden mit meinem Beitrag?«

Was für eine Frage! Aber sie scheute sich, die Schuld einfach auf Lucius zu schieben. Kein Mensch würde ihr das abnehmen. Schließlich stand ihr Name unter Lucius' knalligen Schlagzeilen. Was auch immer der in ihren Texten verballhornt hatte – vor Schulte-Nissen und der Ettlich trug ganz alleine Klaudia Kox die Verantwortung für jedes Wort.

»Es war mein letztes Interview«, sagte Schulte-Nissen hoheitsvoll, wurde sich jedoch im gleichen Moment des Doppelsinns seiner Äußerung bewußt und fügte hinzu: »Jedenfalls für Ihr Wurstblatt!«

Klaudia konnte nicht anders: Sie lächelte ihn an und meinte ein bißchen auch den schwarzhaarigen Athleten an seiner Seite, der den Dialog mißbilligend verfolgte.

Martin erwies sich in dieser Situation als eine schwache

Hilfe. Steif wie ein Brett verharrte er neben dem Twingo, als sei er der Chauffeur, der zufällig auf die falsche Wagenseite geraten war. »Wissen Sie was, Herr Schulte-Nissen?« sagte Klaudia munter. »Ich schreibe Ihnen ein piekfeines Porträt, und das verkaufen wir an eine der großen Fernseh-Illustrierten. Einverstanden?«

SN wackelte mit dem Kopf wie ein alter Mann. Er wußte nicht, was er auf soviel Unverschämtheit antworten sollte, konnte andererseits aber nicht leugnen, daß ihm diese kesse Person noch immer gefiel. Wenigstens war sie nicht feige.

»Ich habe jetzt etwas anderes zu tun«, sagte er und blickte seinen Begleiter an wie ein guterzogenes Hündchen seinen Herrn.

Klaudia musterte den Mann, der in ihrem Alter sein mochte. Vielleicht ein bißchen jünger. War das irgendein Oberfuzzi vom Fernsehen?

Martin wußte es besser. »Berufskollegen unter sich?« fragte er verständnisvoll. Er erinnerte sich, dem Kommissar im Zusammenhang mit einigen mysteriösen Todesfällen im Friedrichstadtpalast begegnet zu sein. »Sie sind Kommissar Timm, nicht wahr?«

Timm nickte ihm kühl zu. Die Presse, und noch dazu diese Zeitung, hatte ihm gerade noch gefehlt. »Kommen Sie, Herr Schulte-Nissen«, sagte er. »Bringen wir es hinter uns.«

Klaudia guckte verblüfft. Wenn das ein Bulle war, dann der bestaussehendste, der ihr je über den Weg gelaufen war. Weshalb zog Schulte-Nissen wie ein begossener Pudel neben dem her? Und bevor sie den Gedanken zu Ende gebracht hatte, entfuhr es ihr: »Sind Sie verhaftet?«

Schulte-Nissen hob die Schultern. Martin schaltete erstaunlich schnell und riß die Kamera hoch.

Ärgerlich wandte sich Timm zur Seite. »Bitte, keine voreiligen Äußerungen, Herr Schulte-Nissen.« Und an Martin gewandt: »Und Sie unterlassen bitte das Fotografieren.«

»Als bekannter Schauspieler ist Herr Schulte-Nissen eine Person öffentlichen Interesses«, schaltete sich Klaudia ein. »Können Sie uns sagen, was man Ihnen vorwirft?«

SN schüttelte entnervt den Kopf. »Absolut nichts. Es handelt sich lediglich um eine sehr traurige – – –«

»Kein weiterer Kommentar, bitte!« donnerte Timm, griff nach SNs Ärmel und wollte ihn mit sich zerren.

Unaufhörlich fotografierend stellte sich Martin den beiden in den Weg. »Was ist denn Aufregendes passiert? Gucken Sie bitte in meine Richtung, Herr Ypsilon . . .«

Timms Wangenknochen traten hervor. »Hören Sie endlich auf mit dem Zirkus!« herrschte er Martin an. »Herr Schulte-Nissen begleitet mich zu einer Zeugenaussage. Mehr nicht.«

»Okay.« Martin senkte die Kamera und erklärte Klaudia lauthals die näheren Umstände. »Es muß sich um eine verschwundene Person handeln oder um eine, die eines unnatürlichen Todes gestorben ist. Dafür ist der Kommissar Timm zuständig.«

Am liebsten hätte ihn Timm in der Luft zerrissen.

»Wer ist verschwunden?« fragte Klaudia auch noch scheinheilig. »Dürfen Sie uns das wenigstens mitteilen?«

»Oder hat es Tote gegeben im *Meridian*?« wollte Martin wissen. »War das die traurige Nachricht?«

Timm wußte, wie unsinnig es war, die Information noch weiter zurückzuhalten. In spätestens drei Minuten erfuhren die beiden es in der Hotelhalle sowieso. Dennoch sagte er gnatzig: »Wenden Sie sich bitte an unsere Pressestelle!«

Für einen Augenblick hatte er zu wenig auf SN geachtet, mit dem sich Martin blitzschnell ins Einvernehmen gesetzt hatte.

»Eva Ettlich ist heute morgen im Hotel verstorben«, sagte der Mime mit Leichenbittermiene und duckte sich doch ein wenig, als erwarte er einen Schlag von Timm. Der hätte liebend gerne zugehauen, doch er bezwang sich.

»Halten Sie Ihr Blatt nachher nicht so schräg«, riet er den beiden sogenannten Journalisten mit galligem Humor. »Sonst läuft Ihnen das Blut über die Finger.«

Klaudia schenkte ihm ihr bezauberndstes Lächeln. Das hatte bis jetzt auf jeden gewirkt, auf den es ihr ankam.

Der Kommissar war ein Stiesel. Er wandte sich wortlos um und griff nach Schulte-Nissens Arm. Martin schoß ein weiteres Foto.

Fünfzig Minuten später hatte Klaudia viel von ihrem aufgesetzten Optimismus eingebüßt. In ihrem Leben gab es öfter Stunden, in denen sie ihren Job verfluchte. Martin merkte ihr die Mißstimmung an. Erst in buchstäblich letzter Minute gelang es ihm, am Hinterausgang des Hotels wenigstens eine Fotoserie vom Abtransport der Leiche zu schießen. Das war so ziemlich das einzige brauchbare Ergebnis ihrer gemeinsamen Recherchen im *Meridian*. Den Hotelbediensteten brauchte kein gesondertes Schweigegebot auferlegt zu werden. Diskretion gehörte zum Beruf. Selbst Martins allzu plumpe Drohung, dieses Gehabe rieche verdammt nach versteckter Mitwisserschaft, zeitigte keinerlei Erfolge. Die Herren an der Rezeption hüllten sich in Stillschweigen und verwiesen auf die Hoteldirektion, die nicht zu sprechen war. Als Martin daraufhin lauter murrte, tauchte aus dem Hintergrund ein kräftig gebauter Mensch im grauen Anzug auf, der ihn höflich, aber sehr bestimmt des Hauses verwies.

Zum Glück hatte sich Klaudia gerade zu einer Tasse Kaffee an einem der Tische in der Lobby niedergelassen und tat, als gehöre sie nicht zu Martin. Sollte der gefälligst mit seiner eigenen Dämlichkeit fertigwerden. Der Concierge schickte einen langen Blick herüber, ließ sie aber in Frieden ihren Kaffee trinken.

Sie schlug die Beine übereinander und tat, als konzentriere sie sich ausschließlich auf ihr Getränk. Dabei hoffte sie natürlich auf irgendeinen Zufall. Er mußte ja nicht gleich Johnny Whitehouse heißen. Der Maskenbildner Tulpe wäre ihr jetzt beispielsweise recht gewesen. Den hatte sie mit dem SN-Interview anscheinend tödlich gekränkt, aber sie fühlte sich sicher im Umgang mit Männern seiner Art. Tulpe würde eine Weile zicken und dann reden wie ein Wasserfall. Immerhin hatte es die verhaßte Nebenbuhlerin seines angebeteten SN getroffen. Ob der gutaussehende Kriminalkommissar etwas von Tulpes tiefer Abneigung gegen Eva Ettlich wußte?

Bis jetzt schien überhaupt nicht klar, was der Ettlich widerfahren sein mochte. Die Geheimnistuerei der Hotelleute wollte nicht viel besagen. Denen war jeder Tote unabhängig von der Todesursache gleichermaßen unsympathisch. Und die Leiche eines gerade zum zweiten Mal aufgehenden Fernsehsterns erst recht. So etwas schadete angeblich dem Renommee. In Wirklichkeit erhöhte es nur den Zulauf. Aber darauf war das *Meridian* nicht angewiesen.

Immerhin untersuchte dieser Kommissar Timm *unnatürliche Todesfälle.* Das war ein Ansatzpunkt. Eva Ettlich war also nicht einfach *gestorben.* Klaudia überlegte, wieviel Zeilen Lucius ihr wohl für einen Nachruf und darin für die Ost-Vergangenheit der Ettlich zugestehen würde. Es kam sicher darauf an, wie geheimnisvoll dieser Todesfall wirklich war.

Mit federnden Schritten kam ein junger Mann die Freitreppe herunter. Den schickte ihr der Himmel! Sie stand auf und traf am Fuß der Treppe mit ihm zusammen.

»Kann ich Sie einen Augenblick sprechen?«

Igor Nowitschenko schien unsicher, wie er reagieren sollte. »Wegen meiner Vorstellung gestern?« fragte er.

»Auch«, entgegnete Klaudia diplomatisch, aber wohl nicht vorsichtig genug. Seine Miene verschloß sich, noch bevor sie ihre Frage nach Herrn Tulpe ausgesprochen hatte.

»Ich kenne niemand. Ich bin erst wenige Wochen hier.«

Und schon war er an ihr vorbei, warf seinen Schlüssel auf die Rezeption und verschwand nach draußen.

Diesmal enthielt der Blick des Concierges, den sie auffing, eine deutliche Warnung. Lächelnd winkte sie zurück und setzte sich wieder zu ihrem Kaffee.

Nach einiger Zeit verließ der Page den Aufzug, dem sie den Tip mit Tulpe in der Bar verdankte. Auch er erkannte sie sofort und sah durch sie hindurch. Er trug eine gelblederne Reisetasche und führte ein kaum sichtbares Tier an der Leine. Dem durchdringenden Geräusch nach, das der spärlich behaarte Winzling ausstieß, eine Art Hund. Das voluminöse Frauchen folgte auf dem Fuße.

Klaudia sah sich nach der Bedienung um. Die war natürlich nicht zu sehen. Sie deponierte einen Zehnmarkschein auf der Untertasse und erhob sich. Leider würde es diesmal wenig Zweck haben, in die Bar zu gehen. Die schöne Bardame konnte nicht noch immer oder schon wieder im Dienst sein und sie ein drittes Mal abblitzen lassen.

Draußen war der Page damit beschäftigt, den Zwerghund samt Riesendame in einem Taxi zu verstauen. Sein Trinkgeld hatte er wohl schon weg, denn er grüßte dem abfahrenden Wagen beinahe ehrerbietig hinterdrein.

Klaudia stellte sich ihm in den Weg. »Was ist mit Eva Ettlich passiert?« fragte sie leise und ließ dabei einen größeren Schein sehen als sie drinnen hinterlassen hatte.

Henry schaute an ihr vorbei auf den betreßten Portier. Dessen Aufmerksamkeit schien abgelenkt. »Sie wissen doch, wir dürfen keine Informationen weiterjeben«, sagte er. Sein Zögern ließ sie hoffen. »Sie is heute morgen tot aufgefunden worden. Mehr weiß ick wirklich nich.«

Sie schob ihm den Schein zu. »Und weshalb ist Schulte-Nissen verhaftet worden?«

Henry schien ehrlich bekümmert. »Das versteh' ick auch nich. Er war heute nacht gar nich im Hotel.«

Der Portier wandte sich um. Henry reagierte sofort und schwenkte auf den Eingang zu. Klaudia hielt ihn am Ärmel zurück, ließ jedoch sofort los, weil im gleichen Augenblick der kompakte Mensch im grauen Anzug im Eingang auftauchte, der Martin rausgeschmissen hatte. Er würdigte den Pagen keines Blickes, sondern kam direkt auf sie zu.

»Dürfte ich Sie einen Augenblick sprechen?«

Er hatte etwas an sich, das Klaudia verbot, ihn allzu ernst zu nehmen. »Sie dürfen«, sagte sie hoheitsvoll.

Der Hoteldetektiv – denn was konnte er mit der Figur und diesem Gesichtsausdruck anderes sein? – machte keine Anstalten, ins *Meridian* zurückzukehren. Wollte er sie hier auf der Straße abfertigen? Da hatte er sich verrechnet. Nonchalant ging sie auf die automatische Tür zu. »Darf ich Sie zu einem Kaffee einladen?« bot sie ihm dabei an.

Er zögerte, folgte ihr aber brav zu einem Tischchen im Hintergrund der Lobby. Diesmal war die Bedienung sofort da. »Zwei Kaffee!« bestellte er mit erhobener Stimme, und fügte leise hinzu: »Die gehen auf's Haus, bitte.«

Die junge Serviererin blinzelte Klaudia über seinen Kopf hinweg zu und verschwand.

»Mein Name ist Gröbke. Ich bin der Security-Manager des Hauses.«

Klaudia nickte höflich und nannte Namen und Redaktion, was Gröbke zu befriedigen schien. »Ich wußte, daß Sie von der Presse sind«, sagte er. »Unser Haus legt größten Wert auf eine vertrauensvolle Zusammenarbeit mit den Medien, soweit diese sich um eine korrekte Berichterstattung bemühen . . .«

Er verstummte, und Klaudia blickte ihn lächelnd an. »Das Problem liegt ausschließlich bei Ihnen. Uns wurde jede Art von Information zum Ableben der Frau Ettlich verweigert.«

Gröbke sah sich furchtsam um, ob auch niemand diese Äußerung wahrgenommen hatte. »Wir wissen bis jetzt nur, daß sie in der vergangenen Nacht – nun ja – verstorben ist . . .«

»Plötzlich und unerwartet.« Klaudia sah ihn spöttisch an. »Wo ist sie denn gestorben? In ihrem Zimmer? War sie alleine? Hatte sie getrunken, Tabletten geschluckt, Drogen? Gibt es Hinweise auf einen Suizid? Einen Abschiedsbrief vielleicht?«

Gröbke richtete sich kerzengerade auf vor Schreck. »Wie kommen Sie denn auf alle diese Vermutungen? Wahrscheinlich ist sie einem Herzschlag erlegen . . .«

Klaudia nickte. »Deswegen die Ermittlungen der Kriminalpolizei und die vorläufige Festnahme Schulte-Nissens«, stellte sie trocken fest.

Der Security-Manager hätte sicherlich zu einer größeren Suada angesetzt; die Serviererin mit dem Kaffee störte jedoch. Erst nachdem sie wieder enteilt war, sagte Gröbke: »Also gut. Ich bin bereit, Ihnen mit einigen Auskünften zu dienen. Allerdings erwarten wir dann auch von Ihrer Seite ein gewisses Entgegenkommen . . .«

Klaudia goß Sahne in ihren Kaffee und wartete.

»Wir stellen uns vor, man müsse nicht unbedingt erwähnen, in welchem Berliner Hotel Frau Ettlich . . . das Zeitliche gesegnet hat.«

Das war zu überlegen. Klaudia blies die Backen auf und dachte nach. So etwas hing nicht von ihrer Entscheidung ab, aber soviel hatte sie längst gelernt: Einem potentiellen Informanten jede Art von Zusage machen. Den Rest regeln die Anwälte.

»Einverstanden«, sagte sie. »Ich werde versuchen, meinen Chefredakteur davon zu überzeugen.«

Gröbkes Gegenleistung klang wenig versprechend. Bei einem harmlosen Umtrunk mit Kollegen in der Bar hatte Eva Ettlich anscheinend einen Schwächeanfall erlitten und war im Verlauf der Nacht in einem Ruheraum verstorben.

»Das ist alles?«

Gröbke nickte.

»Und wer waren die Kollegen? Schulte-Nissen, dessen

Rolle sie übernehmen sollte? Vielleicht noch andere Neider oder Neiderinnen?«

Gröbke wehrte ab. »Davon ist mir nichts bekannt.«

»Ich brauche Namen«, forderte Klaudia nüchtern. »Meinetwegen auch Vermutungen oder Gerüchte. Die kann man ruhig als solche bezeichnen. Wir müssen unseren Lesern was anbieten. Eva Ettlich war eine attraktive Frau. Da gibt es immer irgendwelche Affären, Liebschaften, Konkurrenzkämpfe . . .«

Der Security-Manager schwieg lange. Dann sagte er leise: »Gestern saßen einige Herren vom Fernsehen beieinander. Eventuell ging es dabei um diese Ypsilon-Serie . . .«

»Interessant. Und wer waren diese Herren?«

»Der Produzent beispielsweise.« Gröbke bewegte kaum die Lippen, während er sprach. »Und ein hohes Tier vom Sender. Ein gewisser Hochgelder.« Er sah Klaudia an. »Sollte jemand erfahren, woher diese Informationen stammen . . .«

Klang das wie eine Drohung? Träumerisch guckte Klaudia an dem Mann vorbei. »Ich weiß von nichts . . .«, sagte sie, und ihr fiel ein, daß die Ettlich noch gestern in einem halben Nebensatz ihre guten Verbindungen zur Chefetage des Senders angedeutet hatte. Martin hatte ihr die Namen der zuständigen Herren genannt.

»Seien Sie unbesorgt. Keiner wird vermuten, daß ausgerechnet Sie mir etwas über Eva Ettlich und Hartmut Hochgelder erzählt haben. Waren die beiden öfter zusammen hier im Hotel?«

Gröbkes Wangenmuskeln traten hervor. »Ich hoffe, wir verstehen uns«, sagte er und erhob sich. »Unser Gespräch hat niemals stattgefunden.«

»Sie haben meine letzte Frage nicht beantwortet.« Klaudia sah ruhig und abwartend zu ihm auf.

»Ich habe den beiden nicht die Lampe gehalten«, zischte Gröbke und stiefelte mit langen Schritten davon.

Klaudia befand nach einigem Überlegen, es handle sich um eine aufschlußreiche Antwort.

Als sie das *Meridian* verließ, wäre sie beinahe über einen kleinen Mann gestolpert, der eine Kamera schußbereit in der Hand hielt und sie wütend anstarrte: das Ekel. Die Aasgeier hatten Beute gerochen.

23

Der quirlige, lebensfrohe Tulpe hatte sich in Folge der Ereignisse der letzten Nacht in ein bemitleidenswertes Häufchen Elend verwandelt. Als er am Bahnhof Wittenbergplatz aus der U-Bahn stieg, empfing ihn draußen ein scheußlicher Nieselregen. Mit hochgeschlagenem Mantelkragen stand er fröstelnd in der Eingangshalle und konnte sich nicht recht entscheiden: Sollte er noch schnell ins gegenüberliegende KaDeWe huschen und ein Duftwässerchen für Igor kaufen oder sich besser gleich ins Landeskriminalamt in der Keithstraße begeben?

Bei dem Gedanken, daß er in Verdacht geraten war und seinen geliebten Igor womöglich mit hineinziehen könnte, schlotterten ihm die Knie. Sah so das Ende einer großen Liebe aus, die so verheißungsvoll begonnen hatte, als Tulpe für einen kranken Kollegen in der Oper eingesprungen war? Dort hatte er Igor anläßlich eines Ballettabends persönlich betreut. Anfangs hatte er es kaum glauben wollen, daß Igor seine Liebe erwidern würde. Doch Igor stand nun mal total auf ältere Semester.

Tulpe schaute auf die Uhr und trippelte sicherheitshalber in Richtung Kriminalamt. Nichts lag ihm ferner, als irgendeinen Kommissar durch spätes Erscheinen zusätzlich zu erzürnen.

Die Nachricht vom Tod der Ettlich, mit der der Regisseur aus dem *Meridian* zurückgekehrt war, hatte im Atelier wie eine Bombe eingeschlagen. Minuten später schien das gesamte Studio wie von einer Lähmung befallen. Alles hockte untätig herum. Keiner wußte etwas genaues. Niemand fällte eine Entscheidung. Die Atmosphäre wurde vollends unerträglich, als auch noch SN zur anberaumten Zeit nicht erschien. Regisseur und Aufnahmeleiter bedrängten den zögernden Produktionsleiter, umgehend nach dem Produzenten und dem Hauptdarsteller zu fahnden. Das Ergebnis löste einen weiteren Schock aus. Die Rezeption des *Meridian* teilte am Telefon lakonisch mit, daß »die Herren Schulte-Nissen und Ziff mit dem Herrn Kriminalkommissar mitgegangen seien.«

Es dauerte nicht lange, und im Studio dampfte die Gerüchteküche aus allen Rohren. Die Lust am Klatsch und Tratsch bis hin zum Rufmord und anderen kleinen Gemeinheiten ist unwiderstehlich – vor allem beim Fernsehen selbst, dem schnelllebigsten Objekt der Begierde. Hinter vorgehaltener Hand war jeder bereits fest davon überzeugt, daß die Ettlich keines natürlichen Todes gestorben sein konnte. Sie war schließlich eine gefährliche Konkurrentin gewesen. Na, und von wem wohl? Kein Wunder, daß der *große SN* von der Kriminalpolizei verhört wurde. Aber Ziff? Das verstehe wer will. Der ist doch nicht etwa auch in die Sache verwickelt? Um Gottes willen! War etwa die ganze *Telemania* in Gefahr?

Plötzlich war es ein offenes Geheimnis, daß Ziff das Wasser offensichtlich bis zum Halse stand. Ging es jetzt ums nackte Überleben?

Ziff selbst indessen war das Studio im Augenblick scheißegal. Wenn er sich nicht wörtlich an die Aufforderung des Kommissars hielt, konnte er für ein paar Stunden aufatmen. Er hatte Zeit gewonnen. Er mußte sofort zum Sender fahren, um an einen der Großkopferten heranzukommen; am besten gleich an den Senderboß persönlich. Die Situation war günstig. Vielleicht konnte er mit ein bißchen Glück an dem Ast sägen, auf dem der werte Herr Programmchef Hochgelder angeblich so sicher saß.

Tulpe war unterdessen vor Ekel und Abscheu aus dem Atelier geflohen und hatte sich in seinem Arbeitsraum eingeschlossen. Er, sonst selber die geborene Tratschtante, ertrug es nicht, wie die lieben Kollegen derartige Verdächtigungen gegen seinen Herrn und Meister verbreiteten. Er ließ sich vor den Garderobenspiegel nieder und starrte apathisch auf SNs Reserve-Perücke.

Die Zeit schien stillzustehen. Immer wieder durchfuhren die gräßlichsten Gedanken Tulpes angegriffenes Hirn. Es gelang ihm nicht, sich der Gespenster der Nacht zu entledigen. Irgendwann pochte der Aufnahmeleiter an die verschlossene Tür und verkündete ihm mit unverhohlener Schadenfreude, Tulpe habe sich umgehend bei der Kripo einzufinden. Tulpe kannte diesen Tonfall des Kollegen nur zu gut, aus dem unschwer die Genugtuung darüber herauszuhören war, daß es der *dämlichen Schwuchtel, diesem Schoßhündchen SNs* endlich mal an den Kragen ging.

Tulpe zitterte wie Espenlaub. Die Angst, bis dahin mühsam unterdrückt, erfaßte seinen ganzen Körper. Mit Grauen sah er dem Verhör entgegen.

In der Direktion *Delikte am Menschen* des Landeskriminalamtes wies ihn der Polizeibeamte in ein leeres Zimmer. Die Wartezeit wurde ihm zur Qual. Er ahnte nicht, daß nur ein paar Türen weiter Kriminalkommissar Timm mit SN zugange war.

Verärgert über SNs ständig flötendes Handy hatte Timm das Gerät kurzerhand einkassiert; Grund: Verdunkelungsgefahr, wie er lakonisch erklärte. Zum zehnten Mal konfrontierte er den in Schweiß geratenen Schauspieler mit neuen Fragen, die letzte Nacht betreffend. Und jedesmal überlegte SN, ob es an der Zeit war, endlich seinen Anwalt einzuschalten, ließ den Gedanken jedoch wieder fallen. Keineswegs wollte er den Eindruck erwecken, den Beistand eines Anwalts dringend zu benötigen. Von der kleinen Amtsanmaßung abgesehen, von der nicht mehr die Rede war, hatte er sich nichts vorzuwerfen. Ein Anwalt bedeutete weitere Zeitverzögerung, und wenn es schlimm kam: negative Publicity.

Leider war sein Alibi alles andere als lupenrein. Zwar

konnte er den Pagen Henry für ein Gutteil der Nacht als Zeugen benennen, was er höchst ungern tat. Sollten der Junge und seine freundlichen Eltern nun auch noch in diese böse Angelegenheit hineingezogen werden? Das Hauptproblem aber blieb: Was hatte er, SN, in der Zeit getan, nachdem er, zusammen mit den anderen Männern, die Ettlich in den Ruheraum verfrachtet hatte? Um ins Spielcasino zu ziehen, hatte er sich auf der Toilette hinter der Bar von Tulpe die Perücke aufsetzen und sich schminken lassen. War das wirklich alles?

Timms erhebliche Zweifel blieben auch, nachdem SN das Protokoll unterschrieben hatte. Erst wenn der genaue Zeitpunkt und die Todesursache feststanden, kam hoffentlich mehr Licht ins Dunkel. Es galt wieder einmal auf die Rechtsmedizin zu warten.

»Darf ich jetzt gehen?« fragte SN.

In diesem Augenblick klingelte das Telefon.

24

Die ganze muffige Büroetage summte wie ein ungelüfteter Bienenstock bei der Nachricht von der Rapsblüte. Martin Bongards Arbeitsfläche war übersät mit Fotos, die sämtlich das gleiche Motiv zeigten: Hubertus Schulte-Nissen vor oder neben einem gutaussehenden kräftigen Mann oder gar an dessen Hand.

»Das ist ganz eindeutig eine Festnahme«, blökte Lucius mit einer Begeisterung, wie sie Klaudia Kox nur selten bei ihm erlebt hatte. Er schien sie gar nicht wahrzunehmen.

Sie drängte sich in den Kreis der Foto-Bewunderer. »Schulte- Nissen ist nicht festgenommen«, stellte sie nüchtern fest. »Der Kommissar hat ihn lediglich zu einer Zeugeneinvernahme mitgenommen.«

»Papperlapapp! Die Fotos sprechen eine eindeutige Sprache. Und ich wünsche, daß dieser dokumentarisch belegte Fakt gleichermaßen in Ihrem Artikel zum Ausdruck kommt. Haben wir uns verstanden?«

Klaudia hielt Lucius' Basiliskenblick stand. »Nein«, sagte sie entschieden. »Sie kennen ja noch gar nicht alle Fakten. Die sind nämlich viel interessanter als die angebliche Festnahme.«

»Da bin ich aber gespannt.« Lucius wühlte in seiner schwarzgefärbten Mähne. »Kommen Sie, Köxin, das dürfen Sie mir näher erläutern.«

»Ich schreibe einen Entwurf, und dann reden wir darüber«, schlug Klaudia vor. Sie haßte es, als *Köxin* bezeichnet zu werden, und noch dazu in aller Öffentlichkeit von diesem Affenarsch.

»Nein, nein, nein. Die Sache ist mir zu heiß. Sie werden mir das erstmal detailliert schildern, und dann entscheiden wir.«

»Hast du wenigstens Whitehouse gesprochen?« wollte Doreen wissen. »Oder darf ich mich endlich selber auf den Weg machen?«

»Ins *Meridian* kommst *du* auch nicht rein«, antwortete Klaudia. Ganz nebenbei teilte Martin mit, er fahre nachher zum Whitehouse-Soundcheck. Niemand widersprach Doreens Absicht, ihn zu begleiten.

In seinem Glaskasten bot Lucius Klaudia nicht mal einen Stuhl an. »Was sind denn das für angebliche Fakten?« fragte er.

Sachlich berichtete ihm Klaudia von der Beziehung zwischen Eva Ettlich und dem Programmdirektor Hochgelder, die Evas Karriere sicherlich sehr förderlich gewesen sei.

Wider Erwarten wollte sich Lucius, den sonst jede halbwegs verbürgte Tratschgeschichte in Euphorie versetzte, nicht mit der Sache anfreunden. »Das sind doch nur die Intrigen von irgendwelchen Neidhammeln. Wissen Sie überhaupt, was es bedeutet, einen Mann in der Position Hochgelders mit einer so billigen Nummer anzuschießen?«

»Ich bin noch nicht fertig. Hochgelder hielt sich gestern abend im *Meridian* auf, angeblich zu einer Konferenz mit dem Produzenten. Er und Eva Ettlich haben dann zusammen mit Schulte-Nissen und einigen anderen noch in der Bar gezecht.«

Lucius starrte sie offenen Mundes an. »Und? Was wollen Sie damit sagen?«

»Nichts. Ich will nur die Fakten feststellen und aufschreiben. Und wenn es irgend möglich ist, den Namen *Meridian* weglassen.«

Das verstand Lucius sofort. »Sie haben sich auf einen kleinen, miesen Deal eingelassen, Frau Kox! Zum Schutz der eigenen Haut haben die Sie mit ein paar gezielten Fehlinformationen abgespeist, die uns den Kopf kosten können. Ich hätte Sie für klüger gehalten!«

Klaudia schwieg verblüfft, und da auch Lucius seinen Worten nichts hinzufügte, fragte sie schließlich: »Und was soll ich nun schreiben?«

»Wir halten uns erstmal an Schulte-Nissen. Genau wie die Kripo.« Damit war sie entlassen.

An der Tür wandte sie sich um. »Soll ich nicht wenigstens recherchieren, ob an der Hochgelder-Ettlich-Story was dran sein könnte?«

Lucius richtete sich zu seiner vollen Körpergröße von 1,66 auf und donnerte: »Ich verbiete Ihnen jede Eigenmächtigkeit in dieser Angelegenheit!«

Klaudia blieb ruhig. »Dann soll bitte Martin Bongard seine Fotos kommentieren. Unter meinem Namen möchte ich das Schulte-Nissen nicht antun.«

»Ach, so ist das!« Ein Leuchten überzog Lucius' heuchlerische Züge. »Der Herr Kommissar hat Sie wohl schwer beeindruckt, wie? Das hätte ich mir denken können. Es ist immer dasselbe mit den Frauen. Die wenigsten sind in der Lage, private Sympathien und berufliche Objektivität zu trennen. Das gilt selbst für hartgesottene Feministinnen.«

Klaudia guckte ihn ungefähr so an, wie es sein Geisteszustand verdiente, und schloß wortlos die Glastür hinter sich. Sie erwartete, daß er hinter ihr herstürzen würde, doch sie täuschte sich.

Drinnen griff Lucius zum Telefonhörer und tippte eine Münchner Rufnummer ein. Beim Sender war anscheinend der Teufel los. Es gelang ihm nicht, den Mann zu erreichen, auf den es jetzt ankam. »Ich muß ihn aber sprechen!« brüllte Lucius und fügte den Namen des Blattes hinzu. Es half nichts.

»Ich muß wissen, ob unsere Abmachung noch gilt«, forderte er schließlich resigniert. »Er soll zurückrufen.«

Klaudia saß inzwischen an ihrem Platz und fragte sich, was sie tun sollte. Martin wagte nicht, sie anzuschauen; für Doreen war sie ohnehin nicht vorhanden.

Sie griff zum Telefonbuch, wählte die Nummer der Direktion *Delikte am Menschen* und verlangte mit leiser Stimme Herrn Kommissar Timm.

Es verging einige Zeit, dann meldete sich jemand mit amtlichem Tonfall. »Ja bitte? Timm.«

Sie stellte sich vor. »Wir sind uns vorhin vor dem *Meridian* begegnet. Ich möchte gerne wissen, ob die Zeugenvernehmung von Herrn Schulte-Nissen beendet ist.«

»In dieser Frage bin ich zu keiner Auskunft verpflichtet.« Seine Stimme blieb unfreundlich.

»Natürlich nicht. Aber Sie könnten es mir doch sagen, wenn ich Ihnen dafür auch etwas mitteile . . .«

»Na gut. Teilen Sie.«

»Das müßte ich schon persönlich machen . . .«

»Dann kommen Sie her. Zimmer 513.« Er klang verbindlicher, wenn auch ein wenig spöttisch.

»Ist Schulte-Nissen noch bei Ihnen?«

Pause. Dann sagte er: »Wenn Sie sich sehr beeilen . . .«

»Ich fliege.« Klaudia knallte den Hörer hin und raste los.

Timm legte den Hörer sehr viel ruhiger auf sein vergleichsweise altmodisches Telefon und betrachtete sinnend den Schauspieler. Dann griff er in den Schreibtischkasten und reichte SN das ausgeschaltete Handy. Der griff danach wie Gunnar Heu nach der Flasche.

»Darf ich meine Frau anrufen?«

»Tun Sie sich keinen Zwang an. Ich besorge uns einen Kaffee.«

Die Besorgung enthob ihn der Entscheidung, Schulte-Nissen sofort zu entlassen. Er wußte selbst nicht recht, weshalb er auf den Kuhhandel mit der vorlauten Journalistin eingestiegen war. Wahrscheinlich wollte sie den Ypsilon-Darsteller nur exklusiv abstauben und war dafür zu jeder Art von Lüge bereit.

SN hatte derweil seine Lydia erreicht. Die war in großer Sorge.

»Hier rufen dauernd irgendwelche Journalisten an. Was ist denn in Berlin los?«

»Stell dir vor, meine Partnerin, diese Ettlich . . .« Er zögerte plötzlich, Lydia mit einer solchen Nachricht zu schocken. »Sie hatte einen – äh – Unfall. Man weiß noch nichts Genaues . . .«

»Das ist ja schrecklich! Und weshalb bist du nicht zu erreichen? Ich versuche es seit Stunden.«

»Ich – – – ich war bei der Polizei. Zu einer Zeugenaussage . . .«

»Hubi, ich denke, es ist das Beste, wenn ich sofort zu dir komme. Von Innsbruck fliegt hoffentlich noch eine Maschine.«

Das fehlte noch! »Aber nein, Lydia. Hier ist alles in Ordnung. Ich komme zurück, sobald ich kann.«

So leicht waren ihre Zweifel nicht zu beseitigen. »Ich weiß nicht, Hubi . . . Meine Schwester hat vorhin angerufen und durchblicken lassen, es stünde etwas sehr Häßliches über dich in so einem Revolverblatt . . .«

»Aber, Lydia!« dröhnte SN in überzeugendem Brustton. »Wie oft hat Derartiges in solchen Blättern gestanden! Da lachen wir doch nur. Seit wann erregt es dich, wenn irgendeine prominentengeile Journalistin sich auf meine Kosten zu profilieren sucht?«

Es dauerte noch ein ganzes Weilchen, bis er Lydia beruhigt hatte. Dann rief er Ziff an. Mit dem war er noch lange nicht fertig.

Ziff tat, als sei überhaupt nichts passiert. »Wo in aller Welt steckst du? Warum bist du denn immer noch bei der Polizei und nicht hier im Studio?«

»Was soll ich im Studio?« entgegnete SN grantig. »Die Rolle im Koma könnt ihr mit einer Mumie drehen.«

Ziff lachte sein falsches Lachen. »Geh, mein Lieber. Das neue Drehbuch ist bereits in Arbeit. Das Leben läuft weiter, und das Fernsehen erst recht.«

SN verspürte plötzlich eine starke Abneigung, noch länger mit diesem Heuchler zu reden. »Hauptsache deine Firma läuft auch weiter!« bellte er. »Warte mal die morgigen Zeitungen ab.«

Wütend klappte er das Handy zu und schaltete es aus. Wo blieb dieser langweilige Kommissar mit dem Kaffee? Und weshalb sollte er hier überhaupt eine Flüssigkeit zu sich nehmen, die sicherlich so schmeckte, wie das Gebäude aussah. Andererseits – er sah sich im Zimmer um. Solche Milieustudien fielen einem auch nicht jeden Tag in den Schoß. Man muß nur aus allem das Beste machen.

Er erhob sich ein wenig und beugte sich über den Schreibtisch des Kommissars. In diesem Augenblick klopfte es an die Tür.

Erschrocken ließ sich SN auf den Stuhl zurückfallen und räusperte sich. Herein zu rufen, stand ihm nicht zu. Die Tür öffnete sich, und herein kam eine gewisse prominentengeile Journalistin, die sich auf seine Kosten zu profilieren gedachte.

»Herr Schulte-Nissen!« sagte sie mit soviel Zuneigung in der Stimme, daß ein Gutteil seines Zorns sich auf der Stelle verflüchtigte. Sie sah gut aus. Und sie mußte ja wahrscheinlich schreiben, was ihr der Chefredakteur vorgab. So wie er jede Banalität abzusondern hatte, die den Fernsehgewaltigen einfiel.

Gnädig sagte er: »Sieh an, was für eine glückliche Fügung. Wollen Sie mich wieder in die Pfanne hauen, Frau Kox?«

Die Rückkehr des echten Kommissars enthob sie der Antwort. Timm bot ihr seinen Kaffee an, doch SN beharrte darauf, daß sie den seinen trank. »Ich gehe inzwischen schon ...«, sagte er.

Klaudia Kox riet ihm ab. »Unten lauern bereits die Fotografen. Denen laufen Sie direkt in die Arme.«

Sie hatte nur ihren speziellen Freund, das Ekel, erspäht. Die anderen waren vermutlich nicht weit.

Der Kommissar äußerte einen salomonischen Vorschlag.

»Wenn ich mich mit Frau Kox unterhalten habe, entlasse ich Sie beide durch den Hinterausgang. Einverstanden?«

So kam es, daß Klaudia Kox und SN eine halbe Stunde später in der Burggrafenstraße verstohlen in Klaudias Twingo kletterten. »Wenn Sie so freundlich wären und mich zum *Meridian* fahren könnten . . .«, bat SN.

»Selbstverständlich. Aber wollen wir nicht vorher irgendwo einen Kaffee trinken?«

Sie verstand nicht, weshalb Schulte-Nissen sich diesem Angebot gegenüber so reserviert verhielt. Ihm war gerade wieder eingefallen, daß er ja noch immer ohne Geld und Papiere dastand. Wie gut, daß er es im Gespräch mit Lydia nicht erwähnt hatte. Im *Meridian* war das alles kein Problem.

»Wenn Sie mir versprechen, es nicht in Ihrem Blatt zu erwähnen, lege ich ein Geständnis ab.«

Klaudia mußte sich zwar auf den Verkehr konzentrieren, blickte ihn aber doch gespannt an. »Versprochen«, sagte sie. »Ich weiß sowieso nicht, ob die noch mal was von mir drucken werden.«

»Ich bin heute nacht bestohlen worden. Papiere, Kreditkarte, Geld – alles weg.« Er lachte. »Und das, obwohl ich im Kostüm des berühmten Kommissar Ypsilon steckte! Na, wenigstens kann die Polizei dadurch mein Alibi bestätigen.«

»Ich mache Ihnen einen Vorschlag: Ich lade Sie zum Essen ein. Als Wiedergutmachung für alles, was mein Blatt Ihnen angetan hat. Für das, was morgen drinsteht, übernehme ich allerdings keine Verantwortung.«

Beim Retsina in einer griechischen Kneipe in Steglitz waren sie sich schnell darüber einig, daß eine attraktive und intelligente Frau wie sie viel zu schade für ein solches Wurstblatt sei und ein großer Schauspieler wie er viel eher auf die Bretter einer Berliner Bühne gehöre, als nur die Standardsätze der Serienschreiber aufzusagen.

»Manchmal möchte ich den ganzen Kram an den Nagel

hängen und etwas völlig Neues beginnen«, gestand SN seufzend.

Klaudia nickte verständnisvoll. »Wir machen gemeinsam eine Detektei auf: *Ypsilon und Kox*. Klingt doch gut.«

SN lachte. »Wenn schon, dann *Kox & Ypsilon*. Aber meine Frau würde schwerlich nach Berlin ziehen. Wir haben in Zell am See ein hübsches Haus . . .«

»So was gibt es hier in der Nähe auch. Am Scharmützelsee beispielsweise. Da hat Max Schmeling früher gewohnt.«

Erst beim Kaffee kamen sie auf das zu sprechen, was Klaudia eigentlich interessierte. Nachdem sie ihm von Eva Ettlichs früherer Karriere berichtet und noch einmal versichert hatte, seine Informationen keinesfalls für *dieses Blatt* zu mißbrauchen, sprach er über den Ablauf des vergangenen Abends mit Eva Ettlich. Woran die verehrte Kollegin so plötzlich verstorben war, entzog sich seinem Vorstellungsvermögen. Auch der Kommissar hatte kein Wort darüber verloren.

Was eine Beziehung der Ettlich zu Hochgelder betraf – da sei in diesem Metier nun einmal alles möglich. Auf irgendeine Weise mußte Eva Ettlich wohl auf sich aufmerksam gemacht haben. Daß Hochgelder mit ihrem Tod etwas zu tun haben könnte, bezweifelte er allerdings. Das sei nun auch nicht der Stil in der Branche. Da ginge es eher um Macht und Marktanteile, und um Einschaltquoten. Um die hauptsächlich.

Das kam Klaudia sehr bekannt vor. »Bei uns heißt das Auflage«, sagte sie. »Wenn die nachläßt, fangen auch die Sessel ganz oben an zu wackeln.«

SN hörte ihr nachdenklich zu. »Irgend jemand weit oben muß auch hinter der gemeinen Intrige gegen mich stecken. Mein Produzent Ziff ist ein viel zu kleines Licht, und in seiner Firma steckt ein Gutteil meines Geldes . . .«

Er schwieg erschrocken. Ritt ihn denn der Teufel, einer Journalistin, die ihm gerade erst eins übergebraten hatte, derartige Interna zu verraten?

»Meine Liebe«, sagte er mit erhobenem Zeigefinger. »Wenn Sie irgend etwas von dem ausplaudern, was ich Ihnen gerade anvertraut habe, nur weil Sie eine ebenso reizvolle wie angenehme Gesprächspartnerin sind – »

Ausnahmsweise setzte Klaudia einmal nicht auf ihr Lächeln. Sie legte ihre schmale Hand auf die seine und sagte: »Ich bin auf Ihrer Seite, Herr Schulte-Nissen.«

Konnten diese Augen lügen? Schulte-Nissen war gerührt und sagte: »Nennen Sie mich Hubertus.«

25

Endlich wurde Tulpe von der Qual des Wartens erlöst und dem Kommissar vorgeführt. Zimmer 513. Ein großer Raum, direkt unter dem Dach, schrecklich unaufgeräumt, mit einer großen Berlin-Karte an der Wand. Tulpe nahm alles wie durch einen Schleier wahr.

»Herr Kommissar, ich sage Ihnen alles, was ich weiß, aber meine Nerven, verstehen Sie, meine Nerven. Ich bin am Ende . . .«

»Nun beruhigen Sie sich erstmal und nehmen Sie Platz.«

Tulpe sank auf den Stuhl vor dem großen Schreibtisch. »Ach, Herr Kommissar, verzeihen Sie, aber ich kriege keine Luft . . .«

Nachdem er das hervorgestoßen hatte, nahm er mit der schönsten Selbstverständlichkeit einen kleinen Fächer aus der Tasche und fächelte sich Luft zu.

Timm hatte so etwas bei einem Mann erst einmal gesehen – im Fernsehen – und er hatte in seinem Kriminalistenleben gewiß schon einiges erlebt. Amüsiert folgte er Tulpes Vorführung. »Ist Ihnen nicht gut? Möchten Sie ein Glas Wasser?«

»Nein, danke, beginnen Sie nur endlich mit Ihren Fragen. Ich halte das sonst nicht mehr aus!«

»Sie sind also der Maskenbildner Gottfried Tulpe, richtig?« Das Milieu, das der Mann repräsentierte, war Timm nicht gänzlich fremd. Er mußte sich auf diese seltsame Zierpflanze nur erst einmal einstellen.

»Ja. Mein Name ist Tulpe. Wenn's nach mir gegangen wäre, hieße ich lieber Rose. Narzisse wäre allerdings noch schöner.« Die Bemerkung sollte davon ablenken, daß er noch immer zitterte. Er versuchte seine Erregung zu kaschieren, indem er den Fächer so hastig bewegte wie ein flügelschlagender Kolibri.

Timm war fasziniert von dem Unikum, daß da vor ihm saß. Am liebsten hätte er dem nervenschwachen Plaudertäschchen überhaupt keine Fragen gestellt und nichts weiter getan als ihm zuzuhören. Aber er mußte seinen Job tun und das Programm nach der gängigen Verhörpraxis abspulen. Und wenn es Mord war . . . Vielleicht der Mord eines Unikums?

Bei Tulpe hingegen überwog das Bedürfnis, seine Angst zu überwinden, indem er den verhinderten Komödianten in sich mit aller Macht hervorkehrte. Er wollte vor dem Kommissar keine schlechte Figur machen. Man war ja schließlich nicht irgendwer.

»Na, nun erzählen Sie mal. Wie war das letzte Nacht mit Frau Ettlich? Haben Sie die Ettlich in den Aufenthaltsraum hinter der Bar gebracht und dort aufs Bett gelegt?«

Tulpe legte beschwörend die flache Hand auf die Brust. »Gott behüte, ich leg' doch keine Frau aufs Bett. Es waren ja noch drei andere Herren anwesend.«

»Drei?« Timm horchte auf.

»Ja, SN, also, das heißt, Herr Schulte-Nissen. Und der Ami, dieser Musiker. Wie hieß der doch gleich? Ja, und dann noch diese Nervensäge, der Mann mit den Fotomappen.«

Timm stand die Überraschung im Gesicht geschrieben. »Da war noch ein vierter Mann?«

»Jaja, und die Barfrau nicht zu vergessen. Die hat uns ja zu dem Raum hindirigiert. Naja, das heißt, diese Barfrau war wohl auch mehr ein Barmann.«

»Wie soll ich das verstehen?«

»Naja, wie sie die Ettlich angeschaut hat. Wenn Sie wissen, was ich meine, Herr Kommissar . . .« Tulpe blinzelte verschämt. » Sie hat sie fast verschlungen mit ihren dunklen Augen. Naja, egal. Sie hat sich jedenfalls sehr um die Ettlich gekümmert.«

»Auch in den folgenden Stunden?«

»Das hoffe ich doch! Soviel war ja nicht los in der Bar, bis diese alten Herren kamen.«

»Kamen die bevor oder nachdem Sie Herrn Schulte-Nissen die Maske angelegt hatten?«

Das wußte der also auch! »Lange danach«, sagte Tulpe.

»Sind Sie danach nochmal nach hinten gegangen, Herr Tulpe?«

»Ja, ich glaube, ich bin auf die Toilette gegangen.«

»Und da haben Sie nicht nach Frau Ettlich geschaut?«

»Wieso sollte ich? Wahrscheinlich schlief sie ihren Rausch aus.«

»Und wann haben Sie das Hotel verlassen?«

Die Antwort hatte sich Tulpe vorher zurechtgelegt: »Das muß so etwa zwei Uhr nachts gewesen sein«, sagte er möglichst harmlos.

Das wußte Timm besser. »Herr Nowitschenko hat etwas anderes ausgesagt. Sie hätten erst früh am Morgen das Hotel verlassen.«

Tulpe hob die Hände vors Gesicht. »Oh, Herr Kommissar, ich wußte, daß das kommt. Bitte, bitte, sagen Sie niemandem etwas davon. Das müssen Sie mir versprechen. Das zwischen mir und Igor auf dem Hotelzimmer, davon darf niemand etwas erfahren. Kein Sterbenswörtchen. Ich kann mich sonst nicht mehr im *Meridian* blicken lassen. Oh Gott, das überlebe ich nicht!«

Tulpe baute nah am Wasser, zog umständlich ein Tempotuch aus der Jackettasche und betupfte sich wie eine Lady das Gesicht.

»Auf welchem Wege sind Sie überhaupt aus dem Hotel verschwunden?«

»Na, ganz normal. Durch den Haupteingang.«

»Der Nachtportier hat Sie aber nicht gesehen.«

»Der Nachtportier hat etwas gegen Menschen meiner Art. Ein schrecklicher Kerl.«

»Sie meinen, er lügt, um Ihnen zu schaden?«

Für einen Moment war Tulpe versucht zu nicken. Aber die Lage war kompliziert genug. Er schüttelte den Kopf. »Damit mich niemand bemerkt, gehe ich manchmal hinten raus, über den Personalaufgang. Einer der Kellner hat mir diesen Weg mal gezeigt.«

»Das ist der Aufgang, an dem sich der kleine Personalraum befindet, in dem die Ettlich lag. Oder etwa nicht, Herr Tulpe?« Timm guckte sein Gegenüber scharf an.

»Schauen Sie mich nicht so an, Herr Kommissar. Das ertrage ich nicht!« Tulpe senkte den Blick. »Ich . . . ich geb's ja zu. Ich habe sie gesehen!« Er schluchzte auf. »Aber sie war schon tot. Das müssen Sie mir glauben, Herr Kommissar. Sie war wirklich mausetot!« Beim letzten Satz war Tulpe vor Erregung laut geworden. Er legte eine Kunstpause ein und begann zu weinen; erst verhalten, dann immer stärker. Ein neues Tempotuch genügte nicht, um sich die Tränen aus den Augen zu wischen. »Einfach schrecklich! Und es war Mord, Herr Kommissar!«

Timm wußte nicht recht, was er von dieser schauspielerischen Leistung halten sollte. »Woher wissen Sie das?« fragte er. »Es lag ein Kissen auf ihrem Gesicht. Als ich das Kissen aufnahm, schaute ich in ein bleiches, fahles Antlitz. Ihre Wangen waren eingefallen. Sie hatte eine ganz spitze, wächserne Nase.«

»Weshalb sind Sie überhaupt in das Zimmer gegangen?«

Tulpe schneuzte sich umständlich. »Sie werden es mir nicht glauben. Weil ich oben in Igors Zimmer zu meinem großen Ärger feststellte, daß ich mein persönliches Täschchen irgendwo hab' liegenlassen.« Er vermied es, das Täschchen mit dem Namen zu benennen, den Igor ihm gegeben hatte: *Päderastka.* »Da sind alle meine Papiere drin. Und meine Kosmetik. Es konnte ja nur in der Bar oder in dem besagten kleinen Raum liegen geblieben sein. Und da war's ja dann auch. Es lag auf dem Boden, das Täschchen. Und direkt daneben die Tote auf dem Diwan ...« Wenn Timm etwa glaubte, Tulpe hätte mit der letzten Feststellung den Höhepunkt seiner Darbietung erreicht, so irrte er gründlich. Tulpe benutzte ein neues Tempotuch nicht nur zum Trocknen der Tränen, sondern um damit eine Art Fazit des Ganzen zu ziehen. Er faltete es auseinander, neigte den Kopf leicht nach hinten, legte das Tuch übers Gesicht, griff nach seiner Nase, beugte sich wieder vor und schneuzte sich so infernalisch wie ein irischer Kesselflikker. Es klang, als versuche er, sich das Hirn aus dem Schädel zu treiben.

Timm war während der höchst befremdlichen Schneuzerei deutlich auf Distanz gegangen. »Wir werden uns darüber später noch ausführlicher unterhalten, Herr Tulpe.«

»Kann ich jetzt gehen?« fragte Tulpe mit dem hoffnungsvollen Blick eines Windhundes, der sein Futter erwartet.

»Im Augenblick noch nicht. Legen Sie erstmal alles, was Sie in den Taschen haben, hier auf den Tisch.«

Wer diese Aufforderung kennt, weiß, was sie zu bedeuten hat. Tulpe ahnte den Sinn der Übung und erbleichte. »Bin ich denn verhaftet, Herr Kommissar? Brauche ich einen Anwalt?« erkundigte er sich mit zittriger Stimme.

Timm nickte. »In Ihrer Lage würde ich Ihnen das wärmstens empfehlen.«

Kaum hatte er den Satz ausgesprochen, ärgerte er sich über die geschmacklose Betonung des Wortes *wärmstens.* Solche Anspielungen waren ihm normalerweise fremd.

26

Timm genoß seinen Feierabend. Endlich. Er hatte eingekauft und machte es sich in seiner sanierten Plattenbauwohnung gemütlich. Der große Polstersessel vor dem Fernseher gewährte eine bequeme Schräglage. Auf dem Tischchen daneben stand eine Platte mit französischen Käsesorten, von denen er sich kleine Häppchen abschnitt und in den Mund schob. Dazu ein Glas roten Bordeaux, den er mit Bedacht die Kehle hinunterrinnen ließ. Junggesellenleben ist doch was Herrliches, dachte er und betätigte die Fernbedienung.

Mal sehen, ob die Abendschau etwas zum Fall Ettlich brachte. Nicht, daß er sich davon etwas versprach. Er hatte den Vorgang mit allen Protokollen an die Mordkommission weitergegeben und wollte nicht unbedingt schon wieder an den Job denken. Aber aus dem Kopf ging ihm die Sache doch nicht.

Die kurze Nachrichtenmeldung klang ganz sachlich: In ihrem Hotel tot aufgefunden; die polizeilichen Ermittlungen noch nicht abgeschlossen. Dazu einige Worte über die erfolgversprechende Fernsehkarriere Eva Ettlichs und ein Foto.

Timm goß sich ein neues Glas ein und sinnierte. Eigentlich war es höchst ungerecht, daß die Kollegen vom Mord den Rahm abschöpfen würden, wo er so nahe vor der Aufklärung stand. Was ihm die blonde Journalistin über die Ettlich und Hochgelder zugeflüstert hatte, bestätigte nur die Aussage der Bardame. Darum mußten sich die bayerischen Kollegen kümmern. Eine Dienstreise an die Isar war für ihn höchst unwahrscheinlich. Vielleicht zusammen mit Frau Kox? Sie war jedenfalls netter, als es der Ruf ihrer Gazette versprach. Und ehrlicher anscheinend auch. Irgendwie war ihr Versuch, ihm bei den Ermittlungen zu helfen, rührend. Denen von der Mordkommission hätte sie das kaum erzählt . . .

Er griente bei dem Gedanken an die Freude, die denen mit der weiteren Einvernahme von Tulpe bevorstand, und spürte gleichzeitig, wie mit jedem Schluck Bordeaux das süße Gift des Ehrgeizes durch seine Adern floß. Außerdem war da noch die leidige Frage mit der Gehaltsanpassung an die West-Kollegen. Wenn er dem Herrn Kriminalrat den Fall als gelöst präsentierte, war vielleicht sogar die Beförderung zum Oberkommissar drin.

Im Fernsehen liefen weitere Neuigkeiten aus dem Westteil der Stadt. Der Osten kam gewöhnlich dann vor, wenn es um Rechtsradikale oder um vietnamesische Zigarettenhändler ging. Oder um die vielgeschmähten Plattenbauten.

Dann tauchte urplötzlich ein Kerl mit langen roten Haaren auf, der mit lässigen Bewegungen auf einer Bühne herumturnte: Johnny Whitehouse. Timm genoß es, den Popstar auf sich wirken zu lassen. Den ganzen Tag über hatte er immer wieder versucht, den Mann zu erreichen. Natürlich vergeblich, weil der zum Soundcheck in der Konzerthalle war.

Inzwischen erschien Whitehouse in Nahaufnahme auf dem Bildschirm. Dazu der absolut hilflose Versuch eines Reporters, mit dem Honkytonk-Master ins Gespräch zu kommen. Dessen Reaktion bestand aus ein paar undefinierbaren Satzfetzen im Südstaaten-Slang, mehrmals mit dem Wort *fuckin'* gewürzt. Timm bekleckerte sich vor Lachen mit Rotwein. Diesen Mordstyp mußte er kennenlernen! Und natürlich über die Mordnacht befragen. Aber hatte er überhaupt eine Chance? Immerhin hatte er in seinem ersten Urlaub nach der Wende erfolgreich einen Crashkurs in Englisch absolviert. Für dreitausendvierhundertachtzig Mark. Auf eigene Rechnung. Also Schluß mit lustig und ab in die *Meridian*-Bar!

Er hielt den Kopf einige Minuten unter die kalte Dusche, bevor er in seinen besten dunklen Anzug schlüpfte und zur Straßenbahn stiefelte. Ein Taxi zum anderen Ende der Stadt entsprach nicht seiner Gehaltsklasse. Die *Meridian*-Bar allerdings noch weniger.

In dem distinguierten Etablissement ging es heute sehr ruhig zu. Die vereinzelten Gäste dümpelten entweder schweigend vor sich hin oder wagten vor lauter Vornehmheit nur zu flüstern. Am hinteren Ende des Bartresens hockten wieder die Japaner im Zweierpack. Kaum hatte Timm die Bar betreten, da hatte ihn die Bardame auch schon bemerkt.

»Na, Herr Kommissar, noch zu später Stunde im Dienst?«

»Ich hab' Feierabend. Bin rein privat hier.«

Ihr dunkler Blick verriet, wie wenig sie ihm glaubte.

Timm setzte sich und sagte gutgelaunt: »Sie haben mir doch bereits alles gestanden, oder?«

Sie wählte ihre Worte sorgfältig: »Ich habe Ihnen alles gesagt, aber nichts gestanden.«

Timm lächelte süffisant. »Das ist wohl war, meine Dame. Sonst hätten Sie mir nämlich gestanden, daß Ihnen Frau Ettlich alles andere als gleichgültig gewesen ist. Ganz im Gegenteil . . .«

Auch am Abend blieb das Phänomen auffällig, daß sich die olivfarbene Gesichtshaut der karibischen Schönheit glutrot färbte. Gracia Sediwi fühlte sich von dem gutaussehenden Mann unangenehm bloßgestellt. Ihre Gefühle einer Frau gegenüber, noch dazu einer Toten, gingen niemanden etwas an.

Timm merkte, daß er sich wie ein Elefant im Porzellanladen benahm. Auf so plumpe Weise würde er nie etwas über den Inhalt des Gesprächs zwischen Gracia und der Toten in Erfahrung bringen.

»Bitte, verzeihen Sie mir. Es ist mir sehr peinlich. Ich wollte Sie nicht verletzen. Aber ich muß jedem erdenklichen Hinweis nachgehen, um den Fall aufzuklären. Es ist wie ein großes Puzzlespiel, verstehen Sie?«

»Davon wird Eva Ettlich nicht wieder lebendig. Sie war wunderbar, einfach wunderbar.« Sie wandte sich ab und versuchte, die Tränen zu unterdrücken. »Ich weiß, daß mir eine solche Frau in meinem Leben nicht wieder begegnen wird«, sagte sie plötzlich fast tonlos.

Timm verspürte Mitleid mit ihr. »Kommen Sie, wir trinken ein Glas Champagner miteinander, einverstanden? Damit Sie auf andere Gedanken kommen.«

Gracia Sediwi betrachtete den Kommissar nachdenklich. War der etwa trotz seines smarten Aussehens keiner von diesen trostlosen Machos, die sie Nacht für Nacht in dem piekfeinen Laden zu bedienen hatte? »Danke, ich trinke nicht. Aber sagen Sie mir mal ehrlich, Herr Kommissar, das hat Ihnen doch alles der Maskenbildner, diese schreckliche Tunte, eingeredet.«

»Frau Sediwi: Wer im Glashaus sitzt ...«

Die Barfrau fühlte sich bei einem Fauxpas ertappt. »Sie haben recht«, gab sie kleinlaut zu.

»Jetzt steht es eins zu eins. Wie wär's nun doch mit einem Glas Champagner?«

Gracia lächelte melancholisch und goß zwei Champagnergläser voll. Sie stießen an. Vorsichtig nippte Timm von dem teuren Gesöff. *Dom Pérignon*. Wahrscheinlich hätte es *Rotkäppchen* auch getan. Er sah sich im Raum um und entdeckte die beiden Japaner am Ende des Tresens. Die Asiaten mißdeuteten seine Bewegung mit freudig betonter Höflichkeit, erhoben ihr Glas und prosteten ihm von weitem zu.

»Übrigens, etwas habe ich Ihnen doch nicht erzählt, Herr Kommissar. Unser Security Manager, der Herr Gröbke, kam in der vergangenen Nacht erst gegen halb eins aus seinem Büro. Und das Büro liegt unmittelbar neben dem Garderobenraum hinten, wenn Sie verstehen, was ich meine ...«

Timm schien ihre Bemerkung nicht zur Kenntnis zu nehmen. Stattdessen erkundigte er sich: »Sind das die Japaner von gestern Nacht?«

Sie nickte. »Die sitzen jeden Abend hier. Stinkreiche Kunsthändler, soviel ich weiß. Aber keine Brüder, obwohl sie so aussehen. Sie wollen unbedingt was erleben. Deutsche Kultur, oder was sie darunter verstehen. Und Kontakte zu Deutschen schließen. Dazu hatten sie gestern reichlich Gelegenheit.«

»Sie meinen, weil sie gemeinsam mit den Gästen gesungen haben?«

»Zum Schluß haben sie zusammen mit Johnny Whitehouse *Wenn alle Brünnlein fließen* angestimmt.«

Timm traute seinen Ohren nicht. »Die haben mit Whitehouse deutsche Volkslieder gesungen? Das ist doch nicht Ihr Ernst.«

»Mein voller, Herr Kommissar. Sie sangen allerdings ›Wenn aaalle Blünnlaain fliiieaßan‹.« Sie verzog spöttisch ihr Gesicht.

»Und wo steckt Whitehouse heute abend?«

Sie hob die Schultern. »Das ist noch nicht seine Zeit. Er wird bald kommen.«

Timm ließ sich ein zweites Glas Champagner einschenken. Er hob das Glas und prostete den Japanern zu. Die Herren aus Nippon ließen sich das nicht zweimal sagen und erwiderten den Gruß durch mehrfaches Heben der Gläser und wiederholte Bücklinge. Der eine machte eine Geste der Einladung, sich zu ihnen zu setzen.

»Das werden Sie kaum abschlagen können.« Gracias Gesichtszüge hellten sich zum ersten Mal wieder auf. Sie kicherte. »Viel Velgnügen, Hell Kommissal.«

»Dienst ist Dienst«, seufzte Timm. Auch nach Feierabend. Übrigens, was sagten Sie da vorhin über Gröbke?«

Das hätte Timm jetzt nicht fragen sollen. Sie wurde im Nu wieder ernst: »Das Wichtigste habe ich noch gar nicht erwähnt. Ich erinnere mich, daß Frau Ettlich mich nach dem Posten gefragt hat, den der Gröbke hier im Hause innehat.«

»Das klingt interessant. Wo ist der Mann jetzt? Noch in seinem Büro?«

»Den können Sie heute nicht mehr in die Mangel nehmen. Der ist schon weg.«

Die Japaner erneuerten ihre Einladung mit deutlicheren Gesten. Timm nahm sein Glas, ließ sich von Gracia die Champagnerflasche geben und steuerte mit gemischten Gefühlen auf die Freunde aus dem Land der aufgehenden Sonne zu.

Die beiden Frohnaturen sprudelten über vor Freude und Höflichkeit und nahmen ihn in ihre Mitte. Unter höflichster Ehrerbietung lehnten sie es ab, sich von Timm mit echtem Champagner bewirten zu lassen und bestellten eine Flasche bei Gracia. Zu Timms Überraschung hatten sie es auf Krimsekt abgesehen. Timm fühlte sich wie in alten Zeiten beim Empfang im *Zentralen Haus der Deutsch-Sowjetischen Freundschaft*.

Die Zeit verging. An ein vernünftiges Gespräch mit den Japanern, geschweige denn an irgendwelche verwertbaren Aussagen war überhaupt nicht zu denken. Die Untertanen des Tenno beantworteten alle Fragen mit Freudenausbrüchen und kehligem Lachen.

Inzwischen war Johnny Whitehouse eingeflogen und hatte sich am Tresen niedergelassen. Gracia stellte dem Honkytonker die Bourbon-Flasche vor die Nase, und die Sauferei begann. Timm wurde zunehmend kribbelig, doch die japanische Gastfreundschaft kannte keine Gnade. Ihm war wie einem Gefangenen zumute, der in seinem früheren Leben Kriminalkommissar gewesen war. Er mußte mit Whitehouse reden, und er wollte möglichst noch einmal die hinteren Räume inspizieren. Also mußte er sich jetzt schnell etwas einfallen lassen. Als die liebenswürdigen Samurai-Enkel eine weitere Flasche bestellten, hatte er eine Idee. Er griff mit beiden Händen zum Hosenschlitz und verzog das Gesicht zu einer Grimasse. Die beiden verstanden. Der ehrenwerte Gast aus *Beeliin* mußte einem dringenden Bedürfnis nachkommen. Sie kicherten und unternahmen gottlob keinerlei Anstalten, ihn zu begleiten.

Timm verschwand und ging an den Toiletten vorbei. Hoffentlich hatte Gröbke den Code der Sicherheitstür nicht verändert. Zuzutrauen war ihm das. Er tippte die vier Zahlen ein. Der Türöffner schnarrte, und Timm befand sich im hinteren Trakt mit dem Garderobenraum und Gröbkes Dienstzimmer. Es war natürlich verschlossen. Er warf einen Blick in den Ruheraum daneben. Der war unversiegelt. Der Erkennungsdienst hatte am Vormittag für alle Fälle die Fingerabdrücke gesichert und Fotos von der Leiche geschossen. Nach deren Abtransport war der Raum freigegeben worden. Die vorbildlich schnelle und diskrete Arbeit der Polizeibeamten war einer persönlichen Intervention des im Hintergrund agierenden Hoteldirektors beim Stellvertretenden Polizeipräsidenten zu verdanken. Die Herren kannten sich. Gelegentlich logierten Gäste des verehrten Herrn Stellvertreters zu günstigsten Bedingungen im *Meridian*.

Timm trat gerade den Rückmarsch an, da knallte eine Tür und im Gang ertönten Schritte. Der Verursacher war unübersehbar der große Johnny Whitehouse, der ziemlich abgekämpft aussah und Timm angelegentlich übersah. Jetzt hieß es blitzschnell die Englischkenntnisse eines umgelernten Ostgoten zum Einsatz zu bringen.

»Mister Whitehouse, welcome in the bar«, war das einzige, was ihm im ersten Moment einfiel.

»To hell, it's a fuckin' place!« Er schob Timm beiseite und suchte die Toilette auf. Timm folgte ihm auf dem Fuße und stellte sich vor das benachbarte Pissoir. Mit einem berühmten Popstar zu reden, ist etwas Besonderes; mit ihm zu trinken noch besser. Aber mit einem Johnny Whitehouse gemeinsam zu pinkeln, das ist die Krönung, dachte Timm und lächelte erleichtert, als er den letzten Tropfen abschlug. Er ging zum Waschbecken und begann sich die Hände zu waschen. Er glaubte, Whitehouse müsse auch gleich soweit sein, hatte damit aber gründlich daneben getippt. Whitehouse hörte einfach nicht auf. Der Mann hatte einen Strahl wie ein Brauereipferd. Kein Wunder bei dem Getränkekonsum, den der Typ vermutlich hatte. Timm grinste bei dem Gedanken, der blonden Pressetussi dieses hochinteressante Detail aus dem Privatleben des großen Meisters exklusiv zu verklickern. Er hatte allen Grund, es nicht zu tun. Das Interview dieser Klaudia Kox mit der Ettlich war eine ausgemachte Schweinerei. Trotzdem – irgendwie hatte dieses Weib Feuer im Arsch. Da mußte noch etwas anderes dahinterstecken. Er schaute in den Toilettenspiegel und fand sich immer noch recht ansehnlich.

Der große Pisser hatte ausgepinkelt und murmelte etwas wie »bloody place for some more Bourbon.« Gegen den bin ich ein glattes Nichts, ging es Timm durch den Kopf. Kriminalkommissar auf einer Baustelle, die eine Metropole sein möchte. Lächerlich. So provinziell geht's eben zu in Deutschland. Einen Ypsilon gibt es im wirklichen Leben überhaupt nicht. Einen Kojak oder Columbo allerdings auch nicht. So nahe vor dem Spiegel betrachtet, sah nicht mal Johnny Whitehouse echt aus.

Timm lächelte ihm im Spiegel zu. »The whole city is waiting for your wonderful concert«, sagte er.

»Com'on, boy! We're enterin' the Bourbon-Street again!« gab der rothaarige Hüne von sich und marschierte auf die Bar zu. Timm folgte ihm, himmelangst bei dem Gedanken, daß er nach Wein, Champagner und Krimsekt nun auch noch beim amerikanischen Whiskey mithalten sollte. Aber mitgegangen war mitgefangen. Um aus dem Typ auch nur das Geringste herauszukriegen, mußte er gute Miene zum bösen Spiel machen. Gracia brachte ein zweites Glas und grinste Timm schadenfroh an.

»Mister Whitehouse, last night you drank with some people here and a young lady had a breakdown. Do you remember who were the other guys?« Timm war erleichtert, daß er die Sätze einigermaßen hinkriegte und anscheinend sogar verstanden wurde.

»Shit, boy. Three fuckin' men: An actor, an old fagott and another bloody kraut.«

Timm verstand nur die Hälfte. »A bloody kraut?«

»Yeah, man, an odd guy with a hell of fuckin' snapshots.«

Das mußte dieser Mappenmann sein, dachte Timm. Whitehouse hatte offensichtlich genug geplaudert. Er stieß sein Glas gegen das seine und knurrte: »Never drank before with a fuckin' homicide dick.«

Timm hob das Glas. *Homicide dick* war eine ziemlich exakte Bezeichnung seines Jobs. Whitehouse wandte ihm den Rükken zu und sagte etwas wie: »Call my lawyers in LA.«

Das war ein netter Hinweis für die homicide dicks der nunmehr zuständigen Mordkommission: Rufen Sie die Anwälte von Johnny Whitehouse in Los Angeles an.

Timm trank sein Glas aus und vermied es, in die Richtung der Japaner zu blicken. Vielleicht wußte ja Frau Sediwi etwas über diesen ominösen Mappenmann.

Sie wußte. Timm hätte vor Ärger am liebsten mit dem Fuß aufgestampft wie Rumpelstilzchen.

»Ja, der Mann war gerade hier. Er kam in dem Augenblick, als Sie zur Toilette verschwanden. Er ist gleich wieder gegangen.«

Timm reagierte wütend. »Und das sagen Sie mir erst jetzt?«

»Weiß ich denn, was wichtig für Sie ist? Der Mann vermißte ein Foto aus seiner Sammlung. Es ist ihm gestern abend aus einer Mappe gefallen. Ein Jugendbildnis von Herrn Schulte-Nissen. Die Putzfrau hatte es anscheinend entdeckt und mir hingelegt.

»Beschreiben Sie den Mann bitte. Wie sah er aus?«

Erst einmal hatte sie ihre Gäste zu bedienen. Es verging einige Zeit, bis sie zu Timm zurückkehrte.

»Der Mann ist äußerst schweigsam. Spricht so gut wie kein

Wort. Vom Aussehen her eher unscheinbar. Klein, farblos, grau in grau.«

»Frau Sediwi, Sie kommen bitte morgen früh gleich in die Keithstraße. Hier meine Karte. Wir werden dort nach Ihren Angaben ein Phantombild erstellen. Haben wir uns verstanden?« Sie nickte schweigend.

Der elektronische Flügel, der bis dahin nur eine leise Musikberieselung abgesondert hatte, erklang plötzlich laut und dröhnend. Timm drehte sich um und entdeckte Whitehouse am Instrument. Und um ihn geschart die beiden Japaner. Auf dem Flügel stand die Whiskey-Flasche.

Timm schwante nichts Gutes bezüglich der alkoholbefeuerten gelb-roten Musik-Koalition. Und es kam schlimmer als er befürchtete. Während Whitehouse in die Tasten hämmerte und im breiten texanischen Slang dazu sang, krächzten die Japaner in den höchsten Tönen ihre heimatliche Version des Whitehouse-Songs. Es stimmten weder Ton noch Takt noch Rhythmus überein.

Timm sprang vom Barhocker und ging zu den verirrten Musikenthusiasten hinüber, um die Sache friedlich zu beenden. Doch munter tönte das fröhlich-feuchte Trio weiter und ließ sich von seinem greulichen Tun in keiner Weise abbringen. Vielmehr nahmen die Japaner Timm beim Arm, hakten ihn zu beiden Seiten ein und nötigten ihn mit unbarmherziger Ausgelassenheit mitzusingen. Nur ein absoluter Kenner der Materie mochte erahnen, daß es sich bei dem zuletzt zelebrierten Lied um die alte Hymne *Oh when the saints go marching in* handelte.

Klaudia Kox, gewöhnlich weder durch optische noch durch akustische Überreizung aus der Fassung zu bringen, stand, nachdem sie die Szene betreten hatte, zunächst einigermaßen entgeistert da, bevor sie sich in einen Disput mit der Barfrau einließ. Gracia Sediwi ließ Frau Kox mit ihren Fragen restlos abblitzen. Eigentlich wollte sie ihr nicht einmal einen Drink kredenzen. Aber das hätte gegen die guten Sitten des Hauses verstoßen. So blieb es bei einer unsichtbaren Eiswand, die zwischen den beiden Damen gefror. Klaudias wiederholte Versuche, der Bardame gewisse Zusammenhänge zu erklären und um Verständnis zu bitten, schlugen restlos fehl. Die Sediwi verdammte die Person, die es fertiggebracht hatte, ein derart schändliches Interview in die Zeitung zu setzen und das Andenken an Eva Ettlich zu besudeln. Und nicht nur das. Sie hatte auch Herrn Schulte-Nissen, den Stammgast des Hauses, in den Dreck gezogen und damit das Ansehen des *Meridian* geschädigt.

Die Kox begriff, daß jeder weitere Versuch zwecklos war und glitt vom Barhocker. In diesem Augenblick endete das Unternehmen *Oh when the saints...* mit einem vollständigen musikalischen Desaster, und Timm erschien wieder an der Bar. Auch dem Nashville-Meister lag nur noch daran, auf direktem Wege zur Einverleibung einer weiteren Flasche Bourbon zu schreiten.

Die Kabuki-Schüler kicherten wie die Kinder und begaben sich artig auf ihre Plätze zurück. Plötzlich herrschte wieder die Atmosphäre mondäner Vornehmheit, soweit die restlichen Gäste nicht aufgrund der musikalischen Vorkommnisse das Weite gesucht hatten.

»Sieh an«, sagte Timm bewundernd zu Frau Kox, »je später der Abend, desto schöner die Gäste!«

Die Kox griente. »Ich wußte gar nicht, daß zum vielgerühmten Berliner Polizei-Modell auch eine Gesangsausbildung gehört.«

»Ich auch nicht«, sagte Timm. »Ihre Zeitung sollte es dem Innensenator mal vorschlagen.«

27

Der goldene Herbst hatte sich endgültig verabschiedet. Grau und regnerisch dämmerte der Morgen. Klaudia stellte sich unter die kalte Dusche und versuchte sich einzureden, alles sei ganz super. Bis auf das Wetter, den beschissenen Job und die Tatsache, daß sie hundemüde war. Zwei Nächte mit so wenig Schlaf waren in ihrem Alter eben nicht mehr ohne weiteres zu verkraften.

Dennoch war sie nicht unzufrieden mit dem vergangenen Abend. Es war ihr zwar nicht gelungen, aus Timm auch nur eine winzige Äußerung über den unnatürlichen Tod der Eva Ettlich herauszuholen, aber er hatte sich immerhin als ein leidlich charmanter Begleiter erwiesen, dem man den vorangegangenen Alkoholgenuß kaum anmerkte. Die Barfrau hatte ihm mit einem mißbilligenden Blick auf Klaudia eine *Bloody Mary* empfohlen, falls er gedenke, seinen Dienst morgen wieder ebenso ernst zu nehmen wie am heutigen Abend.

Timm hatte sich mustergültig verhalten, ihr ein Glas Champagner spendiert und auf jede Frage mit einer Gegenfrage, den Redaktionsalltag betreffend, reagiert. Nur einmal ging er ein wenig aus sich heraus, als sie ihn um seine Bewertung der Hochgelder-Ettlich-Information bat und er vielsagend griente. »Das hat Ihnen jemand hier aus dem Hotel eingeredet. Sprach er zufällig mit einem Dialekt aus der Gegend um Dessau?«

Auf die Idee, Timm für einen Landsmann zu halten, war Klaudia bis dahin gar nicht gekommen. Aber es erklärte manches. Zum Beispiel seine übergroße Zurückhaltung. Die gab er nicht einmal auf, als sie ihn nachher in ihrem Twingo mitnahm. Am nächsten S-Bahnhof verabschiedete er sich mit einem festen Händedruck und einer Verbeugung, die er seiner

Größe wegen vor der schon wieder geschlossenen Autotür absolvierte. Vielleicht ist er ja doch besoffen, hatte sie amüsiert gedacht.

In der Redaktion herrschte eine Stimmung wie unter staugeplagten Kraftfahrern bei Nieselregen. Niemand guckte den anderen richtig an, und um Klaudia kümmerte sich überhaupt keiner. Die Morgenausgabe mit Martins Meisterfoto und der eingeklinkten Eva Ettlich als Blickfang lag überall herum. Klaudia fragte sich, wer wohl in letzter Minute das Fragezeichen in der Unterzeile *Hubertus Schulte-Nissen verhaftet?* veranlaßt hatte. *Von unseren Reportern Doreen Elstermann und Martin Bongard.* Na, herzlichen Glückwunsch!

Sie setzte sich vor ihren Computer und begann die Meldungen durchzusehen. Nach einiger Zeit kam jemand vorbei und legte ein dickes DIN-A5-Kuvert auf ihren Platz. Sie beachtete es nicht. Mit der Post gelangten mitunter die unsinnigsten Dinge auf ihren Tisch. Eine besonders vollwertige Dinkel-Löwenzahn-Brennessel-Mischung samt Gebrauchsanweisung etwa, zugeschickt von einer fanatischen Vegetarierin, nachdem Klaudia im Blatt das Rezept ihrer Großmutter für *Falschen Hasen* veröffentlicht hatte.

»Fanpost?«

Sie drehte sich erschrocken zur Seite. Martin hatte sich unbemerkt herangeschlichen und wog den gefütterten Umschlag in der Hand.

Sie griff nach dem Kuvert und las ihren Namen in auffällig exakter Schönschrift, dazu die korrekte Adresse der Redaktion. »Keine Ahnung«, sagte sie.

»Wenn er einer so schön schreibt, ist das Manuskript meistens nichts wert.«

»Wer sollte mir Manuskripte schicken?« Sie drückte mit zwei Fingern auf dem Umschlag herum. »Da ist was anderes drin.«

»Vielleicht eine Briefbombe«, witzelte der dicke Herbert,

der ebenfalls bei ihr stehengeblieben war und wie immer intensiv nach Pfeifentabak roch.

»Quatsch!« Sie riß ihm den Brief aus den Wurstfingern und machte Anstalten, ihn zu öffnen.

Martin hielt sie zurück. »Vorsicht«, sagte er. »Kennst du den Absender?«

Schmiedicke Droysenstraße 78, stand in der gleichen gestochenen Blockschrift in der linken unteren Ecke.

»Könntest du geschrieben haben«, sagte Martin zu Herbert. Du bist doch auch so ein Schriftkünstler.«

Der dicke Herbert schüttelte das struppige Haupt und starrte durch seine kreisrunden Brillengläser auf die Schrift. »So lang ist die Droysenstraße überhaupt nicht«, sagte er. »Da ist was faul.«

Klaudia wurde energisch. »Gib das jetzt her und hört auf mit dem Blödsinn. Wir sind doch nicht in Wien. Wer sollte mir denn eine Bombe schicken?«

Sie griff nach der angeklebten Lasche und lüftete ein Eckchen. Ein bißchen unheimlich war ihr die Sache doch. Es passierte nichts, und sie zog vorsichtig weiter. Ein Stück Bindfaden kam zum Vorschein, wahrscheinlich versehentlich mit der Lasche festgeklebt.

»Halt!« forderte Martin. Herbert hatte sich etwas in den Hintergrund verzogen.

»Das mit der Schnur sieht verdächtig aus.« Martin nahm den Brief und drehte ihn so vorsichtig, als bestünde der Inhalt aus Zuckerguß. »Ich habe eine Idee.«

Er legte den Brief behutsam wieder auf den Tisch. »Hat jemand ein paar Meter Schnur?«

Die waren schnell gefunden. Mit einer Büroklammer verband Martin bedächtig die beiden Schnurenden miteinander.

Klaudia sah ihm amüsiert zu. »Und jetzt?« fragte sie.

Mit bedeutungsvoller Miene nahm Martin Strippenknäuel

und Brief in beide Hände und ging in Richtung Notausgang. »Ihr werdet schon sehen«, sagte er.

»Pack es lieber ein«, riet Herbert, der sich noch immer in gehöriger Entfernung hielt.

Martin legte den verdächtigen Brief in die aufgeschlagenen Gelben Seiten, steckte beides in den größten Umschlag, der sich finden ließ, und klebte ihn zu. Nur der Bindfaden guckte heraus.

Martin voran, zog die kleine Karawane, der sich weitere Neugierige anschlossen, zum Notausgang. Der führte in ein enges, an einem Lichtschacht gelegenes Treppenhaus. Alle verharrten auf dem Treppenpodest, während Martin die Schnur abwickelte und das Ende am Geländer festband. Meike, eine baumlange Fotografin, schoß ein paar Aufnahmen. Die Stimmung war ausgelassen; jemand begann zu zählen: »Zehn – neun – acht –«

Bei Null warf Martin das Paket über die Brüstung. Nichts geschah, bis ein dumpfer Schlag von unten her das Treppenhaus erbeben ließ. Qualm und Papierfetzen wirbelten im Treppenschacht empor. Herbert lehnte schreckensbleich an der Tür und flüsterte: »Ich habe es gleich gewußt!« Meike fotografierte. Langsam stieg Martin die Stufen nach unten. Klaudia folgte ihm. Im Schacht baumelte nur noch ein Stück Bindfaden.

Auf dem Drahtgitter über dem Kellergeschoß sammelten sich die angekohlten Reste der Gelben Seiten. Klaudia griff durch das Geländer nach einem Fetzen. *Schmiedic Droy* stand darauf in gestochener Blockschrift. Unbeobachtet steckte sie das Papier ein.

Aus dem Erdgeschoß polterte der aufgeregte Sicherheitsdienst heran. »Was ist hier passiert? Wer hat diese Explosion ausgelöst?«

Klaudia hob die Schultern. »Ich weiß nicht. Es hat plötzlich furchtbar gekracht . . .« Sie schlängelte sich an den Männern vorbei nach oben. Die redeten auf Martin ein.

Oben in der Redaktion herrschte das totale Chaos. Nur Doreen, die gerade erst eingetroffen war, verstand nicht, worum es eigentlich ging.

»Macht nichts«, sagte Klaudia. »Falls Lucius fragt: Ich bin bei der Polizei.«

Doreen starrte sie an. »Du bist ja ganz schwarz im Gesicht«, sagte sie pikiert.

28

In der Regel trifft ein Ermittler in einem anonymen Wohnsilo, unweigerlich aber in jedem gepflegten Wohnhaus, auf einen absolut verschwiegenen Nachbarn. Der weiß nichts, hat es aber schon immer gewußt. Er hat nichts gesehen, hat es aber längst kommen sehen.

Im Fall Gunnar Heu handelte es sich um eine Nachbarin. »Herr Heu ist ein Problemfall«, sagte Frau Süßhaupt, eine guterhaltene Schmargendorfer Witwe, sorgenvoll. »Es mußte ja so kommen, nachdem ihn seine Ehefrau verlassen hatte. Sie ist zu einer anderen Frau gegangen, mit der sie angeblich leben will, wenn Sie verstehen, Herr Kommissar.«

Und dann erläuterte Frau Süßhaupt, daß sie sich ein bißchen um den alleinstehenden Schauspieler kümmere. Sie verwahre sicherheitshalber die Schlüssel zu seiner Wohnung, wenn es mal wieder »ganz schlimm um ihn steht«.

Auf diese Weise gelangten Timm und Schölzel in die Wohnung des Mannes, den die Nachbarin seit zwei Tagen nicht gesehen hatte. Ihnen bot sich ein trostloses Bild. Durch eine ursprünglich geschmackvoll eingerichtete Wohnung zog sich eine breite Spur aus Flaschen, Kleidungsstücken, Schuhen, Geschirr, Speise- und Tabakresten. Im Schlafzimmer, dessen Tür offenstand, lag Gunnar Heu quer auf dem ehemaligen Ehebett. Er war nur mit einer Unterhose und einem Hemd bekleidet, trug aber noch einen Schlips. Sein Gesicht war bleich und aufgedunsen, die Augen blutunterlaufen. Er atmete schwer und zitterte am ganzen Körper, als die beiden das Zimmer betraten.

»Kriminalpolizei! Stehen Sie auf, Herr Heu, und ziehen Sie sich etwas über. Wir haben Ihnen ein paar Fragen zu stellen.«

Heu versuchte sich zu erheben. Es gelang ihm nicht. Immer

wieder knickten seine zittrigen Beine ein. Er fiel zurück auf das Bett und starrte die fremden Männer mit flackernden Augen an. »Ich hab' das nicht gewollt.« Diesen Satz wiederholte er bis zur Unverständlichkeit.

Timm erkannte, daß es zwecklos war, darauf zu warten, bis Heu im behördlichen Sinne vernehmungsfähig war, und deckte ihn mit der Bettdecke zu. »Was haben Sie nicht gewollt?«

Heu tastete nach der Schnapsflasche auf dem Nachttisch, zog sie zu sich heran und hielt sie mit der Öffnung nach unten. »Ich brauche was, dringend!«

»Beantworten Sie meine Frage«, sagte Timm ungerührt. Er hatte sich die Arbeit für die Mordkommission eigentlich anders vorgestellt, nachdem der Kriminalrat ihn und Schölzel, der guten Anfangsergebnisse wegen, an die Mordbuben ausgeliehen hatte.

Heu stöhnte und starrte Timm mit aufgerissenen Augen an. Er verzog den Mund und zuckte mit den Gliedern. Timm wechselte einen Blick mit Schölzel, der sich angeekelt im Hintergrund hielt, und beugte sich nahe zu Heu: »Wo waren Sie, als Eva Ettlich aus der Bar getragen wurde?«

»Beim Whiskey«, erinnerte sich Heu wehmütig und leckte mit der Zunge über die trockenen Lippen.

»Der Mann leidet unter Entzugserscheinungen«, stellte Schölzel messerscharf fest.

»Ach nee, was Sie nicht sagen, Herr Kollege.« Timm plusterte genervt die Backen auf und nahm Heu die leere Flasche aus der Hand. »Nun sagen Sie schon: Was haben Sie nicht gewollt?«

Heu hob die Hände vors Gesicht und klagte in herzerweichendem Tonfall: »Ich brauche was.«

Timm zog einen Schein aus der Brieftasche und gab ihn Schölzel. »Besorg' in Gottesnamen eine Flasche Whiskey. Sonst kommen wir hier nicht weiter.«

Schölzel betrachtete fassungslos den Schein, dann Timm, zuckte mit den Achseln und verschwand wortlos.

Heu reckte den Kopf und schaute Schölzel hinterher. Dann fixierte er ungläubig Timm, höchst unsicher, ob das Ganze nicht ein übler Trick war – eine besonders hinterhältige Methode, ihn hereinzulegen. Und wenn der Kripomann tatsächlich mit dem Whiskey zurückkommt? Und wenn er die Flasche außerhalb seiner Reichweite hinstellt, um ihn damit zu erpressen?

Timm hatte inzwischen auf einem Stuhl neben dem Ehebett Platz genommen. Er beobachtete Heu aufmerksam und schwieg eine gute Weile. Ein Kriminalkommissar, der schweigt, nicht droht und keine Fragen stellt, ist irgendwie unheimlich. Verängstigt zog Heu die Bettdecke über den Kopf. Doch er hielt es nicht lange aus darunter. Timms Methode erwies sich als wirksam.

»Ich, ich wollte nicht ...« Heu stockte. »Ich wollte nicht, daß sie dermaßen abklappt. Ich wollte sie doch nur ein bißchen aus dem Verkehr ziehen. Ich bin schuld, daß sie ...« Er unterbrach den Satz und kniff voller Scham die Augen zusammen.

»Wollen Sie ein Geständnis ablegen?« Timm stand auf und trat zum Fenster. Er brauchte dringend frische Luft. Der üble Mief im Raum stach ihm unangenehm in die Nase. Er öffnete beide Fensterflügel. Eine frische Brise erfüllte das Zimmer.

Heu fröstelte. »Ich konnte doch nicht ahnen, daß die Pillen sie derartig umhauen. Ich hab' die Dinger immer bei mir. Die sind übriggeblieben von einer Therapie. Wenn man sie nimmt, darf man keinen Schluck mehr trinken, sonst kippt man total um. Ich hab' sie nie genommen. Ich hab' sie der Ettlich ins Glas getan.«

Timm setzte sich wieder. »Das war alles?«

Heu nickte betätigend.

»Erzählen Sie mir keine Märchen!« Timm wurde laut. »Ich

weiß, daß Sie die Ettlich gehaßt haben. Sie hätte Ihrem Freund und Gönner Schulte-Nissen gefährlich werden können. Und nicht nur ihm. Davon hing auch Ihre Existenz ab, so war es doch! Geben Sie das zu, Herr Heu?«

»Ja, ja«, jammerte Heu. »Ich hatte sie wirklich gefressen, diese Intrigantin. Sonst wäre ich doch gar nicht auf die Idee mit den Tabletten gekommen. Das ist ein richtiges Luder, sage ich Ihnen. Alle in der Bar haben sie nur angehimmelt. Sogar meinen alten Freund SN hat sie um den Finger gewickelt. Und Hochgelder, mit dem schläft sie sowieso. Und das genügte ihr noch nicht mal. Sie mußte auch noch die Bardame anmachen . . .«

Schölzel klingelte. Er kam mit einer Flasche Whiskey zurück. Timm war wütend, wollte sich aber nichts anmerken lassen. Mußte der Idiot ausgerechnet in diesem Augenblick, wo er den Mann soweit hatte, zur Tür hereinstolpern?

Er wandte sich an Heu, der apathisch unter der Decke lag und nach der Flasche gierte. »Sind Sie bereit, ein Geständnis abzulegen?«, fragte er eindringlich.

»Whiskey!« Gunnar Heu sprach das Wort wie eine Offenbarung aus. Er richtete sich plötzlich ohne die geringsten Schwierigkeiten auf und leckte sich die Lippen. Schölzel guckte Timm fragend an. Der nickte. Schölzel hielt nach einem Glas Ausschau. Unterdessen hatte sich Heu weit vorgebeugt, entriß in einem günstigen Augenblick Schölzel die Flasche, öffnete die Kapsel mit letzter Kraft und setzte zu einem kräftigen Schluck an. Danach sank er fürs erste befriedigt ins ehemalige Ehebett zurück, die Flasche fest in seinen Händen.

»Hallo, Herr Heu, sind Sie noch da?« Timm rüttelte ihn am Arm. Heu rührte sich nicht. »He, was ist los, Heu?«

Heu öffnete die Augen, grinste, setzte die Flasche erneut an und nahm einen zweiten Schluck. Danach stöhnte er befriedigt. »Ich sag' alles, Kommissar. Aber was ist mit ihr?«

Timm begriff nicht ganz und nahm ihm erstmal die Flasche aus der Hand. »Wie, was ist mit ihr?« Allmählich begann er an Heus Zurechnungsfähigkeit zu zweifeln. Allem Anschein nach hatte der Alkohol allzu deutliche Spuren hinterlassen.

»Die Ettlich. Ist sie noch immer bewußtlos?« fragte Heu.

Timm glaubte nicht richtig gehört zu haben und sah Schölzel an. Schölzel zuckte mit den Achseln. »Sagten Sie bewußtlos?« hakte Timm irritiert nach.

»Wenn sie im Koma liegt, bin ich dran, nicht wahr? Geben Sie mir noch'n Schluck, Herr Kommissar«, bettelte Heu.

Timm schraubte die Flasche zu und stellte sie außerhalb von Heus Reichweite auf einer Kommode ab. Ihm war klar, daß Heu vom Tod der Ettlich noch gar nichts wußte. Der lag seit der Nacht in der Bar betrunken in seiner Wohnung.

Timm zog das Morgenblatt aus der Tasche und hielt es Heu unter die Nase: »Hier, lesen Sie, wenn Sie dazu in der Lage sind. Eva Ettlich ist tot! Noch in derselben Nacht gestorben. Und wir werden den Mörder überführen. Verlassen Sie sich darauf!« Timm horchte auf den Nachklang seines letzten Satzes und war nicht ganz zufrieden damit. Er fand ihn angesichts des bemitleidenswerten Zustandes von Heu etwas zu scharf geraten.

Heu sprang wie von der Tarantel gestochen auf und schrie: »Ich war's nicht! Ich war's nicht!« Und noch ehe der etwas trantutige Schölzel reagierte, war Heu aus dem Bett und rannte an ihm vorbei hinaus auf den Flur. Timm wußte nicht, ob er über die klägliche Gestalt lachen sollte. Die weiten Unterhosen schlotterten Heu um die plumpen Knie.

Gemeinsam brachten die beiden Kriminalbeamten Heu ins Bett zurück. Schölzel ging zum Telefon und verständigte einen Arzt. Heu hatte Schüttelfrost und klapperte mit den Zähnen. Timm schloß das Fenster und versuchte ihn zu beruhigen. Er verabreichte ihm einen letzten Schluck aus der Pulle, nicht ohne nachdrücklich darauf hinzuweisen, daß es höchste

Zeit für eine gründliche Entziehungskur wäre. In Wahrheit wußte er, daß es dafür längst zu spät war.

Er bemerkte, daß Heu vor sich hin flüsterte und beugte sich ganz nah zu ihm, um ihn zu verstehen. »Ich war es. Ich habe sie umgebracht«, sagte Heu leise.

Timm fiel das Phantombild in seiner Tasche ein. Heu mußte den Mann mit der Mappe in der Bar gesehen haben. Auf die Gefahr hin, daß der in seinem Zustand kaum etwas erkennen würde, hielt ihm Timm das Computergesicht vor die Augen. Erstaunlicherweise rappelte sich Heu ein wenig auf. »Der sah ganz anders aus«, ächzte er. »Der Haaransatz höher. Und die Augen ziemlich tiefliegend.«

Schölzel trug die Korrekturen mit einem Stift in das Bild ein. Wenigstens dazu war er zu gebrauchen. Der Kopf bekam eine schmalere Form, die Augen wurden tiefer gelegt, Nase und Mund verändert.

»Ja, so ungefähr. Weshalb suchen Sie nach dem Kerl? Das ist doch nur ein Spinner.«

Timm erhob sich. Nach Lage der Dinge hatte er nunmehr zwei Beinahe-Geständnisse. Fehlte nur noch der Täter.

29

W*er tötete Eva Ettlich?* lautete Lucius' Schlagzeile im Morgenblatt. Darunter Martin Bongards bestes Foto von Timm und Schulte-Nissen: *Kriminalkommissar verhaftet Fernsehkommissar.* Der Aufmacher löste einen ziemlichen Wirbel aus, allerdings in eine von den Urhebern ganz und gar nicht beabsichtigte Richtung. In der Redaktion meldeten sich reihenweise empörte, zumeist ältere Leser, die von Vorverurteilung und Rufmord sprachen. Der Stein des Anstoßes war das Foto, auf dem Schulte-Nissen so gezeigt wurde, wie er den Leuten bis dato fremd war – in Privatkluft und mit Glatze. Das Foto sollte sie ihrer Illusion vom erfolgreichen Kommissar Ypsilon berauben. Man wollte eine Ikone zerstören, indem man sie entzauberte. Überraschenderweise nahmen die Leute das übel. Ypsilon war längst zu einer Kultfigur geworden. Eine ganze Generation identifizierte sich mit ihm. Zudem war die Rechnung, Schulte-Nissen durch die dem Zeitgeist gemäße Ettlich zu demontieren, durch deren plötzlichen Tod nicht aufgegangen. Binnen kurzer Zeit handelte das Frühstücksfernsehen die Meldung als Topthema. Bei den Morgenmagazinen der Radiosender klingelten die Telefone. Nur einem Moderator gelang es, Hubertus Schulte-Nissen live ans Telefon zu bekommen.

Klaudia Kox saß in ihrem Twingo und fuhr in Richtung *Meridian*. Sie war sich selber nicht recht klar darüber, ob sie tatsächlich so kaltblütig war, daß ihr das Briefbombenattentat nichts ausmachte, oder ob der Schock noch nachkommen würde. Wer hinter einer solchen Gemeinheit stecken konnte, vermochte sie sich nicht vorzustellen. Als Journalistin dieses Blattes trat man öfter mal jemandem auf den Fuß. Aber so etwas gleich mit einer Sprengladung zu beantworten? Das traute sie nicht einmal dem Ekel zu, ihrem ärgsten Konkurrenten.

Während sie noch darüber nachdachte, worüber sie in den letzten Tagen und Wochen geschrieben hatte, vernahm sie aus dem Autoradio eine vertraute Stimme. Sie drehte lauter und verfolgte aufmerksam den Dialog:

»Wie fühlen Sie sich heute morgen, Herr Schulte-Nissen?«

»Ausgezeichnet.«

»Sie sind nicht verhaftet worden?«

»Wie Sie hören, nein. Ich bin lediglich als Zeuge gehört worden.«

»Was haben Sie mit dem Tod der Schauspielerin Eva Ettlich zu tun?«

»Gar nichts. Der tragische Tod dieser begabten Kollegin hat uns alle tief erschüttert.«

»Sollte sie nicht Ihre Nachfolgerin werden?«

»Das ist eine Erfindung der Presse.«

»Werden Sie nun weiter den Kommissar Ypsilon spielen?«

»Warum nicht?«

»Bei sinkender Einschaltquote?«

»Diese Einschätzung dürfte sich spätestens beim nächsten Sendetermin als falsch erweisen.«

»Wir wünschen Ihnen viel Erfolg, Kommissar Ypsilon.«

Die Kox juchzte auf und hätte beinahe die Vorfahrt eines von rechts kommenden Lastwagens übersehen. Der bullige Fahrer drehte die Scheibe herunter und rief: »Pissnelke!«, woraufhin die Kox fröhlich mit »Arschgeige!« konterte. Der Mann zeigte ihr einen Vogel. Die Kox grüßte mit einem Kreis aus Zeigefinger und Daumen zurück. Das Zeichen war nicht mal strafbar.

Sie war happy. Ihr Instinkt hatte sie nicht getäuscht. Trotz seines Alters war Ypsilon immer noch eine Größe, die sich nicht einfach vom Sockel stürzen ließ. Er verfügte über ein festes Stammpublikum; eine treue Gemeinde, die ihr Idol in der

Not nicht im Stich ließ. Dabei spielte der Faktor Sentimentalität sicherlich eine wichtige Rolle – ein Faktor, den eiskalte Telekraten vom Schlage Hochgelders und seelenlose Pressefuzzis wie Lucius gewöhnlich übersahen.

Wie schnell sich das Blatt in dieser Branche wendet, dachte Klaudia Kox. Lucius wird sich warm anziehen müssen. Seine voreilige Entscheidung gegen SN konnte ihn den Kopf kosten. Sie grinste. Also lag sie goldrichtig damit, sofort ein dickes Interview mit dem großen Kommissar nachzuschieben. Vielleicht ließ sich das sogar bei einem der großen Nachrichtenmagazine unterbringen? Warum eigentlich nicht? Immerhin hatte sie als erste bei SN angeklopft. Und außerdem durfte sie ihn seit gestern beim Vornamen nennen. Wenn das kein glückliches Vorzeichen war . . .

An der Hotelrezeption gebärdete man sich strikt abweisend. Herr Schulte-Nissen habe strengste Anweisung erteilt, von niemandem gestört zu werden, nachdem er von den Medien auf »höchst ungebührliche Weise« belästigt worden war. Der Concierge persönlich baute sich vor Klaudia Kox wie eine Panzersperre auf. Doch Klaudia entpuppte sich als explosive Tellermine. »Ich bin mit Herrn Schulte-Nissen zu einem Exklusiv-Interview verabredet«, teilte sie kühl mit. »Hubertus erwartet mich.«

Der Concierge stutzte, als sie Schulte-Nissen so ungeniert beim Vornamen nannte. »Oh, Sie kennen sich näher . . .«

Die Kox schwieg doppeldeutig und fertigte ihn mit einem lasziven Blick ab. Dem fühlte sich der Gentleman nicht gewachsen. Er griff zum Telefon und informierte den prominenten Hotelgast im diskreten Flüsterton über die Anwesenheit der Journalistin, einer *gewissen Frau Kox*. – »Herr Schulte-Nissen bittet Sie, in der Lobby zu warten. Er wird gleich herunterkommen«, sagte er salbungsvoll.

Wenig später erschien SN in einem hellgrauen, englischen Flanellanzug mit Weste und gepunkteter Fliege. Er strahlte übers ganze Gesicht, marschierte geradewegs auf die Kox zu und küßte ihr die Hand, bevor er sich ihr gegenüber in den Ledersessel fallen ließ. »Na, meine Liebe, Sie sehen ja heute morgen blendend aus. Dann schießen Sie mal los!«

Seit dem Radiointerview war Klaudia auf einen Stimmungsumschwung SNs eingestellt. Aber das hier übertraf ihre Erwartungen. »Ich faß es nicht, Hubertus! Da versucht mein Revolverblatt, Sie mit allen Mitteln vom Sockel zu stoßen, aber das scheint Sie nicht die Bohne zu jucken.«

Er lachte. »Ganz im Vertrauen, liebe Kox, oder besser, meine liebe Klaudia ...« Er streckte die Hand nach hinten aus, hielt sie mit einem gewissen Abstand von seinem Hinterteil und flüsterte ihr zu: »Um es Ihnen ganz genau zu sagen: Es geht mir sechzig Zentimeter am Arsch vorbei.«

Klaudia stimmte in sein Lachen ein. »Also, was ist, Hubertus? Klären Sie mich auf.«

»Der Oberindianer hat soeben ein Rauchzeichen gegeben. Er will 'ne Friedenspfeife mit mir rauchen.«

Sie beugte sich vor, um den dunklen Sinn seiner Worte zu entschlüsseln. »Ihr Produzent?« fragte sie.

SN schüttelte den Kopf und deutete mit dem Zeigefinger nach oben. »Höher«, sagte er. »Beinahe ganz oben.« Und fuhr unvermittelt fort: »*Ihr naht euch wieder, schwankende Gestalten.* Goethe, Faust.« Dabei schaute er an ihr vorbei in die Halle. Klaudia konnte sich nicht des Eindrucks erwehren, daß er irgendwie nicht mehr ganz richtig tickte. Möglicherweise war die Aufregung der letzten Tage doch zu groß für ihn gewesen. Da donnerte eine Stentorstimme durch die Lobby: »Oh Gott, was müssen meine armen Augen sehen. Ich bin erschüttert!«

Klaudia drehte sich um und entdeckte eine steinalte Dame mit einer Hermelinstola, die von einer weiteren Dame gestützt wurde. »Wer ist das, um Gotteswillen?«

»Die Gräfin Salm zu Salmstein und Trutzburg-Wendelshausen«, zischte SN ihr zu und sprang auf, um den Damen entgegenzueilen.

Die Gräfin hielt ihm die Zeitung mit dem kompromittierenden Foto entgegen: »Man hat mich beraubt. Man hat mir das Kostbarste genommen, was ich jemals besaß: Das einzig helle Licht in den dunklen Zeiten meiner Einsamkeit! Mein Herr! Geben Sie mir den Kommissar Ypsilon zurück! Y-p-s-i-l-o-n!« Sie skandierte das Wort wie eine Beschwörungsformel und mit einer derartigen Resonanz, daß es durch die Hotelhalle schallte.

SN, weit davon entfernt, sich der allgemeinen Aufmerksamkeit wegen zu genieren, war im Stillen hellauf begeistert von der Darbietung, die einer Großherzoglichen Hofschauspielerin würdig gewesen wäre.

»Ich bin untröstlich, Gräfin, und ich werde mein Möglichstes tun«, erwiderte er majestätisch und verbeugte sich ehrfurchtsvoll. »Ich werde Ihnen ein helles Licht in die Dunkelheit senden. Soweit ich weiß, am nächsten Freitag zur gewohnten Sendezeit.«

»Das will ich gehofft haben, mein Herr, sonst sind wir und diese ganze sogenannte Television geschiedene Leute«, gab die Gräfin zurück. »Und im übrigen haben Sie noch etwas gut bei mir, wie ich wohl weiß.«

»Zu gütig«, wehrte SN ab. »Das war, wie Sie selbst festzustellen geruhten, nur eine Kleinigkeit . . .«

»Nein, nein, mein Verehrtester. Hiermit sind Sie offiziell zum Familientag derer von Salm-Salmstein eingeladen.«

SN erbleichte, während die greise Gestalt noch ein huldvolles »Sie hören von uns« anfügte.

Der Concierge und der Page Henry waren nur zwei von etlichen Zuschauern, die den nicht zu überhörenden Auftritt der Gräfin aufmerksam verfolgt hatten, und sich nun bemüßigt fühlten, herbeizueilen. Während Henry mit einem lässig geraunten »Liegt wat an, Chef?« auf der Bildfläche erschien, machte der Concierge einen deutlich nervösen Eindruck. Die Aufregungen der letzten Tage hatten ihre Spuren hinterlassen. Seine Augenbrauen zuckten. »Haben Sie noch Wünsche, Gräfin?«

Die Gräfin nahm ihr Lorgnon zur Hand, das stets an einer Goldkette über ihrer Brust baumelte, richtete es auf den dreisten Lakaien und sprach mit dem Ausdruck der Verwunderung: »Das Personal ist auch nicht mehr das, was es einmal war.«

Um die Situation zu retten, blinzelte SN dem Concierge verschwörerisch zu und sagte: »Gräfin, als kleines Zeichen meiner Entschuldigung biete ich Ihnen und Ihrer Gesellschafterin für die nächsten Tage die Fürstensuite an. Man hat mich dort irrtümlicherweise einquartiert. Die Suite steht Ihnen wie keiner anderen zu. Der Concierge hat sicher nichts dagegen, wenn ich in ein gewisses anderes Zimmer ziehe.«

SN spielte damit auf die Suite mit der Nummer Null an, von deren Existenz nur ein kleiner, auserwählter Kreis von Gästen wußte. Diese Geheimsuite des Hotels tauchte nicht im Zimmerverzeichnis auf und war mit einem separaten Ausgang versehen. Sie hatte schon so manchem geheimen Staatsgast als diskrete Unterkunft gedient. Für SN bot die Nummer Null die beste Garantie, von weiteren Belästigungen verschont zu bleiben.

Der Concierge schien ganz und gar nicht begeistert von dem Vorschlag und wedelte abwehrend mit den Händen. »Wir haben noch immer Mister Whitehouse im Hause«, raunte er SN zu, und laut sagte er: »Ich glaube, die Frau Gräfin ist vorzüglich untergebracht . . .«

Die Gräfin nickte ihm hoheitsvoll zu und entschwebte samt Gesellschaftsdame gemessenen Schrittes.

Henry war unterdessen seinem Gespür gefolgt und zur Kox an den Tisch getreten, um sie kurz und knapp über die Gräfin

Salm zu Salmstein aufzuklären. Sie dankte ihm die aufschlußreiche Information mit einem Geldschein.

»Ihr Lieblingspage hat mich bestens unterhalten«, sagte sie, als SN zu ihr zurückkehrte.

»Das freut mich.« SN legte dem Pagen die Hand auf die Schulter. »Auf Henry kann man sich in jeder Situation verlassen.«

»Aye, aye, Sir«, gab Henry grienend von sich und verschwand.

»Was halten Sie davon, Madame, wenn wir unser Gespräch auf meiner Suite bei einem kleinen Sektfrühstück fortsetzen? In allen Ehren, versteht sich.«

Klaudia dachte bei Sektfrühstück an russischen Beluga-Kaviar, den sie in uralten Zeiten am Schwarzen Meer einmal genossen hatte. Sehnsüchtig sah sie SN an und sagte: »Konetschno, Towarisch.«

Diesmal war es SN, der nicht verstand.

Klaudia wurde nicht enttäuscht. In der Fürstensuite hätte sie sich liebend gern für ein paar Wochen eingemietet. Auf Kosten der Redaktion, versteht sich. Der Beluga-Kaviar war vorzüglich, der Sekt ebenfalls.

»Hubertus, was meinten Sie vorhin mit den *Rauchzeichen des Oberindianers*?«

»Ich habe einen Anruf bekommen. Vom Chef des Senders persönlich. Es geht ihm um Schadensbegrenzung.«

»Schadensbegrenzung?«

»Der Fall Ettlich soll heruntergespielt werden. Frau Ettlich hat niemals eine Zusage für eine Rolle in der Serie ›Kommissar Ypsilon‹ erhalten und niemals in der Serie mitgespielt. Die Szenen, die mit ihr gedreht worden sind, waren einzig und allein als Casting gedacht. Alles andere sind Erfindungen der Presse. Es soll nicht der Schatten eines Makels auf den Sender fallen. Sonst könnte die Werbung abspringen. Und die Quote in den Keller gehen. Ich werde die neue Staffel zu Ende drehen. Nach altem Rezept. Als wenn nichts gewesen wäre. Und dann wird man weitersehen.«

»Und das tun Sie? Nach allem, was geschehen ist?«

SN lächelte mild. »Mein Kind, ich muß wohl. Ich habe einen Vertrag, den ich nicht einfach brechen kann.«

»Scheißspiel.« Die Kox sah ihn kritisch an: »Das ging ja schnell. Und was ist mit Hochgelder?«

Jetzt griente SN offen. »Bis auf weiteres beurlaubt!«

»Sieh an, der Herr hat zu hoch gepokert. Naja, um den ist es auch nicht schade. Aber was ist mit Ihrem Maskenbildner? Das kann Sie doch unmöglich kalt lassen. Der ist doch sicherlich so unschuldig wie Sie und ich.«

SN seufzte. »Den muß ich noch rausholen. Ich habe bereits mit meinem Anwalt gesprochen. Und ich werde dem Producer klarmachen, daß ich ohne Tulpe keinen Meter drehe. Aber wenn sich dieser Timm querstellt ...«

Klaudia dachte nach. »Kommissar Timm sucht inzwischen nach einem ominösen Mappenmann«, sagte sie und dachte dabei an jemanden, den sie in der Nacht von Eva Ettlichs Tod aus dem Hotel hatte kommen sehen. Wie hatte der Kerl ausgesehen?

SN schien nicht recht zu verstehen, wen Klaudia meinte und schenkte den Rest aus der Flasche ein. »Was für ein Mappenmann?«

»Er hat irgendwelche Fotomappen mit sich herumgeschleppt.«

SN dämmerte es. »Ach, dieser verrückte Sammler! Der besitzt sogar ein Foto von mir als junger Schauspieler, das ich selbst nicht habe. Das wollte er sich signieren lassen.«

»Er war vorgestern abend in der Bar, bevor das mit Eva Ettlich passierte?«

SN machte eine wegwerfende Handbewegung. »Unsereins hat es öfter mit solchen Spinnern zu tun. Die Hälfte der Post kommt von solchen Leuten. Nachdem die Mauer gefallen war, kamen auch noch die aus dem Osten dazu. Damals bombardierte mich beispielsweise ein besonders Hartnäckiger mit zahllosen Briefen und ausgefallenen Autogrammwünschen. Solche Typen lassen nicht locker. Meine Frau und ich, wir nannten ihn den Schönschreiber.«

Klaudia wurde hellhörig: »Ein Schönschreiber, sagen Sie? Haben Sie die Briefe noch?«

SN lachte. »Sein Markenzeichen war eine besonders schöne Handschrift. Wie mit der Schablone gemalt. Im übrigen verwaltet meine Frau das Archiv in unserem Haus in Zell am See.«

Klaudia war plötzlich wie elektrisiert. »Dann rufen Sie sofort bei ihr an!« verlangte sie energisch, und Sie merkte gar nicht, daß sie sich im Ton vergriff. Der journalistische Jagdinstinkt ging mit ihr durch.

SN starrte sie offenen Mundes an. »Jetzt fangen Sie auch noch an zu spinnen, Klaudia. Solchen Unsinns wegen soll ich meine Frau belästigen?«

»Aber verstehen Sie denn nicht? Das ist eine Spur. Sie wollen doch, daß Ihr Maskenbildner wieder freikommt, oder?«

»Und dazu ist es wirklich notwendig, meine Frau anzurufen?« Klaudia nickte stumm.

»Sofort?« SN stöhnte und machte ein Gesicht, als laste auf einmal das ganze Elend dieser Welt auf seinen Schultern. »Wissen Sie, was der Kaiser Franz Joseph von Österreich mit zitternder Stimme sagte, als er das erste Mal ein Telefon benutzen mußte? ›*Mir bleibt auch nichts erspart.*‹«

Er stand auf und ging zum Apparat. »Lydia? Liebling, bist du es?«

Lydias aufgeregte Stimme meldete sich am anderen Ende. »Na endlich, Hubi. Was ist los? Wo bist du? Bist du verhaftet? Ich hab' von dem Foto erfahren. Meine Schwester hat mich angerufen. Ich habe bereits einen Platz in der Nachmittagsmaschine gebucht.«

»Nun bleib nur ganz ruhig, Lydilein. Hier ist längst alles wieder in Ordnung.«

»In Ordnung nennst du das, wenn sie dich verhaften? Was ist denn nun mit dieser Ettlich passiert?«

»Das wird sich alles herausstellen. Und du kannst mir dabei helfen. Du hast doch mal so eine Mappe angelegt, mit einem roten Aufkleber. Wenn ich mich recht erinnere, stand ›Schwärmer, Spinner und Verrückte‹ oder so ähnlich drauf, und die . . .«

Lydia ließ ihn nicht aussprechen und wurde laut: »Und da gehörst du auch rein, wenn du mir nicht sofort sagst, was los ist!«

»Aber so hör' doch, Lydia, es ist alles bestens und ich bin im Hotel. Erinnerst du dich noch an den Schönschreiber, damals Ende Neunundachtzig, Anfang Neunzig?«

»Ja, bist du denn von allen guten Geistern verlassen? Bei euch geschieht ein Mord, und du faselst mir etwas von einem Schönschreiber vor!«

SN überlegte, wie er seine aufgebrachte Frau beruhigen konnte. »Aber Liebling, Lydilein, meine Zuckerschnecke, darum genau geht es vielleicht. Du kannst dabei helfen, den Mord aufzuklären!«

Am anderen Ende der Leitung trat eine nachdenkliche Pause ein. »Hallo, Lydia, bist du noch da?«

»Natürlich bin ich noch da, du Süßholzraspler. Und ich weiß auch von dem Schönschreiber. Dessen Briefe liegen bestimmt noch in der Mappe.«

»Dann faxe ihn in Dreiteufelsnamen sofort hierher!«

Klaudia Kox soufflierte ihm flüsternd. »Nicht ins Hotel! An mich, an meine Wohnadresse.« Sie hielt ihm das Kärtchen mit ihrer Faxnummer vor die Nase.

»Nein, stop, schick das Fax an Klaudia Kox. Ich sag' dir die Nummer.«

Als Lydia den Namen hörte, geriet sie aus der Fassung.

»Was denn, an diese Journalistin? Die dieses gemeine Interview gemacht hat? Kommt überhaupt nicht in Frage! Basta!«

»Aber Schatz, Lydilein, die Frau steht jetzt ganz auf meiner Seite. Das kannst du mir glauben. Also, du schickst ihr das Fax, ja? Und du wirst sehen, alles wird gut.«

Schatz Lydilein ließ sich aber nicht so leicht überzeugen. »Hat sie dich becirct? Sag mir die Wahrheit! Ist sie etwa bei dir im Hotel? Ist sie bei dir auf dem Zimmer? Sag endlich die Wahrheit! Hubi, ich will wissen . . .«

»Ich glaube, ich gehe jetzt besser«, flüsterte Klaudia dazwischen und verschwand mit einem »Tschüs«.

»Nein, nicht doch«, rief ihr SN hinterher. »Nein, nicht du, Lydia! – Also, abgemacht, du schickst ihr das Fax, ja?«

»Hubi, so geht das nicht weiter. Ich komme sofort nach Berlin!« Lydias Stimme klang entschlossen. SN merkte, daß sie es ernst meinte. »Ich weiß was viel besseres, Lydia. Wie wär's denn, wenn wir hierher umziehen würden?«

Große Pause. Lydia war schockiert. »Du meinst, nach Berlin? Aber Hubi, das liegt doch in Sibirien!«

»Das schon. Aber du ahnst ja nicht, wie viele Theater, Film- und Fernsehstudios es hier gibt. Und erst die Orchester, Opernhäuser, Museen, Schlösser, Parkanlagen, Seenlandschaften . . .« SN geriet ins Schwärmen.

»Und reizende Journalistinnen!«

»Ach, Lydia, du kennst mich doch. Sie ist eine nette Person, und wenn du ihr das Fax schickst . . .«

Am Ende versprach es Lydia. Hatte sie den Mann nicht einst geheiratet, weil er so gut reden konnte?

30

Als Klaudia Kox aus dem Fahrstuhl in die Halle trat, lief sie Timm in die Arme. Sie wechselten ein paar freundliche Worte miteinander und tasteten einander vorsichtig ab; darauf bedacht, herauszufinden, ob der andere neue Fakten oder aufschlußreiche Details im Fall Ettlich zu bieten hatte.

»Haben Sie Ihren Mappenmann ausfindig gemacht?« erkundigte sich Klaudia gespannt.

Timm schüttelte ganz leicht den Kopf. »Der entgeht uns nicht«, sagte er. »Ich muß erstmal hier im Hause fertig werden.« Er sah sie aufmerksam an. »Gibt's bei Ihnen etwas Neues?«

Es fiel Klaudia nicht schwer, eine Lüge mit besonders unschuldiger Miene auszusprechen und *nein* zu sagen. Außerdem kannte sie die Struktur der Kriminalpolizei genau genug, um zu wissen, daß Timm nicht für Briefbomben zuständig war. Für einen Augenblick verspürte sie den starken Drang, ihm dennoch davon zu erzählen.

Auch Timm hätte viel lieber ihr Gespräch vom Vorabend fortgesetzt. Aber Dienst war Dienst. Um sich ihrer Faszination ein wenig zu entziehen, hielt er es für angebracht, ihr einen Warnschuß vor den Bug zu verpassen: »Aber bitte keine eigenmächtigen Ermittlungen, Frau Kox. Sonst . . .«

Frau Kox war nicht auf den Mund gefallen. »Was *sonst*, Herr Timm? Noch nie etwas von der Freiheit der Presse gehört? Da wird's aber Zeit.« Sie lächelte kokett. »Vielleicht sollte ich Ihnen mal Nachhilfestunden erteilen.«

Timm fiel keine passende Erwiderung ein. Er wußte nicht, ob er sich über den Mann in ihm ärgern sollte, der die Frau in diesem Augenblick überaus begehrenswert fand. Nachhilfestunden klang vielversprechend.

»Bis bald«, sagte er. »Und seien Sie trotzdem vorsichtig.«

Damit wandte er sich der Rezeption zu. »Ich hätte gerne Herrn Gröbke gesprochen.«

Gröbke saß in seinem Büro und wuselte mit Papieren herum. Timm ließ sich nicht täuschen. Der Mann hatte auf ihn gewartet, und wenn es nicht um einen Mord gegangen wäre, hätte Timm ihn gerne noch schmoren lassen.

Endlich stand Gröbke auf. »Womit kann ich Ihnen diesmal helfen?« erkundigte er sich steif.

Timm tat überrascht. »Ich habe auf Ihren Anruf gewartet«, sagte er und ließ sich unaufgefordert in einem Sessel nieder, der mit Sicherheit in einer der feinen Suiten bessere Tage gesehen hatte.

»War da noch etwas offen?« fragte Gröbke.

Timm spielte weiter den Erstaunten und nickte nur, was Gröbkes Befangenheit sichtbar steigerte. »Setzen Sie sich doch«, forderte Timm ihn höflich auf. Er genoß es, den Mann zu verunsichern.

»Ich habe Ihnen alle Materialien übergeben, die Sie verlangt haben. Ist etwas Relevantes bei der Überprüfung der Leute herausgekommen?«

Darauf gab Timm keine Antwort. Er sah Gröbke versonnen an. »Sie wären ein schlechter *Security-Manager,* wenn dabei etwas herauskäme«, sagte er schließlich und betonte den Titel in ironischer Weise. »Es sei denn . . .«

Gröbke hörte ihm sehr aufmerksam zu.

»Es sei denn, jemand hätte vorsätzlich etwas zu verbergen . . .«

Sie maßen einander mit Blicken. Timm fühlte sich in der besseren Position. »Nun packen Sie schon aus, Gröbke!« sagte er rauh. »Sie wissen doch, worauf es uns ankommt.«

Gröbke zögerte noch immer. Natürlich wußte er nicht, wieviel Timm wußte, und das war gut so. »Es geht um die bewußte Nacht . . .«, sagte er abwartend.

»Auch«, stimmte Timm vielsagend zu.

»Ich habe mich anscheinend bezüglich meines Aufenthaltes hier im Hause ein wenig in der Zeit vertan . . .«

Timm griente spöttisch und schwieg. Daß ein Profi sich bei einer Vernehmung nicht klüger anstellte als ein Ersttäter, amüsierte ihn. Oder hielt dieses Aalauge sich etwa für besonders gerissen?

»Ich habe mich bis etwa ein Uhr hier in meinem Büro aufgehalten.«

Der Spott in Timms Stimme war nicht zu überhören: »Unaufschiebbare Büroarbeiten, vermute ich.«

»Hier gibt es immer wichtige Maßnahmen, die meine persönliche Anwesenheit erfordern«, belehrte ihn Gröbke. »Wir haben einen Weltstar wie Whitehouse im Haus, dazu eine Kongregation von Wissenschaftlern, und diese Fernsehleute sind mitunter auch schwierig . . .«

». . . zu schützen«, ergänzte Timm.

Gröbke lief grün an. »Ich habe von den Vorgängen in der Bar erst am nächsten Tag erfahren.«

»Und das, obwohl der Mord hinter dieser Wand geschah.« Timms Stimme verlor jede Verbindlichkeit. »Wollen Sie mir wirklich einreden, sie hätten nicht bemerkt, daß vier angetrunken Männer unter Anleitung der Bardame die bewußtlose Eva Ettlich in das Zimmer nebenan transportierten? Ich glaube, dann sind Sie für Ihren Posten ungeeignet, Herr Gröbke.«

»Ich war nicht die ganze Zeit hier im Raum. Ich habe mehrere Kontrollgänge durch das Haus unternommen.«

»Um herauszufinden, wo Eva Ettlich sich aufhält?«

»Wieso das? Sie ist – sie war ein Gast wie jeder andere.«

»Und zwar einer, der hier schon mal eine oder mehrere Nächte mit einem gewissen Hochgelder verbracht hatte.«

Gröbke hob verächtlich die Hand. »Das hat man mir nur zugetragen. Derartige Affären fallen nicht in meine Kompetenz.«

Timm spürte, wie sein Gegenüber Oberwasser gewann. Dem war leicht abzuhelfen. »Aber Sie kannten Eva Ettlich doch recht gut . . .«, stellte er fest.

Das war ein Volltreffer. Gröbke hatte gelernt, seinen Gesichtsausdruck zu beherrschen. Nur seine verschränkten Finger zuckten. »Woraus schließen Sie das?« fragte er.

»Beantworten Sie meine Frage«, schnauzte Timm. »Seit wann kannten Sie Eva Ettlich?«

Gröbke ließ viel Zeit verstreichen. »Jeder in der DDR kannte Eva Ettlich«, sagte er schließlich. »Sie war eine bekannte Schauspielerin.«

»Gröbke!« Timms Stimme glich einem Donnergrollen. »Versuchen Sie nicht, mich hinzuhalten. Sie kannten Eva Ettlich persönlich, und Eva Ettlich kannte Sie. Und zwar nicht aus dem Fernsehen! Also: woher sonst?«

Die Antwort klang verblüffend. »Aus Madrid«, sagte Gröbke, als sei es das Normalste der Welt, daß sich zwei DDR-Bürger aus Spanien kannten. Für Timm war es dennoch eine aufschlußreiche Auskunft. Eine Zeitung, die ausführlicher und gewissenhafter als Klaudia Kox' Regenbogenblatt über den Tod der Schauspielerin berichtete, hatte erwähnt, daß Eva Ettlich 1985 als Frau eines ostdeutschen Diplomaten im Westen geblieben sei. In Madrid.

Timm fixierte Gröbke und fragte: »Welche Funktion hatten Sie dort an der Botschaft?«

Es war abermals ein Schuß ins Schwarze. Gröbke mußte glauben, Timm habe irgendwelche Akten gelesen. »Das wissen Sie doch«, sagte er deshalb. »Ich war offiziell persönlicher Mitarbeiter des Kulturattachés. Eva Ettlich war seine Frau.«

Damit schloß sich der Kreis. »Sie mußten befürchten, daß Frau Ettlich Sie enttarnt. Richtig?«

»Nein, keineswegs.« Gröbke saß kerzengerade auf seinem Drehstuhl. »Die leitenden Herren hier im Hause kennen selbstverständlich meine Vergangenheit. In der Privatwirtschaft ist man in solchen Fragen vorurteilsloser als bei gewissen Behörden. Ich habe mir nichts vorzuwerfen.«

»Und dennoch hatten Sie Angst vor Frau Ettlich?«

Auch das war nur ein Schuß ins Dunkle. Abermals fühlte Gröbke sich getroffen. Er sagte gepreßt: »Das beruhte eher auf Gegenseitigkeit. Anfangs verstanden wir uns gut. Sie lieferte mir gelegentlich kleine Informationen, wenn Sie verstehen. Aber irgendwann gab sie in einem Gespräch zu erkennen, daß sie nicht beabsichtige, in die DDR zurückzukehren . . .«

»Und das haben Sie pflichtgemäß gemeldet.«

Gröbke sah ihn an wie ein weidwundes Tier. »Das können Sie nicht verstehen«, sagte er müde. »Es war eine andere Zeit und eine andere Welt. Eine Welt, die Sie glücklicherweise nicht miterleben mußten.«

Timm erhob sich. Hast du 'ne Ahnung, dachte er, und war gleichzeitig stolz, daß Gröbke ihn nicht durchschaut hatte. »Wir sehen uns morgen um zehn in der Keithstraße. Da nehmen wir das alles zu Protokoll.«

Als Timm den Raum verließ, blieb Gröbke sitzen. Er sah ziemlich alt aus. Aber wie ein Mörder eigentlich auch nicht.

31

Die Segnungen moderner Datenübertragung bringen die Menschen näher zueinander als ihnen zuweilen lieb ist. Klaudia Kox stand vor einer Wohnungstür im Parterre eines Altbaus im finstersten Ostberlin und beguckte sicherheitshalber noch einmal den Brief samt Umschlag, den ihr Lydia Schulte-Nissen gefaxt hatte, und dazu den Papierfetzen mit der absolut identischen Schönschrift. Sie verglich den Namen des Absenders mit dem auf dem Türschild und stellte auch hier Übereinstimmung fest. Es gab keinen Zweifel: Hier wohnte der Mann, den sie suchte.

Sie klingelte. Eine ganze Weile geschah nichts, obwohl es ihr schien, als höre sie Geräusche. Sie hielt das Ohr an die altertümlich geschnitzte Tür und horchte angestrengt. Von drinnen vernahm sie schlurfende Schritte, die sich langsam näherten. Sie klingelte noch einmal, langanhaltend, und wartete. Niemand öffnete.

Allmählich wurde sie ungeduldig. Sie räusperte sich und sagte mit deutlich vernehmbarer Stimme: »Ich weiß, daß Sie hinter der Tür lauern. Bitte, öffnen Sie. Ich heiße Klaudia Kox. Ich muß mit Ihnen reden.«

Wieder horchte sie.

Stille.

»Ich habe hier ein Fax. Das dürfte Sie interessieren.« Hinter der Tür bewegte sich etwas. »Es stammt von Frau Schulte-Nissen.«

Jemand steckte von innen einen Schlüssel ins Schloß. Es klickte leise. Die Tür öffnete sich einen Spalt breit, und Klaudia erkannte einen kleinen, unscheinbaren Mann mit schmalem Gesicht und war enttäuscht. Kein Wunder, daß sie sich nicht genauer an ihn erinnern konnte.

Sie hielt ihm den angesengten Papierfetzen entgegen. »Sie haben mir da ein nettes Päckchen in die Redaktion geschickt.«

Bevor der Mann die Tür zuschlagen konnte, hatte sie den Fuß dazwischengestellt. Der Schlitz ihres engen Rocks gab die Sicht bis zum Oberschenkel frei. Der Mann starrte offenen Mundes zuerst das Bein, dann den gelben Papierfetzen an.

»Wer wird denn so unhöflich sein. Wo Sie doch eine so schöne Handschrift haben ...«

Ganz unerwartet trat ihr der Mann, der kaum größer war als sie, mit Brachialgewalt auf den Fuß. Es schmerzte höllisch, doch sie biß die Zähne zusammen. Nur nicht den Fuß aus dem Türspalt nehmen. Der zähe Kerl stemmte sich mit aller Kraft dagegen. Ungerührt hielt sie ihm das Fax unter die Nase. »Dieser Autogrammwunsch stammt doch von Ihnen, oder?«

Die Augenbrauen des Mannes zuckten. Er starrte auf das Fax. »Ich könnte Ihnen ein Gespräch mit Herrn Schulte-Nissen vermitteln. Wenn Sie wollen, heute noch.«

Das war ein Angebot, bei dem der Widerstand des Mannes dahinschmolz wie Haarpomade in der Sonne. Er öffnete die Tür und ließ sie kommentarlos in die Wohnung. Der Anblick, der sich ihr schon in dem düsteren Flur bot, und der sich fortsetzte, als sie das riesige Wohnzimmer betrat, war überwältigend. Sie hatte das Gefühl, in einem Archiv gelandet zu sein. Die Regale an den hohen Wänden waren vollgestopft mit Karteikästen, Filmzeitschriften, Fernsehprogrammen, Fotomappen, MAZ-Bändern, Videokassetten und Unmengen von Filmbüchsen. Wo auch nur der geringste Platz freigeblieben war, klebten Filmplakate und hingen Starfotos bekannter und zum Teil längst vergessener Leinwand- und Bildschirmgrößen. Auf Tischen und Stühlen türmten sich haufenweise Programmhefte und Starpostkarten.

»Haben Sie das alles selbst gesammelt?« fragte sie ungläubig.

Der Mann nickte und streckte die Hand nach dem Fax aus.

Klaudia Kox reagierte nicht und blickte, noch bevor der Mann sie daran hindern konnte, durch die offenstehende Tür ins Nebenzimmer. Der Raum war etwas kleiner und enthielt ein ungemachtes Bett. Die Wände ringsherum waren bis zur Decke mit Büchern angefüllt. Wahrscheinlich Filmliteratur und Schauspielermemoiren.

In der Mitte der gegenüberliegenden Wand fiel ihr sofort die Hauptattraktion ins Auge: ein gerahmtes Großfoto von Schulte-Nissen als Kommissar Ypsilon, in Farbe natürlich. Daneben hatte der Sammler eine Galerie von signierten Fotos des Künstlers aus den verschiedenen Schaffensperioden installiert. Einer der Rahmen war leer, als hätte der Besitzer das Foto vorübergehend herausgenommen. Außerdem gab es eine goldgerahmte Aufstellung der vielen Film- und Fernsehpreise, die der Meister während seiner langen Karriere eingeheimst hatte. Darunter standen in einem Regal die Videos und die Begleitbücher zur Ypsilon-Serie, wohlsortiert und vermutlich komplett.

Klaudia erkannte, daß es sich bei dem Mann kaum um einen gewöhnlichen Filmfreak handelte, der sich dem üblichen Starkult hingab. Dazu war er auch zu alt. Dieser Mann war ein echter *Telemaniak*, ein besessener Fanatiker, der für die Unantastbarkeit seines Idols zu allem fähig war.

Sie drehte sich um und erschrak. Der kleine Mann war hinter ihr hergeschlichen und stand nun bedrohlich nahe vor ihr. Seine Augen hatten einen befremdlichen, ja feindlichen Ausdruck angenommen. Er hielt die Zeitung mit dem Ettlich-Interview in der Hand und fuchtelte damit vor ihrem Gesicht herum.

Sie hatte keine Angst vor ihm, aber unheimlich war ihr doch zumute, und sie überlegte, wie sie den Mann besänftigen konnte. »Ihre Sammlung ist wirklich einzigartig«, sagte sie bewundernd. »Wer hätte gedacht, daß Schulte-Nissen in Ihnen einen seiner glühendsten Verehrer gefunden hat.«

Das Gesicht des Mannes erhellte sich für einen kurzen Augenblick.

»Weshalb sagen Sie nichts?« fragte Klaudia mit einer gewissen Anteilnahme in der Stimme. Da der Mann reglos blieb und weiterhin schwieg, wandte sie sich wieder seiner Sammlung zu.

In einer Ecke sah sie etwas, was ihr den Atem verschlug. Der Mann hatte dort eine Art Erinnerungsaltar für verblichene Stars der Vergangenheit errichtet. Dabei handelte es sich um Schauspieler und Schauspielerinnen aus West und Ost. Die Köpfe, aus Starfotos, Filmzeitschriften und Programmheften ausgeschnitten, klebten auf einer schwarzumrandeten Tafel. Davor, auf einer Konsole, standen schwere Silberkandelaber, auf denen lange weiße Kerzen steckten, die vermutlich anläßlich von Todestagen angezündet wurden. Doch das, was sie außerdem auf der Konsole entdeckte, beunruhigte sie viel mehr. Neben einem alten DEFA-Programmheft lag eine Schere. Der untere Teil des Deckblattes war bereits abgeschnitten. Vermutlich hatte sie den Mann durch ihr Erscheinen bei der Arbeit unterbrochen.

Es handelte sich um den Kopf einer blutjungen Darstellerin, der ein Kreuz auf die Stirn gezeichnet war, das auf den Betrachter wie ein Kainsmal wirkte. Klaudia Kox erkannte die Frau auf dem Titelblatt des alten Programms sofort. Es war niemand anderes als Eva Ettlich.

Zum zweiten Mal drehte sie sich erschrocken um. Der Mann sah sie ruhig an, als wäre nichts geschehen. Er zeigte auf die Schere, die sie ihm geben sollte. Klaudia Kox atmete erleichtert auf. Er hatte offensichtlich nichts von ihrer Entdeckung bemerkt. Und Timm wußte natürlich auch noch nichts davon. Der wird dumm aus der Wäsche gucken, wenn er erfährt, daß ausgerechnet ich ihm zuvorgekommen bin, dachte sie im Stillen und lächelte ein bißchen.

»Was möchten Sie? Die Schere?« Sie reichte sie ihm.

Der Mann ging zu einer Kommode, auf der allerlei Bastelzeug lag, farbige Drähte, Schachteln, Werkzeug, Knetmasse und ein Lötkolben. Er öffnete ein Schubfach und nahm etwas heraus.

Klaudia packte das blanke Entsetzen, als sie den Gegenstand erkannte. Es war ein Päckchen, das der Briefbombe in der Redaktion zum Verwechseln ähnlich sah. Der Mann trat damit einen Schritt auf sie zu und fixierte sie von oben bis unten. Diabolisch grinsend setzte er die Schere an, um das Päckchen aufzuschneiden. Klaudia Kox wagte nicht, es ihm aus der Hand zu reißen und begann laut zu schreien: »Nein! Sie sind ja wahnsinnig!«

Die Klingel an der Wohnungstür läutete heftig.

Der Mann verfiel in ein irrwitziges Kichern, wie Klaudia es bisher nur im Fernsehen gehört hatte. Sie brüllte wie am Spieß: »Nein! Sie Wahnsinniger, Sie! Sie Irrer!«

Nach Gröbkes Vernehmung hatte Kommissar Timm die Gelegenheit benutzt, weiter nach dem ominösen Mappenmann zu fahnden. Dabei hatte sich das von Gunnar Heu verbesserte Phantombild als hilfreich erwiesen. Damit klapperte er die Händler für Filmdevotionalien ab. Der harte Kern der echten Sammler ist vergleichsweise überschaubar. Schon beim zweiten Händler war er fündig geworden. Der erinnerte sich an den hartnäckigen Kunden und fand eine alte Bestellung mit einer Telefonnummer. Zehn Minuten später kannte Timm die Adresse des Gesuchten, und eine weitere halbe Stunde später stand er vor dessen Wohnungstür.

Auf sein Klingeln öffnete niemand. Stattdessen hörte er von drinnen Schreie. Kurz entschlossen nahm er Anlauf und warf sich mit aller Gewalt gegen die schwere Tür, die beim zweiten Versuch mit einem lauten Knall aufsprang. Mit schmerzender Schulter stolperte er durch den dunklen Flur.

Als er die beiden im hinteren Zimmer entdeckte, verstand

er nicht sofort, was hier vorging. Er donnerte nur: »Kriminalpolizei!« Und dann mit einem Blick auf die harmlos wirkende mickrige Figur, die eine Schere in der Hand hielt, ohne jemanden damit zu bedrohen: »Legen Sie das auf den Tisch!«

Der Mann schüttelte entschlossen den Kopf, und die verängstigte Klaudia Kox sagte: »Es ist Sprengstoff in dem Umschlag...«

Endlich verstand Timm. Er streckte beide Hände aus und ging langsam auf den Mann zu. »Bleiben Sie ganz ruhig. Ich bin Kommissar Timm. Was nutzt es Ihnen, wenn Sie uns alle drei ins Jenseits schicken?«

Sein Blick fiel auf die Schulte-Nissen-Wand. »Was soll denn aus Ihrer Sammlung werden? Soll das alles hier in die Luft fliegen?«

»Genau!« ergänzte Klaudia Kox. »Wer soll sich nach Ihrem Tod um die Sammlung kümmern? Soll denn alles auseinandergerissen und verramscht werden? Ich verspreche Ihnen, daß ich mich um Ihr Archivs kümmern werde.« Sie sah den Mappenmann an und sah einen Hoffnungsschimmer aufkeimen.

»Wenn ich mich hier so umschaue... Die vielen alten Filmkopien. Und erst die alten MAZ-Bänder. Haben Sie früher mal beim DDR-Fernsehen gearbeitet?« fragte sie ihn.

Der Mappenmann nickte bestätigend.

»Bis zuletzt?« fragte Timm.

Der Mappenmann nickte erneut.

»Dann wissen Sie ja auch, daß man sich dem Unabwendbaren nicht entgegenstellen darf, wenn das Ende naht.«

Der Mappenmann nickte ein drittes Mal.

Timm wußte, daß er totalen Scheiß erzählte. Doch der Zweck heiligt die Mittel. Außerdem fiel ihm in dieser mehr als brenzligen Situation nichts besseres ein. Er konnte diesem Besessenen ja nicht das Sprengstoffpäckchen aus der Hand reißen. Daß es dem ernst war, sah man seinen Augen an. Anscheinend hatte er nach der Wende nicht mehr die Kurve gekriegt, und das war nun das Ergebnis. Timm schaute hilfesuchend zu Klaudia Kox.

Die übernahm ohne lange zu überlegen ihren Part. »Wenn der Kommisar recht hat, dann bitte ich Sie, Ihre kleine Bastelei ganz vorsichtig abzustellen.« Und zur Sicherheit setzte sie noch eins drauf: »Es wäre doch zu schade, wenn Herr Schulte-Nissen Ihre wunderbare Sammlung niemals zu sehen bekäme.«

Oft siegt das Unerforschliche im Menschen. Behutsam legte der Mann das Päckchen auf die Kommode.

Beinahe ebenso behutsam ergriff Timm seinen Arm und zog ihn von der gefährlichen Ladung weg. »Sind Sie bereit, ein Geständnis abzulegen?« fragte er.

Der Mann griff in die Innentasche seines Jacketts. Timm wollte ihn daran hindern, doch der Mann wehrte schüchtern ab, zog die Brieftasche hervor und entnahm ihr das Jugendfoto Schulte-Nissens. Mit stockender Stimme sagte er: »Nur wenn Sie mir das Autogramm von Herrn Schulte-Nissen verschaffen . . .«

Es geschehen noch Zeichen und Wunder. Der Mappenmann hatte zum ersten Mal gesprochen.

»Ich werde mein möglichstes tun«, versprach Timm und nahm das Foto an sich. »Im übrigen nehme ich Sie wegen des dringenden Verdachts, die Schauspielerin Eva Ettlich ermordet zu haben, vorläufig fest.«

Klaudia Kox ließ sich auf einen Stuhl fallen und schlug die Hände vor das Gesicht. Timm brauchte lange, um sie zu beruhigen.

32

In den Ateliers der *Telemania Production* brodelte das Leben. Vielmehr das, was im Fernsehen als Leben ausgegeben wird. Alles war gut. Die Neufassung der Szene mit der blonden Frauenleiche in der Mittelstandvilla war abgedreht, diesmal ohne die Kommissarin Mirjam, der man eine halbe Gedenkminute gewidmet hatte, dafür mit dem wiederauferstandenen Assistenten Werner an SNs Seite. Darauf hatte Schulte-Nissen bestanden. Und auf Gunnar Heu als Polizeiarzt. Es hatte den zuständigen Maskenbildner eine Stunde Arbeit und den erbitterten Regisseur ein Dutzend heftige Anschnauzer gekostet, dieses körperliche Wrack wenigstens in das Schattenbild eines Schauspielers zurückzuverwandeln, aber Regisseur wie Producer fühlten sich im Augenblick nicht in der Lage, SNs Wünschen den geringsten Widerstand entgegenzusetzen.

Kommissar Ypsilon saß vor dem großen Spiegel über dem Schminktisch und betrachtete belustigt seinen alten Tulpe, der munter wie eine Elster im Frühlingsgras an ihm herumzupfte und dabei über seine gar erschröcklichen Abenteuer mit der Polizei und über die überraschende Wendung im Mordfall Ettlich plauderte. Wer hätte das gedacht: Ein ehemaliger Fernseharchivar, also beinahe eine Art Kollege, den die schier grenzenlose Verehrung für den Herrn und Meister dem Verbrechen in die Arme getrieben hatte . . .

Ypsilon schwieg nachsichtig zu dem nichtigen Gewäsch und sagte nur: »Warte mal, bis ich telefoniert habe.«

Tulpe wollte diskret die Garderobe verlassen, doch Ypsilon winkte ärgerlich ab. Ihm genügte es, daß sich unter der gewählten Nummer jemand meldete. Befriedigt klappte er das Handy zu. Gerade wollte ihm Tulpe die Perücke vom Kopf ziehen, da stand er auf und sagte energisch: »Laß mich, wie ich bin, Tulpe. Ich habe noch etwas Wichtiges zu erledigen.«

»Aber nicht wieder im Kostüm!« flötete Tulpe entsetzt. »Ich dächte, da sind wir gebrannte Kinder . . .«

Das war nicht zu bestreiten. Dennoch war SN entschlossen, seine Rolle noch einmal im Dienste einer guten Sache zu mißbrauchen.

»Du holst das Zeug heute Abend im Hotel ab. Bist du nicht sowieso mit deinem Igor verabredet?«

Tulpe, so direkt auf seine Beziehung angesprochen, zuckte. »Das schon«, gab er zu, war aber bezüglich *des Zeugs* ganz anderer Meinung: »Die Perücke sieht dann wieder aus wie eine mißlungene Damenfrisur und der Mantel ist mit Mostrich bekleckert. Aber bitteschön . . .« Schließlich wollte auch er den Meister nicht durch Widerspruch verärgern, wo er dem quasi seine Freiheit verdankte. Das würde er SN bis an sein Lebensende nicht vergessen. Für den getreuen Maskenbildner extra einen Anwalt aus München einzufliegen!

Der Weg zum Parkplatz wurde für den Kommissar Ypsilon zu einem Spießrutenlauf. Jeder wollte ihm die Hand schütteln, ihm gratulieren und mitteilen, daß er schon immer und unabdingbar an ihn geglaubt habe, und daß es in diesem tristen Fernsehgeschäft ohnehin nichts Besseres, ja nichts Vollkommeneres gäbe als den einzigartigen Kommissar Ypsilon.

Aufatmend nach all dem verlogenen Gelaber sank Ypsilon in die Polster des BMW. Eigentlich hatte er vorgehabt, auf schnellstem Wege zu Lydia ins Hotel zu fahren, aber das hatte Zeit. Lydia war mit der gestrigen Abendmaschine eingetroffen, und vor ihnen lag ein ganzes Wochenende in der verregneten Stadt. Da kam es auf zwei Stunden nicht an. Außerdem brauchte sie nicht unbedingt von seinem Vorhaben zu erfahren. Wie die meisten Frauen neigte Lydia dazu, Harmlosigkeiten mißzuverstehen.

»Erstmal zu einem guten Blumenhaus«, sagte SN zu dem

Fahrer, dessen erstaunter Blick in den Spiegel ihm nicht entging. »Und dann nach Steglitz, bitte.«

So kam es, daß zum freudigen Erstaunen einer älteren Nachbarin der bekannte Fernsehkommissar Ypsilon, trotz strömenden Regens nur mit einem riesigen Strauß malvenfarbener Rosen bewaffnet, an der Tür jener jungen Journalistin läutete, deren Artikel die Nachbarin nie zu lesen versäumte. Neugierig verharrte sie auf dem Treppenabsatz, ein Weilchen länger vielleicht, als es die guten Sitten zuließen. Aber dafür wurde sie belohnt.

»Hubertus!« entfuhr es der verdutzten Klaudia Kox. »Das ist aber eine Überraschung.« Und dann nach einer Pause: »Sie sind ja ganz naß . . . Kommen Sie herein.«

Befriedigt stiefelte die Frau eine halbe Treppe höher. Endlich hatte sie mal einen Hauch vom Duft der großen Medienwelt erhascht. Ypsilon leibhaftig bei Klaudia Kox! Mit einem riesigen Rosenstrauß in der Hand! Sie wäre noch begeisterter gewesen, hätte sie gesehen, in welchem Aufzug Klaudia, trotz der nachmittäglichen Stunde nur mit einem Morgenmantel bekleidet, den Mimen in ihre Behausung bat.

Ypsilon genierte Klaudias unkonventionelle Kleidung nicht. Er umarmte sie mit seinen feuchten Händen, küßte sie auf beide Wangen und sagte: »Ich habe Ihnen viel zu verdanken . . .«

Klaudia schien ungewöhnlich beeindruckt von der Blumenfülle, die er ihr überreichte. »Das war wirklich nicht nötig . . .« stammelte sie. »Ich habe mir heute einen freien Nachmittag genommen. Wir müssen ja auch noch unser Interview fortsetzen . . .«

Ypsilon wehrte ab. »Das hat Zeit. Sie haben auf jeden Fall die Exklusivrechte. Aber nur, wenn Sie mir haarklein berichten, wie das alles zusammenhängt. Im Atelier hört man ja nur Gerüchte. Es ist sogar von einer Bombe die Rede . . .«

Klaudia nickte. »Ihrem Fan mißfielen meine Ausfälle gegen

Sie. Am Ende wollte er sich und mich und das gesamte Schulte-Nissen-Archiv in die Luft sprengen. Kommissar Timm konnte es gerade noch rechtzeitig verhindern.«

»Ein tüchtiger Mann«, lobte Ypsilon. »Vielleicht sollten unsere Drehbuchschreiber mal bei ihm in die Lehre gehen. Auf den Mann mit der Mappe wäre nicht mal ich als alter Krimihase gekommen. Was, um Gottes willen, hatte der Kerl nur gegen die arme Eva Ettlich?«

»Sie hätte ihm das Programmheft nicht signieren wollen und stattdessen geschrieen, als er plötzlich in dem Raum auftauchte. Nur, um sie zum Schweigen zu bringen, habe er ihr ein Kissen aufs Gesicht gedrückt. Behauptet er. Der Tod ist übrigens nicht durch Ersticken, sondern durch Herzstillstand eingetreten. Frau Ettlich stand unter der Einwirkung von Amphetaminen.«

Ypsilon schüttelte den Kopf. Und deklamierte:« *Wenn dies auch Wahnsinn ist, hat es doch Methode.* Shakespeare, Hamlet.«

Klaudia, noch immer seltsam befangen, fragte: »Möchten Sie eine Tasse Kaffee?«

Obwohl Ypsilon kein echter Kriminalist war, bemerkte er sehr wohl ihre Verlegenheit, die geöffnete Weinflasche und zwei Gläser auf dem Tischchen und erfaßte endlich die Situation. »Ich will Sie nicht länger stören, meine liebe Klaudia! Ich wünsche Ihnen einen wunderschönen Abend. Und sagen Sie dem Herrn, er braucht nicht eifersüchtig zu sein wegen der Rosen. Sie haben sie wirklich verdient.«

Klaudia fühlte sich durchschaut. »Ich glaube, das können sie ihm auch selbst sagen«, meinte sie und öffnete die Tür zum Nebenzimmer.

Verblüfft standen sich die beiden Kommissare gegenüber. Der falsche in vollständiger Verkleidung, wie ihn Millionen von Zuschauern kannten. Der echte in leicht derangierter Kleidung, an seinen Hemdknöpfen herumfummelnd.

»Oh, ich ahnte nicht . . .«, sagte Ypsilon entschuldigend.

Timm griente schief. »Ich bin überrascht. Ich wußte nicht, daß Sie Ihr Toupet auch im Privatleben tragen . . .«

»*Toupet, or not Toupet, das ist die Frage*«, entgegnete der große SN mit ausholender Geste. »Im übrigen handelt es sich um eine Perücke, Herr Kommissar.« Und damit war er schon an der Tür. Er wußte schließlich, was sich gehörte.

»Halt!« rief Timm. »Sie müssen noch Ihr Jugendbildnis signieren. Das habe ich dem Delinquenten versprochen.«

Sinnend blickte SN auf das Dokument aus einer vergangenen Zeit, das Timm ihm vorlegte. »Der Mensch bringt mich noch um«, sagte er schließlich und schrieb seinen Namen quer über das Foto.

»Nur dieses Fotos wegen ist der Mappenmann übrigens zurückgekommen. Er glaubte, er hätte es in der Garderobe verloren.«

SN schüttelte den Kopf. »*Telemania*!« lautete seine Diagnose. Und er meinte diesmal nicht Ziffs Produktionsfirma, in der sein Geld steckte. Jedenfalls ein Teil davon.